复乐园

エ・アロール
それがどうしたの

渡边淳一 著

竺家荣 译

青岛出版集团 | 青岛出版社

目录

第一章　突发事件 / 001

第二章　花心男人 / 033

第三章　多情女子 / 068

第四章　情色电影 / 104

第五章　夫妻情缘 / 133

第六章　醋海波澜 / 164

第七章　自娱自乐 / 193

第八章　狂想曲 / 225

第九章　安魂曲 / 251

第十章　圣诞夜 / 278

译后记：人间夕阳美景——《复乐园》/ 290

第一章 突发事件

电话铃声响起的时候,来栖贵文正在床上躺着呢。

十点刚过,来栖还没有睡觉,穿着白色吊带睡裙的麻子正偎依在他的胳膊弯里。

铃声响到第三下的时候,来栖伸出右手,拿起床头柜上的电话。

"喂,喂……"

"是先生吧?"电话那头的声音气喘吁吁的,一听就是看护主任小野洋子打来的。

"不好了……"

主任的声音特别尖细,与她的年龄不大相称,而今天晚上听上去格外高亢。

"堀内先生病倒了,701房间的……"

来栖眼前立刻浮现出矮胖矮胖的堀内大藏先生的面庞来。他差不多有八十二三岁了,可每次见到他时,他总喜欢右手摸着脑袋,嘿嘿地笑着,特难为情似的。

他平时给人的印象挺和善的,就是爱对女看护动手动脚,为这事,会上还专门讨论过。

"可能是猝死。"

"意识和呼吸还有吗?"

"没有了。"

"好的。我马上过去。"

来栖正要起身,小野主任突然压低声音说:

"先生,是那个女人来报告的。"

"哪个女人?"

"就是应召来的那个,先生允许的……"

洋子最后这句话里含着责备的语气。

"她说两个人一起待在房间里时,堀内先生突然死了。她吓得脸都白了,赶紧跑来找我们的。"

半年前,来栖接受了当事人的请求,允许按摩女进入其房间,但他并不了解来的是些什么样的女人。

"那女孩还在吗?"

"她想要回去,可我怕警察要是知道了会比较麻烦,就没放她走。"

"我知道了。"

来栖放下话筒,轻轻地吻了一下麻子的额头,便下了床。

"你要出去吧?"

来栖一起来,麻子也跟着起来了。其实两人才躺下不久,可现在,看见来栖急急忙忙穿衣服,她也跟着穿起衣服来。

"你接着睡你的吧。"

来栖很喜欢麻子穿吊带裙的样子。麻子三十二岁,匀称的身材包裹在白色吊带裙里,显得楚楚动人,韵味十足。

"那个人,已经死了吧?"

麻子似乎听见了刚才的电话,在台灯暗淡的灯光下,不安地仰头望着来栖。

"没事。我一会儿就回来。"

以前,来栖也不止一次地半夜被电话叫起来过。既然是医生,又经营老年公寓,免不了夜里被叫去。

麻子自然也很清楚这一点。

"我帮你叫辆车吧?"

"不用,我自己开车去。"

从来栖住的隅田川边上的公寓到"Et Alors",现在这个时间,十分钟就到。

"有什么事的话,我打你手机。"

五十四岁的来栖和麻子之间相差二十二岁,但每个周末,一起吃过晚饭后,麻子都会留下过夜。

"那我走了。"

来栖穿了条灯芯绒裤子和开襟衬衫,一身休闲打扮。他朝麻子轻轻挥了下手,麻子默默地点了点头。她本来话就不多,来栖很喜欢她冷静而恬淡的气质。

他坐电梯下到停车场,打开藏蓝色轿车门。欧宝车虽然不太大,但比较灵活,在交通拥挤的市内比较好开。

从空无一人的地下停车场来到地面上,只见前方横跨隅田川的X形桥拱在夜空里泛着清冷的光。

今年东京的樱花三月末就已经谢了,季节也随之提前。刚刚四月初,温暖的夜晚给人感觉像是初夏。

驶过X形桥拱的中央大桥,一直往前开,直达东京站。再往左一拐,过几条街,就到了银座。

说是银座,可这一带古老的建筑多,行人又少,只有耸立在街角的一座闪烁着红色霓虹灯"Et Alors"的高楼格外招眼。

凡是看到这霓虹灯的人都以为这是一座华丽的餐厅或者高级公

寓,其实,它是来栖创办的专为老年人服务的老年公寓。

来这儿的人都搞不懂"Et Alors"是什么意思,所以,在大楼的入口处,摆放着解释该名称由来的说明书。

"Et Alors"是法国前总统密特朗回答记者提问时说的一句话。

当时,记者们听说总统和妻子之外的女人有个孩子后,纷纷向总统询问此事。对记者们的提问,总统只咕哝了一句"Et Alors"(那又怎么了?),记者们就没再追问下去。

《巴黎时报》的记者专门就此事做了报道,宣称"如果其中不牵涉贪污、渎职等事,对政治家的女性交往,我们不做追究。因为男女之事乃个人隐私,对此喋喋不休未免过于庸俗"。

这所老年公寓正是本着让那些不再受工作和世俗束缚的老人们能够快乐、随意地生活,享受人生的愿望而建立的。

也就是说,我要遵循"Et Alors"(那又怎么了?)的精神来经营它。

写上面这个说明书的自然是来栖了,起这个名字的也是他本人。

此类老年公寓一般多以"希望"啦,或者"爱""幸福"之类命名,来栖讨厌这些煞有介事的名字。

他想要创建一个让老人们不必介意别人的目光,随心所欲、充满朝气地生活的场所。在这里,无论发生了什么事,老人们都可以坦然面对。

这就是他创建"Et Alors"的初衷,但至今不少人仍对这个名称百思不解。

来栖开车到达"Et Alors"的时候是十点二十分。

虽说位于银座,但由于靠近京桥,周边矗立着很多商贸公司、出版社、各种事务所租用的写字楼。不过,到了晚上,写字楼都关闭了大门,一片寂静。

林立的高楼之中,最为耀眼的、洋溢着生活气息的,唯有"Et Alors"所在的这座大楼。其实,这座八层楼的三层以下是各种公司占据的写字间,老年公寓在四层以上。

来栖在大楼前停下车,徒步穿过右边的老年公寓专用入口,上了电梯。经过了二、三层到了四层停下,刚一出电梯,就看见了在电梯口等他的小野洋子主任。

"这边请……"

公寓的前台设在四层,但要在这里换乘另一部电梯去七层,出电梯往左拐,走廊尽头的房间就是701室。

来栖朝着那个房间,一路小跑,推开房门,穿过客厅,直奔里面的卧室。

正背对着来栖的女看护金子广美立刻回过头来,来栖朝她轻轻点了点头,走到床边。没错,正是堀内大藏先生。老人腹部以下已盖上了浴巾,但胸部还赤裸着。

来栖从护士手里接过听诊器,按在老人的心脏部位听了听,已经没有心跳了,又凑近老人听了一下鼻息,呼吸也停止了。

"做人工呼吸了吗?"

"做了,可是我们来的时候就已经……"

护士慢慢摇了摇头。

可能是心脏受到了相当强烈的刺激所致,人已经死亡是确定无疑了。

按理说心脏病突然发作一定很痛苦,但老人面容安详,甚至像在微笑似的。

来栖向死者合掌致哀,鞠了一躬后,问主任:

"那个女人呢?"

据主任说,死去的堀内先生刚才是和一个女人在房间里的。

而且,那个女人是从新桥来的按摩女,这事来栖也是知道的。

最先给来栖打来电话的小野主任说的"先生允许的……"那句话,很明显是对来栖允许这种女人出入公寓的责备。

让从事色情业的女性进入独居老人的房间,的确有问题。

在每周一的全体会议上,几乎所有女看护们都对这事持反对态度,男看护们也是一样。除总务长一向不爱表态外,连年轻男看护中也有反对的声音。

反对一派的主要理由是,这不仅对老年公寓里的其他入住者是个困扰,也会败坏公寓的风纪。

来栖也觉得这些意见有道理,但还是作了最后的决断。

"既然本人有这个要求,就允许了吧。"

别看堀内先生如此高龄,却一直精力充沛,并且对女人兴趣浓厚。

他的夫人已经去世,自打这个老年公寓一开张他就入住了,算起来已经住了五个年头。好像一住进来,他就开始悄悄地光顾那种地方了。

他在某大银行任高管多年,给人印象是个相当古板的人,不料,从退休的那一刻开始,堀内先生就想要过过随心所欲的生活了。由此可见,一旦从工作这种受拘束的环境中解放出来,男人的本性就暴露出来了。

老年公寓并不限制外出自由,入住者无论去哪儿都没有人过问。

只是在出门的时候,有义务填写一个外出登记簿,写明去什么地方、何时回来等等。

当然,去那种地方不必如实写上,其实堀内先生自己并没有写,只是他一向喜欢向朋友们炫耀,渐渐地那些朋友便透露给了工作人员。

"我真是吃不消啊。"

堀内先生常常挠着脑袋这么说,实际上,心里是颇为得意的。

他提出叫女人到他的房间来是去年年底的时候。

一个月之前,堀内先生外出时摔了一跤,伤到了右膝的韧带,从那以后,他就走不了路,开始坐轮椅了。

摔伤之前,一直精神十足,连感冒都很少得的堀内先生,自打坐上轮椅后,背也驼了,脸也浮肿了,显得一下子衰老了。

到了这个份儿上,堀内先生对女性的好奇心仍丝毫未减,时不时摸摸女看护的胸或屁股,招致众人的不满。

就是这么个堀内先生,突然提出有事要找院长。在院长室里,他还是做出一副难为情的样子,笑着对来栖说:

"这种事,可真是不好张口啊。请问可不可以把女人叫到房间里来呢?"

乍一听,来栖以为他指的是自己的女性朋友,再一听,不是这么回事。

"就是从新桥那儿,叫来的那种……"

来栖这才明白他说的是按摩女,便问道:

"她们肯到这儿来吗?"

"要说嘛,她们就是干这个的,只要付钱……"

堀内先生相当有钱,来栖也有所耳闻。

"可是,您的身体……"

"所以,这不是才求您嘛。"

照他的说法,要是再这样下去,他的精神头儿会跟着身体一起萎缩衰老下去的。为了防患于未然,重新振作起来,最有效的办法就是像以前那样多跟女性接触。

"没有比这个再管用的药了。"

堀内先生的意思来栖很明白,可是,如果同意他的请求,在老年公寓里弄不好会招致非议的。

在沉思的来栖面前,堀内先生慢慢地低下了头,恳求道:

"请您一定要帮这个忙。"

"Et Alors"的基本方针,就是尽最大努力让入住者能安享晚年,而且,要尽可能听取和满足每个人的要求。

当然,违法的事情是不能做的,除此之外,要尽可能地为他们提供方便。正是由于来栖建立老年公寓时就抱有这个想法,所以,对于堀内先生的请求,他并没怎么犹豫就同意了。

既然堀内先生那么迫切希望,有什么不可以的呢?

来栖这么做,还因为考虑到上了年纪的人接触异性并非坏事。非但如此,为了异性而打扮自己或肌肤相亲,不仅对老人的健康有益,还能使老人精神上变得年轻。这是他作为医生的经验之谈。

只是堀内先生的情况似乎事与愿违,不,应该说是运气太差,正和女人亲热的时候,碰巧心脏病发作了。

即便为这事受到大家责怪,来栖也不会退缩。

来栖跟在小野主任后头,一走进堀内先生房间,就看见一个女子低着头坐在客厅里。她二十出头的样子,穿着白衬衫和白色蕾丝边短裙,看上去不像是个按摩女。

面对这起突然死亡事件,她的心情好像还没有平静下来。一见来栖进来,就腾地站起身,慌忙低下了头。

"坐吧,坐吧……"

来栖用手拍拍她,以免她太紧张。

"辛苦你了。我是这儿的院长来栖。"

女子很惊讶地抬头看了看来栖,原以为会受到一番呵斥呢。

从正面看,虽然她的头发染成了茶褐色,妆化得有些浓,胸部也很丰满,但眼睛里还残存着天真。

原来堀内先生喜欢这样的女人哪。来栖对着还没有从惊讶中回过神来的女子点了点头,安慰她说:

"你一定吓坏了吧? 这不是你的责任,放心吧。"

"请问,他是不是死了?"

"很遗憾,好像是心脏不好。"

来栖朝旁边的小野轻轻地眨了一下眼,示意她出去一会儿。考虑到涉及敏感的男女之事,女性还是不在场为好。

主任脸上闪过一丝不悦,但立刻出去了。看着她出去后,来栖在椅子上坐了下来,并示意女子也坐下来。

"我有几句话想问问你……"

女子双手放在膝上,垂着头。

"你叫什么名字?"

"我叫'丽卡①'。"

来栖不知道这两个字怎么写,不过,问她恐怕也只知道日语假名。

"你是哪个店的?"

"……"

"我不会告诉警察的,请你如实告诉我好吗?"

---

①丽卡:日语假名为リカ。

见丽卡的表情松弛了一些,来栖进一步解释起来。

"我是个医生,只不过想要了解一下那位老先生去世时的情况。"

丽卡多少放了心,低声答道:

"新桥的,彩虹。"

来栖虽然知道新桥那儿有这一类店,但店名却是第一次听说。

"堀内先生去过那儿好几次吧?"

"我不太清楚。"丽卡终于抬起头来,看着来栖说道,"这次也是因为阿朋来不了,才叫我替她来的……"

"这么说,那个叫阿朋的是堀内的相好了?"

丽卡肯定地点了一下头。

"那么,你是第一次来这儿?"

"是第二次。"

来栖听看护说,差不多每周一次,有女人到堀内先生的房间来。

"你能不能跟我说说,他突然不舒服时的情况呢?"

"……"

"简单说一下就行。"

"我什么也没干,只是……"

丽卡说到这儿,低下头去,不吭声了。

所谓异性按摩,具体做些什么呢?来栖没有做过,不太清楚,只是从一些年轻人那儿听说过。

据他们说,按摩女只是靠近客人身边,用手的技巧来使客人满足,并不发生性行为。当然,这种时候,按摩女几乎是全裸的,让客人饱饱眼福,偶尔也让客人触摸她们身体的某些部位。

没有真正的性接触,光靠手上的技巧有什么意思呢?然而,此类按摩简单易行,既不用担心得病,价钱又便宜,所以在年轻人中很有市场。

难道说,堀内先生享受的也是这一类服务吗?

不管怎么样,为了填写死亡诊断书,有必要再问得详细一些。

"现在不是调查取证,所以请你实话实说,好吗?你进房间的时候,老先生是正常的状态吗?"

"他见到我非常高兴,还一起吃点心……"

来栖眼前浮现出堀内先生和差不多孙子辈的丽卡一起吃点心的情景。

"后来,他让我脱衣服,我就……"

在属于自己一个人的房间里,又是在夜里,干什么都不用担心被别人知道。

"我脱了衣服以后,他不停地赞叹着'真是太美了'……"

从丽卡的语气听来,她对老人好像并不是那么厌恶。

"然后,他就在我身上到处抚摸、接吻……"

来栖想象着在半夜三更的密室中,搂着全裸的年轻女人的身子,贪婪地跟她接吻的老人的神态。这情景看似淫荡,但也不妨视为全身心的投入。

"后来呢?"

"后来,他突然说难受,猛地紧紧抱住了我的腿,吓得我……"

丽卡的窘困处境是可以想象到的。

"我赶紧给他摩挲后背,可是,我看他实在难受得不得了,所以……"

从她叙述的情况来看,老人确实是因为突发性心脏病导致死亡的了。

"Et Alors"的入住者都要定期进行身体检查,可是,没听说堀内先生有心肌梗死之类的病史。

那么,这次是突然心血管发生异常呢,还是以前就有轻微胸痛,本人一直没在意呢?无论什么原因,人上了岁数,因心脏病发作而突然死亡的例子并不少见。

可问题是,偏偏在和按摩女亲热的时候发作,真不是时候。

一般管这类死法叫作"腹上死"。

"腹上死"特指男性正趴在女性身上进行性交时,心脏病突然发作而死的情况。所谓"腹上",当然是指在女性腹部上面的意思了。

可是,这个词未见得很贴切。

因为性行为时,并非都是男性在女性的上面,有时候会采取侧卧位或后背位,甚至还有女性在上面的时候。

换句话说,无论采取哪种体位,在性行为过程中,男性一直在紧张地进行激烈动作,这就给心脏增加了负担,诱发了心脏病。

但是,这种异常死亡并不一定只是在性行为当中才会发生的,也有在性行为结束后,或结束后睡觉时发生的病例。

总而言之,只不过是把和妻子以外的女性在一起时发生的此类情况,统统戏谑地称为"腹上死"而已。

其实,此次的情况,与其说是在性行为之中,不如说是之前。就算是将要射精,但没有性器官的接触,也很难说是性行为之中。

大概是因为堀内先生看见年轻的女性,触摸其乳房等部位时,逐渐兴奋起来,给心脏造成负担,引起血管异常的。

尽管情况还不大清楚,但堀内先生是和女人在一起的时候死的,这是毋庸置疑的了。

"这么说,后来他就不动弹了……"

"不过,他还对我说'谢谢你'了。"

"临死以前?"

"好像说了,听得不太清楚。他说完之后,突然就不动了……"

来栖想象着瘫倒在年轻女人面前的堀内先生的样子。

"还算不错……"

虽然堀内先生不幸猝死,但临死前能说出这样的话,也算是一种幸福吧。

来栖再一次想起刚才看到的堀内先生那柔和的面容。

"我什么也帮不了他……"

"这不是你的责任。"

遇到这样的突发情况,即便是医生也未必能够完全应付,更何况是外行的年轻女性了,做人工呼吸等根本就不可能。

"这就叫作命运吧。"

来栖轻声说道。丽卡的眼睛微微颤抖着,她还没有从老人突然在自己眼前死去的刺激中恢复过来。

"今天晚上的事情,我不会对任何人说的,你也不要乱讲。"

这时,小野主任从卧室出来说道:

"先生,已经擦洗干净了。"

遗体的脸部和胸部都擦洗干净了。

"我这就去。"

来栖答应道。等主任出去之后,他问丽卡:

"还没有付给你钱吧?"

在这种状况下,肯定还没有付给她出台的费用。

"大概多少钱?"

"不用了。"

丽卡慌忙摇头,来栖依旧问道:

"该付多少,你就说吧。"

又催促了一遍,丽卡才小声说:

"二万五千……"

"知道了。"

来栖从口袋里掏出钱包,拿出三万日元,放在丽卡面前。

来栖不知道应该管此类行为叫作上门服务,还是叫作特殊按摩,反正到底该付给多少酬金,他心里没数,只是听那些年轻人说,按摩费一万四五千日元,出台的话,还要加上打车费等等。

"拿着吧……"

来栖催促道,丽卡还是看着桌子上的钱,没有拿的意思。

"这是你挣的钱啊。"

"可是,我是那个老爷爷叫的……"

原来她是因为来栖不是自己的客人,才不情愿要他的钱的。

"这个你不用在意,我只是垫付一下。"

谁知道这钱亲属是否会还给他,来栖只想对最后一刻陪伴过死者,还给他按摩后背的丽卡表示一点谢意。

"快点拿上吧。"

来栖催促着,丽卡这才轻轻低头致谢,拿起了钱。

"我找给您……"

"不用找了,拿着吧。"

"可是……"

丽卡这么年轻,又干这种行当,却是个相当明事理的女性。

"真的没有关系。"

来栖站起来,用眼神催促着,丽卡终于把钱放进了红色小手包里。

来栖看着她收好了钱,就来到走廊上。

"请问……"丽卡在身后叫他。

来栖回过头来,丽卡拢了一下茶色头发,说:

"我可以去跟他告个别吗?"

"当然可以。"

来栖和丽卡一起走到卧室,只见全裸的老人遗体已穿上了睡衣,耳朵和鼻子里都塞上了柔软的脱脂棉。脸朝上平躺着的老人脸色比以前苍白,全身布满了死相,但表情却很安详。

来栖朝站在门口的丽卡招了招手,让她过来。丽卡向主任和看护点了下头,走到了床边。

她站在床边注视了老人片刻,突然抬起挎着红色手包的胳膊,合掌祈祷。

主任和看护用莫名其妙的眼光瞧着丽卡。

过了一会儿,丽卡抬起头来,又向遗体鞠了一躬,转身朝门口走去。

来栖一边目送着她的背影,一边问主任:

"跟家属联系了吧?"

"刚才给他的儿子和儿媳打了电话。他们在镰仓,说是马上就过来。"

从镰仓到这儿,估计最快也得一个小时。

"我告诉他们是猝死。"

"就这么说吧。"

来栖说完走出房间,来到走廊,看见丽卡正朝着电梯走去。

来栖紧走几步追了上去,已走到电梯前的丽卡闻声回过头来。

"你知道从哪儿出去吧?"

丽卡点了点头。突然,她声音哽咽地说:"我闯了大祸,对不起……"

"这又不能怪你。倒是有你为他送行,堀内先生一定很高兴的。"

电梯来了,来栖对哭哭啼啼的丽卡轻轻说了声:

"你辛苦了。"

丽卡泪流满面地点点头,进了电梯,电梯门等不及似的立刻关上了。

来栖又返回701房间,告诉主任自己回办公室了,然后回到四层。他正在办公室里写死亡诊断书,看堀内先生的个人档案时,小野主任敲敲门进来了。

"估计家属快到了,怎么跟他们说呢……"

主任好像在担心怎么跟家属解释堀内先生突然死亡的事。

"你不是告诉他们是猝死了吗?"

"不错,是这么告诉他们的,可是那个女人……"

"不要提她。"

"可是,隔壁的松井女士可能知道了。堀内突然难受起来的时候,那个女人慌慌张张地穿过走廊,跑到值班室来了。我来的时候,她还从门缝里往外瞧呢。"

"她进堀内的房间了吗?"

"倒是没有进去,但肯定知道有女人在屋里。"

主任从一开始就显得很冷淡,可能就是因为担心这个吧。

"万一,这件事被家属知道了的话……"

"知道了也没办法啊。"

"您的意思是知道了也没关系吗?"

"当然还是不知道的好啊。不过,总不能跟她说'你不要说出去'吧。"

松井女士八十三四岁,是一位身材娇小、满头银发的老姑娘。

即便她知道有女人来了,也不见得会去告诉家属吧。当然她不说出去最好,可是,特意叫她别说出去的话,万一被家属知道了,就被动了。

"不过,堀内先生的亲属挺矫情的。"

"经常来吗?"

"不,很少来。可去年年底来的时候,一个劲儿跟我们念叨管理费太高啦,不要让老爷子和别人接触太多啦等等。"

根据来栖以往的经验,越是不常来的家属越是喜欢对公寓提这提那,没有满意的时候。

"咱们并没有做错什么。"

"那就不告诉他们了?"

来栖点点头。主任叹了口气,说:

"其实,我一开始就反对的。"

"我知道。"

来栖不客气地说道。不管主任怎么说,也是堀内先生本人自愿的。

"不卑不亢的,就行了。"

主任默默地鞠了个躬,出去了。

剩下来栖一个人在办公室里,看了看表,已经十二点多了。

接到堀内先生死讯后,已经过了两个多小时了。

来栖想起麻子还在等他,便给她打电话。

"情况怎么样啊?"麻子好像还没睡,马上接了电话,问道。

"人已经不行了。"

"已经死了吗?"

"家属马上就到,见过他们后我就回去。"

"我没事。"

来栖停顿了一下,把堀内先生死亡时是和按摩女在一起的事告诉了她。

"那么,跟这个有关系……"

"可能有关系,也可能没有。"

来栖以为麻子会特别吃惊,没想到她非常沉稳地说道:
"还真有这种事啊。"
"主任他们说,这是由于我允许按摩女出入公寓造成的。"
"不是他本人要求的吗?"
"当然了。"
"那就没办法了。"

可能因麻子是《身心》健康杂志的编辑之故,对此类事情见怪不怪吧。也可能是站在来栖的立场上来考虑的吧。

"唉,寿命到了,只能这么想了。"

这时电话铃响了,报告堀内先生的家属到了,于是,来栖说了句"先这样吧……"就挂断了电话。

来栖又去了701房间,看见床边站着一位四十多岁的男人和一位差不多年龄的女人,他们正俯身看着已死去的堀内先生。

看样子二人是堀内先生的儿子和儿媳。可能是匆忙赶来的吧,儿子很随便地穿着开襟衬衫,外面套了件夹克,妻子穿着驼色毛衣和西裤,脸上几乎没有化妆。

"这次事出突然……"

来栖低头致意,儿子迫不及待地问道:

"父亲怎么会……"

"好像是睡觉的时候,突然感觉胸口难受,我们赶到的时候,已经停止了呼吸,估计是猝死。"

儿子又一次回头去看父亲的脸。

"可是,没听说他的心脏有这么严重的问题啊。"

"的确,我这里的病例上也只有血压偏高和糖尿病的苗头,其他都正常,心电图也几乎没什么异常。"

"那么,会发生这样的事吗?"

"会的。最近,即便是年轻人也常有发生,更何况是上岁数的老年人……"

儿子好像还是不能理解似的,倒是他的妻子很镇定地给死者的脸盖上了白布。

"今天吃晚饭的时候,他还挺好的,在食堂里跟大家有说有笑地一起吃饭呢。"

小野主任接着说了起来,来栖告诉他们明天再办各种手续后,再次向死者致以注目礼,然后离开了房间。

来栖从701室出来后先回到自己的办公室,洗了洗手,然后脱掉白大褂乘电梯下到一楼,穿过前厅左边的老年公寓专用出入口来到大厦外面,望见一轮朦胧的月亮挂在当空。

这是个笼罩着樱花凋谢后的潮气的春夜。

来栖打开停在大厦前的轿车门,想起丽卡刚刚从这里走出去。

四周寂静无声,一点没有在银座的感觉。在这一片寂静之中,唯独"Et Alors"的红色霓虹灯闪烁着光辉。

来栖抬头瞧了霓虹灯一眼,便钻进车里,开车穿过昏暗狭窄的街道,朝隅田川方向驶去。

一个人死去了,可是这条河及其周边的风景依然如故。温暖的感觉、月亮的荫翳、夜晚的潮气等和刚才没有两样。

这么想着想着,来栖的脑海里渐渐浮现出了父亲的面容。

父亲要是还活着的话,也和堀内先生一样,正好八十三岁了。

说起来,父亲头顶上那一小片仅存的白发也和堀内先生很相像,就连遇到挠头的事情时不好意思的表情都一模一样。

而且,父亲去世的时候也和今天晚上一样,是樱花谢落后不久稍觉慵懒的夜晚。

父亲去世已经十年了。

来栖家以前是在银座开料亭的,就是那种高级饭馆。

在关西菜馆云集的东京,他家却另辟蹊径,开了一家关东菜馆。所以,尽管铺面位于银座边上,但风味独特,加上大小还有个庭院,回头客一直都很多。

可是,自从母亲得了病,确诊患了肝癌后,就不能再作为老板娘招呼客人了。从那以后,父亲一下子泄了气。

开料亭原本是缺不了老板娘的,所以必须有女性继承人才行,可是,来栖的妹妹范子早早就嫁给了一个在公司就职的男人,跟他一起去了纽约,根本不打算接替家业。

而独生子来栖当了医生,和妻子生了一个孩子后就离了婚,所以,也没有儿媳妇接替婆婆当老板娘。

结果,只能靠母亲一个人了,母亲一病倒,就难以维持下去了,加上料亭所在的东银座一带已经没有了昔日的繁荣,远比不上西银座热闹。

总之,时光的流逝毕竟非人力所及,江户出身的父亲感悟到这一点后,便断然放弃了这个店。母亲一死,父亲就关闭了料亭,在和店铺相邻的住宅里,带着一个女佣,开始了独居生活。

从那以后,来栖一直以为父亲生活得悠闲自在,谁知母亲死后第二年,父亲打电话来,叫他一起出去吃饭。

父亲很少请他吃饭,于是,他就应约去了父亲指定的筑地一家寿司店,却见父亲和一个女人在一起。这女人四十五岁以上,和当时的父亲相差二十多岁的样子,打扮得很漂亮,性格也很开朗。

三个人一起吃过饭后的第二天,他给家里打电话时,父亲罕见地吞吞吐吐地问道:

"你觉得,她,怎么样?"

突然这么一问,来栖一时不知该怎么回答,父亲又问道:

"要是和她结婚的话,合适不合适……"

"是您和她吗?"

父亲没有再说什么,所以,来栖虽然明白父亲想和那个女人结婚,却不知该怎么回答才好。

可是,父亲似乎还在等着他回答,于是,他也不假思索,怎么想就怎么说了。

"这样,不太合适吧。"

现在回想起来,来栖很后悔自己当时为什么没有痛快地表示赞成呢?

的确,父亲的提议有些唐突,加上母亲才去世两年,使得来栖有些想法。但是,冷静下来一想,母亲的周年已经过了,从那以后,他经常看到父亲一个人孤独地生活的情景。

虽说父亲已经七十多岁了,但考虑再婚也没有什么可大惊小怪的。

现在看来,那次父亲请自己吃饭时,特意带着那个女人来,肯定是为了得到来栖的认可。可是,自己为什么不能当即对父亲说"爸,可以啊"之类的呢?

"这样不太合适吧。"是自己当时的真实想法,但这么说,并不等于坚决反对父亲再婚呀。

当时,自己只是觉得七十多岁的父亲和相差二十多岁的女性结合不太合适而已,没想到,自己这句话对父亲打击很大。

其实,即使父亲不顾儿子反对,和那个女人结了婚,来栖也不打算固执己见的。可是,生性耿直、爱面子的父亲,从此再也没有跟他提起过这档子事。

来栖也以为这件事就此过去了,可父亲从那以后,很快衰老下去,一年后因心肌梗死突然辞世了。

当时,来栖正在东京都内的一家公立医院工作,偏巧去札幌参加一个学会期间父亲去世,结果,都没赶上见父亲最后一面。

自己终于当上了医生,却没能守候在病危的父亲身边,来栖感到十分内疚。当他听女佣说,父亲很喜欢那个女人,真心想要和她结婚这件事后,更为自己曾经反对过他们而追悔莫及。

"对不起,都是我不好。"

现在说什么,死去的父亲也不可能知道了。

那么,自己的歉疚能不能以某种形式予以补偿呢?

此时,在他的脑海里浮现出来的,就是利用料亭那块地皮,为老年人盖一座公寓,而且是一个与年龄无关的、自由而舒适的老年公寓。

可以说,是父亲的死和对父亲的歉疚造就了"Et Alors"。

其实,来栖做梦也没有想过,有朝一日自己会创办一所老年公寓,并由自己去管理它。当然,可以说这是出于对老爷子的歉疚,但仔细想想,说是父亲让他这么做的,也未尝不可。

对于一介医生来说,开办这样的老年公寓,简直是天方夜谭。然而幸运的是,那块父亲遗留下来的土地还原封不动地留在银座。

虽然因涉及缴纳遗产税,土地已经卖掉了一部分,但剩下的地皮足够盖一座高楼。

若是在泡沫经济鼎盛时期,买主会立刻蜂拥而至的,可正赶上泡沫经济破灭之际,没有什么买主,来栖自己也没有特别的打算。

考虑到是父母遗留下来的地皮,他一直舍不得卖掉。偶尔有一天,他突发奇想起来,能不能将父亲留下来的土地用于让父亲高兴的事情呢?

这就是他创办"Et Alors"的初衷。

说起来容易,但把它建成可费了九牛二虎之力。

对来栖来说,首先盖楼就是生平第一次,而对于养老院的经营他也是一无所知。

于是,来栖涉猎了很多关于法律和建筑以及福利方面的书籍,还请教了别人,一切都是边学边干的,以至于一度他真想放弃不干了。

来栖最终能够战胜这些困难,建成这座老年公寓,全是托了父亲的福,此外,园山麻子也出了不少力。

当基本构思成形后,即将开始动工时,来栖偶然看到一本健康杂志《身心》上刊载的老年护理特集,觉得很有意思。他想详细了解一下有关情况,就给编辑部拨了电话,接电话的人正是麻子。

那是在六年前,麻子才二十六岁,但作为编辑人员,已经能够独当一面了。

后来,两人见了几次面,探讨有关老人院的实际运作以及存在的问题,渐渐的,来栖意识到自己对麻子开始抱有好感了,突然有些不知所措。

也许是碰巧了,来栖和麻子的年龄差距与当年父亲和女友一样,也是二十二岁。

说实话,当年听父亲说想要结婚时,女方比父亲小二十多岁这一点,是来栖最不能接受的。

年龄差得这么多,能过得好吗?他觉得很别扭,因为来栖父母的年龄是一样的。

可是现在,自己对比自己小二十多岁的女性抱有好感,不仅是好感,还很爱她。既然这样,自己还有什么资格对父亲说三道四呢?

这么一想,来栖对于开办老年公寓的热情就更加高涨了。

他想要开办的是这样的一所老年公寓——如果父亲还活着的

话,会对他说"这样的地方,我也要住"。

再一次调整了整体方案后,来栖最终决定,老年公寓不接受国家和地方自治团体的资金,尽量依靠从民间自筹的或自己的资金来建设。

来栖从不少老年公寓了解到,得到国家以及地方自治团体的资金越多,受到他们的监督也越多。虽然说不上讨厌这些监督,但可以的话,他想要开办一个不受任何人监督的、自由而独特的老年公寓。

为此,除了自己的资金要全部投入外,还需要从其他方面筹集大量资金。

一般的老年公寓都是向入住者集资的,但来栖不想给他们造成太大的负担。那种入住时要交纳近二亿日元的超豪华老年公寓确实存在,不过,能够入住的只局限于极少数人了。

来栖想,能否开办一所入住者最多只需交纳四五千万购买入住权,就可居住一生的那种潇洒而高雅的老年公寓呢?

来栖最终得出的结论是,硬件固然重要,但软件也同样重要。这就是说,建筑物以及内部设施固然重要,但是在经营时,还要最大限度地去满足每个人的要求,让老人们享受到自由而愉快的晚年生活。

年纪越大,人会变得越任性,越不愿受约束。来栖想要开办的,就是这样一所可以满足他们这些欲求的老年公寓。

"Et Alors"是在五年前建成的。

虽说是以老年人为对象的老年公寓,但由于建在银座,当时一些杂志和媒体都竞相做了报道,再加上在大厦顶上闪烁着"Et Alors"的法语霓虹灯,更成为人们谈论的热门话题。

老年公寓的内部设施是,接待前台设在四层雅致的大厅,往里去,一侧是院长室、办公室、会议室、诊疗室和临时病房等依次排列,另一侧有会客室、娱乐室、卡拉OK厅,以及各种健身器械齐备的健身房、可以躺着泡澡的宽敞浴室等。

从五层到七层都是入住者的私人套房,最小的套房也有四十多平方米,大的有六十平方米,三室一厅,个人的隐私可以得到完全的保护。

八层是食堂。从这里可以俯瞰银座街景,从东南角可以眺望隅田川以及东京湾的远景。

食堂有专门的营养师负责管理,就餐基本是自助式,也可以单点,就餐者可以品尝到各种口味。在食堂最里面,有个环绕小舞池的小酒吧,到了晚上,情侣可以伴着抒情的舞曲翩翩起舞。

当然,在前台可以办理收发邮件以及留言、联系事宜等,与一般的饭店没有两样。

入住时签订的保金根据房间的大小不同,从三千万到六千万日元不等,之后每个月交纳包括伙食费和管理费在内的十五万至二十万日元的费用便可终生入住。入住者生了病,由来栖负责诊断治疗,老年公寓内医治不了时,他会负责介绍到其他医院。

除了在健康和性格方面有特殊问题的人以外,任何人都可以入住,只是年龄要在六十岁以上,夫妇二人或独身一人都可以。

开办如此规模的老年公寓,从设计直到开张,来栖借助了诸如文书顾问、会计师以及律师的智慧,但因过于烦琐,他甚至萌生过放弃的念头。最终,他能够克服一切困难,完成了老年公寓的建设,全靠内心对父亲的承诺和麻子的鼎力帮助。

当要开办一个前所未有的新型老人院的构思初步形成时,给予他启发最大的是美国的老人院。

具体说来,日本的所谓老人院总是给人以暗淡而孤寂的感觉。人们以为老人院就是像过去的养老院那样,无非是把身边没有亲人照料的孤寡老人集中到一起的地方。事实也如此,当子女把父母送到老人院后,往往被人视为不孝之子,受到周围人冷眼相看。

当然,近十年来,全国各地陆续成立了一些特护老人院和低保老人院。老年公寓在不断更新,各种设备也在日臻完善。

然而,入住者大多是体弱多病或生活不能自理的人,甚至还有痴呆老人,因此还是消除不了"特殊的地方"这种印象。

相比之下,美国的老人院里虽然也有行动不便的人,但是,那里更像是从工作岗位上下来之后,即退了休的人们聚集之所,充满了自由自在地享受第二次人生的气氛。

那里的建筑也特别雅致而明亮,每个房间里都摆满了鲜花,入住者都很快乐。就连名称也不叫老人院,大多叫作"退休者之家"或"生活村"等等。

其中还有以月为结算单位的月租合同入住者。有的人原来在佛罗里达的老人院居住,过了几年后又搬到了夏威夷的老人院去,为选择气候水土更好的地方而不断转院。

这种情况可能来自狩猎民族的遗风,像日本民族这样的农耕民族或许不大习惯。但是,无论怎样,来栖想要把它建成充分地享受余生的人们聚集的地方。

因此,来栖特别注重保护个人隐私和尽量满足每个人的志趣。因为在不能保护个人自由的地方,是不可能享受到真正的晚年乐趣的。

在这个意义上,他要开办的是比美国的老人院更加先进的、具有划时代意义的老年公寓。

就像个轻狂少年似的,来栖使自己的梦想不断地膨胀起来了。

不知是因为来栖的定位准确,还是选择银座的关系,他的老年公寓大受欢迎。"Et Alors"刚一开张,将近六十个房间就被抢购一空。入住者大多是经济上很宽裕的人,单身者占八成,夫妇占二成。

年龄方面,既有六十多岁的从老年公寓直接去公司上班的人,也有几位八十至九十岁以上的,但最多的还是七十多岁的老人。

由于靠近繁华热闹的银座,很多入住者常去歌舞伎座看剧或去银座商业街购物,其中不乏穿着华丽的连衣裙、披着丝绸披肩的太太,或身着高雅端庄的和服的女士。而男士中也不乏穿着时尚的短外衣或毛衣、头戴鸭舌帽或礼帽的人。

看着这些穿着打扮的人成双成对地在这个建筑的大厅里出出进进,就仿佛在欣赏描写古代盛世的电影里的一群淑女和绅士聚集的镜头。

然而,当初来栖想要在银座开办一个老人院时,几乎所有的人都反对。

大多数意见认为在银座这样浮躁的地方不适合建老人院,应该建在比较清静一些、空气清新一些的郊区,可是来栖不这么想。他觉得老年人反而应该住在市中心,这里交通便利,四通八达,附近餐馆、咖啡店也很多,而且,他们的儿孙来看他们也比较方便。

来栖认为对于老年人来说,最重要的是刺激,适度的刺激可以使他们的身心变得年轻。越是住在安静而缺乏刺激的地方,他们衰老得就会越迅速,头脑也越不灵活了。其实,这是在美国经过实验证明了的。亚利桑那曾经建设了一个只有老年人居住的理想之乡,结果十年后,那里的老人几乎都痴呆了,来栖不想重复这样的错误。

当然,也有人说银座这样的市中心空气污染严重。但是,老年人和小孩子不一样,他们来日无多了,最多也就二十年左右吧。对他们而言,比起空气有些污染来,更重要的还是刺激。

也许是来栖的想法得到了大家的理解吧,入住者对老年公寓都很满意,这让他松了口气。但是,经营方面却存在着问题。尽管此设施形式上是法人,但一方面要还贷,另一方面要使如此规模的老年公寓运转,需要相应数量的工作人员。

万幸的是,入住者大部分是健康人,不像特护老人院需要那么多员工。尽管如此,除了一定人数的看护外,办事员、咨询员以及营养师、配餐员,再加上护士和理疗师等等,就超过了二十人。

老年公寓要养活这么多工作人员,同时还要满足入住者提出的五花八门的要求。

这方面,麻子给了来栖不少帮助。

护士和理疗师,由来栖通过自己在医院的关系来寻找。办事员和看护是麻子从她熟悉的几个老人之家帮他介绍来的。在运营方面,她还帮忙了解了各地老年公寓的情况,很有参考价值。

不用说,这时的来栖和麻子,已经发展到了超越医生和编辑关系的程度了。

在这个意义上,说是"Et Alors"使来栖和麻子结合到了一起,也绝不过分。

月色朦胧的深夜,来栖回到家,麻子穿着天蓝色睡衣迎接他。
"您辛苦了。"

尽管刚刚目睹了一个人的死亡,但来栖并没有特别伤感,他为自己的冷漠而惊讶,但这就是现实。

他脱去上衣和裤子,换上了家居服,麻子给他沏来一杯茶。

麻子到来栖家来过夜,只限于星期五或者星期六,每到这个晚上,来栖就会感觉心情很踏实、很放松。

这个模式已经持续了两年。每当接近周末时,他就意识到自己迫切期待见到麻子,不由得有些心慌意乱。

不过,来栖从来没有要求麻子多来过夜,因为来栖清楚地知道,和一个女性一起生活,譬如同居或者结婚等形式,原本就不适合自己。

和前妻分手也不是因为对她有什么地方不满意,而是对于自己不能在婚姻的框框中扮演好一个称职的丈夫感到失望。

离婚后,他和几位女性有过交往,每当她们知道来栖是单身后,就会逐渐干涉起他的生活来。

于是,在对方想要结婚的迹象逐渐增强之前,来栖便开始考虑分手。

因为即便结了婚,也只能重蹈覆辙,没有必要再重复一次看得见结局的事情。

归根结底,来栖讨厌结婚这种貌似幸福、装腔作势的形式。

比起结婚来,他更想要的是自由的生活,并在自由的生活中死去。即便死的时候是孤独的也无所谓,死亡的时候所有人都是孤独的。

总而言之,在热闹的阴影里隐藏着孤独,这是来栖幼年时就深切感受到的。

对于来栖而言,麻子是最合适的女性,也可以说是个可爱的女性。

自从第一次见面以来,麻子就毫无结婚的愿望。她并非不爱来栖,但她身上总有种恬淡的感觉,她吸引来栖的正是头脑清醒这点。

来栖曾经问过麻子,为什么不想结婚。

对此,麻子很干脆地回答:

"看见那些结了婚的男人,自然就不想结婚了。"

听她这么一说,来栖觉得这种心情也不难理解。

即使爱得死去活来而结了婚,随着岁月的流逝渐渐失去了新鲜感,于是,丈夫开始在外面寻欢作乐,或有了外遇的屡见不鲜。与其说是因为厌恶妻子,不如说是整天在一起而丧失了兴趣,时间一长,便去注意别的有新鲜感的女性了。

大概麻子觉得,比起跟着这样的丈夫过一辈子,不如从一开始就一个人过,然后逐渐去适应这样的生活,省得以后对丈夫失望或者受伤害吧。

麻子还说过"照顾我自己一个人就够呛了,再照顾一个老公,怎么受得了啊"。

听她这么一说,来栖觉得还真有些道理。

的确,即便是现在,对于女性来说,结婚也意味着包括照顾老公的生活起居在内。这么说,麻子是不想要背负这种负担的婚姻吧?

不过,麻子能轻松地这样说,乃是因为她具有这样的经济实力。像那些家庭主妇,靠着丈夫挣钱养活,恐怕就不能说得这么绝对了。

看来,像麻子这类没有结婚愿望的女性出现的背景里,女性所具有的独立的经济实力起了很大作用。

当来栖问她:"你真的一点都不想结婚吗?假如结婚的话,想找什么样的人呢?"麻子嘻嘻哈哈地回答:"饶了我吧。不过,要是钻石王老五嘛,还可以考虑考虑……"

来栖听了她这话,也哈哈大笑起来。麻子这种想法,活脱脱一个时尚女孩儿。

总归一句话,自知不适合结婚的来栖和没有结婚意愿的麻子,可谓是一对儿很对路的情侣。

由于刚看过死人回来,来栖想喝一杯烈性酒。

他从酒柜里拿出了一瓶法国苹果酒,倒进高脚杯里,问麻子:

"喝点儿吗?"

"喝一点儿……"

这时,电话铃响了,来栖拿起一听,是小野主任打来的。

"您还没有休息吧?"

来栖告诉她正想喝杯酒,她才放心地说起来:

"那对夫妇真是差劲。老人家的遗体还停在房间里呢,他们就翻腾起床边的书架和壁橱来了。"

据她说,他们是在寻找现金和存折,想看看父亲留下了多少遗产。

明摆着,对他们来说,比起哀悼死者来,金钱更重要。

一般干这种事的家属大都是败家子,或者不知从哪儿冒出来的亲戚,可刚才那对夫妇,看上去丈夫是循规蹈矩的上班族,妻子也很懂规矩的样子。

可是,没想到他们的父亲刚一死,他们就迫不及待地翻找起遗产来了。难道因为还有弟弟和妹妹,想先下手为强吗?

看起来,虽说是父子亲情,也是千差万别啊。

"你不用管他们……"

来栖又一次想起了那个叫丽卡的女人,付给她报酬后,她还想找给他多付的钱。

"还是那个女孩对堀内先生更好啊。"

来栖并没有把这话说出来,只说了句"你辛苦了",就挂了电话。

"发生了什么事吗?"麻子担心地问道。

来栖轻轻点点头,说:"主任不高兴了。"

"是啊,女人遇到这事多半会生气的。"

"你也会生气?"

"谁知道呢?"

"你一向很宽容的嘛。"

麻子一边喝着苹果酒,慢悠悠地晃了晃脑袋。

"你可不能大意噢。"

"Et Alors。"

来栖耸了耸肩,吓唬她。

麻子苦笑着小声说:"你是想说'那又怎么了'吧?"

来栖突然拽过麻子的上身,跟她接吻。

"咱们睡吧。"

被电话叫起来到现在,已经过了将近两个半小时了。来栖说完上床躺下了,不一会儿,麻子也上了床,她脱去天蓝色睡衣,露出了来栖离开时的那条白色吊带睡裙。

来栖搂过麻子柔软的身体,麻子说:"等等……今天可以吗?"

"当然可以了。"

来栖暗自揣测,尽管在堀内先生去世的当天晚上他和麻子亲热,堀内先生也会原谅他们,不会生气的。

第二章　花心男人

正如日本谚语"丛云遮月，花遇风暴"所说，美好的事物总是容易招致破坏，樱花往往会被突然造访的狂风暴雨残忍地刮落，给春天添彩的樱花散落时这般潇洒也令人们对其愈加怜惜。

特别是"年轮"不断增加的人们，更是因樱花的短暂易逝而对其情有独钟。

706室的足立先生带着夫人去隅田川沿岸赏樱花，可是看看烂漫盛开的樱花，他却流出了眼泪。

"他这人真怪。"

据说夫人不明白丈夫为什么落泪，心里直纳闷，后来才听丈夫说，一想到"这么美的樱花，还能看几年哪"就禁不住流下泪来。

这也难怪，这位足立先生今年八十五了，可能是因为两年前做了前列腺手术，他对自己的健康没有了自信，此时一看见美不胜收的樱花，便不由悲从中来。

在和煦的春光照耀下，看着花团锦簇的樱花，年轻人、中年人和老年人，因年龄不同而感受迥异也是很自然的。

如此让人感慨万千的樱花，凋谢数日之后，人们居然会很快地将它们忘却,开始期待下一季万千美景了。

从连翘、四照花、海棠花、杜鹃花、丁香花,到山野里生长的辛夷、黄梅、马醉木、樱桃等等可谓百花缭乱,从原野、山谷到城市街道无处不是花的海洋。

这些花竞相登场,争奇斗艳,于是乎,人们对于樱花的深深怜惜便被迅速淡忘,转而欣赏起新绽放的鲜花来了,这也可以说是自然规律吧。

同样,来栖和所有员工都因堀内先生的死亡受到强烈的刺激,但这件事从人们的记忆中急剧消退,也是由于公寓里又发生了新的事件。

其中一件是堀内先生去世半个月后,围绕立木重雄先生发生的争风吃醋事件。

第一个向来栖报告的是咨询员小西由美子。

"发生了一件麻烦事。"

小西动不动就爱说"麻烦事",跟口头禅似的,来栖已习以为常了。

"江波小姐从607室的立木先生的房间里出来了。"

光是听名字,来栖和具体是谁对不上号,他就让小西说得详细一些。小西说,住在607室的立木重雄是七十五岁的男性,从他的房间里出来的江波玲香,是住在708室的七十三岁的女性,而且,时间是在清晨五点左右,看当时的情形,估计她是在男性的房间里过夜了。

"有人看见了吗?"

"值班的平田先生在巡回的时候……"

据说平时他都是在五点以后巡视,只是昨天夜里,稍微提前了一些。

"他赶紧躲在走廊拐角里了,江波女士好像没看见他。"

这就是说,天还没亮的时候,一位女士悄悄地从男人的房间里出来了,而且是一位七十三岁的女人从七十五岁的男人房间蹑手蹑脚地走出来的。

听到这儿,自然会认为两人之间有不一般的关系。

实际上,两人吃饭的时候也都是坐一张桌子,聊得特别热乎。

此外,江波玲香这位女士还当过第一代空姐,眉清目秀,身材高挑,一向穿着很讲究,比实际年龄显得年轻十岁。而立木这位男性曾经当过地方上的民营广电局长,退休已经五年了,但他鼻子下面蓄着白胡子,高高的个子,风流倜傥,对女性又温柔和蔼,可与日本动漫人物"长腿大叔"相媲美。

不知从什么时候开始,这位"长腿大叔"和原空姐成了共度良宵的关系,真是意想不到,不过现在看来,也算得上挺相配的一对儿。

"后来呢……"

说心里话,这么点儿事就惊慌失措的话,怎么当得了这种老年公寓的当家人呢?

听来栖这么问,小西咨询员紧锁眉头,说道:

"两人又不是夫妇,可一整夜都待在一个房间里呀。"

小西三十二三岁的样子,以前从事过服装方面的工作,后来学习社会福利专业,并取得了资格,自己主动要求到"Et Alors"来工作的。因此,对于入住者的各种各样的问题,她都非常认真,只是对于男女之事过于严厉了些,可能跟她还是独身有点关系吧。

"再说,还是女的主动跑到男的房间里去……"

"也说不定是男的请她去的呢。"

"不会的,绝不可能。肯定是江波女士自己主动去的,她就是这样的人。"

既然咨询员这么说了,来栖也只能同意了。

"怎么处理呢？"

"先看看情况再说吧。"

"我觉得这样不太好。"

听见小西小姐少有的强硬口吻，来栖抬起头来，小西咨询员断然说道：

"我看那个老太太，被人家给玩了。"

"注意，注意，可不能这么叫啊。"

在"Et Alors"里，无论多大岁数，都不称呼"老大爷"和"老太太"，必须称呼其姓名。比如男性的话，称呼"立木先生"，女性的话，比如"江波玲香"，就必须称呼"江波女士"或"玲香女士"。

这是来栖去美国学来的。在美国，如果不认识的话，叫人家"老太太"，一般人是不会理睬你的。如果还这么叫的话，人家就会生气地说"我不叫老太太"。还有的人会讥讽地回敬一句"我可没有你这么个孙子"。

的确，称呼"老大爷"或者"老太太"，只是第三者从外表主观下的判断，本人可能并不这么想。如果允许这样称呼老年人的话，那么这和管体弱的人叫"病号"，管个子矮的人叫"矮子"有什么不同啊？

只要被称呼的人感到不快，就属于歧视性用语。任何人都有自己的名字，所以应该称呼其名。如果不知道对方叫什么的话，就必须称呼"某某女士"或"某某先生"。

来栖无时无刻不在提醒工作人员注意这一点，可是，日本人大概平时叫惯了，所以在这个公寓里，也往往会脱口而出。

"对不起。"

小西咨询员老老实实地认错。

"那位立木先生，另外还有一个情人呢。"

来栖以为只有这一位七十三岁的女士在七十五岁的男士房间里

约会呢。难道说,这位男士还有别的情人吗?果真如此的话,明摆着就是三角关系了,而且还是两个女人在争夺一个男人。

一说起三角关系,一般人都会认为是两个男人争夺一个女人,而这次情形恰恰相反。

不过,看一看公寓里的男女比例,就不难理解了。一般老人院的男女比例都是三比七或二比八左右,女性占压倒性多数。在"Et Alors"里,男女比例也是三比七,女性占多数。

其实,这样的差距也是理所当然的。现在,男人和女人的平均寿命差不多有七岁的差距,女性远比男性长寿。再加上,结婚的时候,男性大多年长四五岁,因此丈夫先死,妻子还活着的情况就越来越多。

如此看来,男性只要能够长寿,就会再次交上桃花运的。

当然,这里说的是比例上男性占优势的问题,个人魅力还在其次。

无论怎么说,男性因其人数少而受欢迎,这一点是可以肯定的。当然,前提是身体必须要健康。

尽管如此,立木先生也实在是太幸福了,被原空姐爱着的同时,还受到另一位女性的爱慕。

"这么说是三角关系喽?"

"何止是三角关系啊!说不定是四角或者五角呢……"

立木重雄先生真是如此有人气吗?听着听着来栖越发地羡慕起来了。在这样的公寓里居住,常有艳遇并不是什么坏事。来栖想,既然立木这么有人气,当然是人气越旺越好啊。不过,从咨询员的角度来看,可没他想得这么简单。

"反正他挺会献殷勤的,一见到稍微有点姿色的女人,就上赶着跟人家打招呼,帮着干这干那的,可热情呢。"

说实话,来栖觉得会献殷勤也是一种才能。常听人以不屑的口吻说"那个人特别会献殷勤",可是,献殷勤看起来容易,却不是什么人都能行的。特别是年过七旬的老人,能够一如既往地献殷勤,还真了不得。

"那就随他去吧,没什么不好的。"

"可是,他热情过头的话,会让人产生错觉的。"

"以为他喜欢自己吗?"

"当然了。人都会这么想的,如果有人对自己这么热情的话。"

这位古板的小西咨询员难道也不例外吗?来栖一边这么思忖着,一边问道:

"那个三角关系中的第三角是谁呀?"

"是712的桥本女士,您可能有印象吧?"

据小西说,桥本女士七十一岁,她的丈夫曾经是某建筑公司的总裁,六年前去世后,她一个人住进了这里。

听小西这么一说,来栖想起来了,桥本女士经常穿着和服,看上去很本分的样子,但说不定内心里埋藏着炽热的情感呢。

"她要是知道了这件事,可就大事不好了。"

"立木先生也在和她交往吗?"

"当然了,本来和她就很亲密。"

这么说,是原空姐第三者插足了。

"不过,恋爱自由啊。"

"自由也得有规范呀。"

小西咨询员的口气依然很强硬。

可是,所谓恋爱的规范是最说不清的事了。两个情敌之间,无论哪一方先出手,无论采取什么方式把人抢到手,都是她们的自由,如果一一追究的话,恋爱本身就不可能成就了。

"看来,目前原空姐这边占了上风?"

"您可千万别把这事看得太简单了。如果今天夜里的事再发生一次，桥本小姐知道了，很有可能会病倒的。"

诚如其言，要是到了那个地步，作为医生，来栖就该出场了。

"可是，目前还没问题吧？"

"虽说没问题，可她是认真的。总之，希望院长能提醒他一下。"

"你的意思是，提醒立木先生吗？"

"那个人到处拈花惹草的，太过分了。要是任凭他把女人都弄得神魂颠倒，不去阻止的话，大家就都神经质了。"

"她们都来找你吗？"

来栖以为，一般来说，公寓里的咨询员只接受入住者的经济问题、和家属的关系以及财产的使用、保管等方面的咨询，现在，连有关恋爱的问题都要接待，可见不能掉以轻心了。

"不过，也有人喜欢被人追求吧？"

"追求还没什么，有的人甚至还被他求过婚呢。"

确实，要是被男人求婚的话，女性很可能会认真考虑的。

"这些方面，还是请院长提醒他注意一下为好。"

话是这么说，可对方是七十五岁的男人，絮絮叨叨地告诫人家什么不要和女性交往，未免太可笑了。

"你说的我明白了，我考虑一下。"

来栖敷衍了一句，把她先打发走了。

当上公寓之长后，从经营、管理到人事，以及各种琐事，加上自己作为医生还要负责给入住者检查身体，来栖简直没有闲着的时候。

但是，来栖总是尽可能抓紧一切时间在公寓内巡视，多和大家接触。

从小西咨询员那儿听来立木先生艳闻后的第二天，来栖在晚餐时间,去了八层的食堂。

考虑到老人们的就餐习惯,食堂每天晚上六点开饭。来栖六点半去的时候,已经有一半以上的餐桌有人了,热闹得很。

来栖和小西咨询员并肩穿过餐桌时,大家都跟他打招呼,向他问好。

每张餐桌都有两人以上就餐,有的是夫妇二人,也有四五个人一桌的。

光是女性的餐桌照例是欢声笑语,热闹非常。也有三个男人围坐一桌,闷着头吃饭的。男人们似乎不善于轻松地聊天,吃饭时也是这样。此外,还有入住者和穿着水兵服的女中学生——像是来看奶奶的孙女一起吃饭的。女学生正把自己点的意大利面条分到两个小盘子里,奶奶愉快地瞧着她的一举一动。

"Et Alors"位于银座,占有地利,加上食堂观景好,菜品又丰富,所以,外面来就餐的人也很多。

来栖一边跟每个桌子的人打招呼,一边往里走。如果他在某个桌前停下脚步的话,其他餐桌的人就会有意见,所以,来栖跟所有人的寒暄都是均等的。

"您看起来气色很好啊。"

"这儿的菜好吃吗?"

"您可要多吃点啊。"

来栖就这么一边寒暄着一边往前走,他的目的地是立木先生所在的餐桌。

小西咨询员对他使了个眼色,意思是"在那边儿",来栖顺着她示意的方向一瞧,只见挨着窗边的餐桌那儿坐着一个男人,虽然只能看见他的侧面,但一看到他下巴上的白色胡须,就知道是立木先生。

"您看,今天也是和三个女人……"

果然，四人桌的外侧座位上坐着立木先生，其他三人都是女性，可见这三个人都是围着立木先生转的。

以这样惹人注目的形式就餐，肯定会让周围的人侧目，但立木先生似乎毫不介意。肯定有人视他为"轻薄的家伙"而冷眼相看的。然而，看他那若无其事地谈笑风生的样子，来栖越来越觉得，能够如此潇洒本身就是一种才能。

来栖走近他们的餐桌时，立木先生很快举起一只手，向他招手，意思是"请到这边坐"。

其机敏程度根本不像是七十五岁的老人，也许这一点正是招女性喜欢的原因吧。

来栖也点点头问："菜的味道还合口吗？"

"非常好吃啊。"

最先回答的是绯闻的主角之一——原空姐。她穿着浅驼色的连衣裙，外套白色开襟毛衣，脖颈上戴着的黄金项链闪着金灿灿的光。

在他们二人对面坐着的是被称为其情敌的桥本夫人。她依旧穿着端庄的和服，胸前挂着一块像是手绣的花色餐巾。和她并排坐着的是704室的樋口直子小姐，年龄大约七十五岁，穿着带有豪华刺绣的针织套裙，脖子上缠绕着一条粉红色丝巾。

她们仨都打扮得花枝招展，怎么看都不像是在公寓内的食堂里吃饭呢。

"您是江波女士吧？"来栖确认了原空姐后，对"和服小姐"说，"您是桥本女士吧？"最后向"丝巾小姐"问道，"请问，您是？"

"我姓樋口。"

她在三个女人中是最富态的，仔细端详的话，长得还相当漂亮。

"被这么多美女围绕着，真让人羡慕啊。"

"还不是沾了您的光，我才有这福气哪。"

立木先生满不在乎地回答。

"您喜欢吃肉？"

来栖看见立木先生面前的盘子里有沙拉和烤牛肉。

"这儿的烤牛肉很嫩，好吃。"

上了岁数还这么爱吃肉，或许正是他那充沛精力的来源。

"先生您瞧，今晚的月亮多美啊。"

听原空姐这么一说，来栖往窗外看去，只见在两座大厦之间悬挂着一轮圆圆的明月，明月下面高楼林立、万家灯火，再往远处看，闪烁着蓝白色光带的彩虹大桥依稀可辨。

"要是能在这么美的月色下面散步，该有多好啊。"

立木先生说着，哼起了歌。

"月色如水……"

以前来栖听过这首歌，好像是40年代著名歌手菅原都都子唱的。

"那么，各位吃完饭就去散散步吧。"

来栖对四人说道，他们都愉快地点头。虽说是情敌，看她们的样子好像并没有那么不共戴天，也可能是表面上假装镇定吧。来栖觉得人无论多大岁数，对于恋爱之道总是知之甚少。

就在来栖巡视食堂的三天之后，小西咨询员又来找来栖了。

"发生了一件麻烦事。"她照例是这句开场白，"从那天开始，她们真是闹得不可开交。"

"那天开始"好像指的是在食堂里，三个女人围着立木先生吃饭那次。

"据说，那天晚上四人一起吃饭，是江波女士事先设计好的。"

"设计？"

"那天，江波女士邀请桥本女士和樋口女士一起吃饭……"

邀请自己的两个情敌和争夺目标立木先生共进晚餐很不合常理,她这么做究竟是什么目的呢?来栖猜测着,小西咨询员解释道:

"您记得那天立木先生和江波女士并排坐着,对面是桥本女士和樋口女士吧?"

的确是这样,四人桌的一边坐着一男一女,对面坐着两个女士。

"当着她们俩的面,江波女士说自己盘子里的烧鱼好吃,用叉子扎了一块塞进立木先生的嘴里,还一边说着'我尝尝你的',一边从立木先生的盘子里叉了一块烤牛肉吃……"

来栖记得立木先生的盘子里的确有烤牛肉。

"她一看见立木先生的嘴角沾了鱼渣,还赶紧拿手绢给他擦掉呢。"

白胡须上沾了鱼渣,会是什么样呢?来栖正想象着,小西咨询员以轻蔑的口吻说道:

"她是在向她们炫耀自己和立木先生特别亲热呢。"

"她是故意的吗?"

"可能想让她们知道,我跟这个人的关系很亲密吧。"

来栖万万没想到,江波女士会有这个意图。

"晚饭后,就更不得了。"

据她说,吃完饭后,四人一起去了食堂最里面的小酒吧。

既然吃饭时,江波女士已经充分展示了和立木先生的亲密劲儿,那两位女性按说就不该和他们二人一起去了,不过,情敌的心情通常都很难揣测。

"她们被江波女士强拉硬拽去了……"

"她们能喝酒吗?"

"江波女士去过很多国家,对葡萄酒相当精通,而桥本女士以前经常陪丈夫喝酒,樋口女士也很喜欢喝葡萄酒。"

"那么立木先生呢?"

"他喝啤酒都脸红,几乎不能喝酒,可他就喜欢这种热闹的气氛。"

在三位能喝酒的女士包围之中,毫无酒量的立木先生会不会出丑呢?来栖越来越有兴趣了。

"后来呢?"

"说不定桥本女士和樋口女士想在酒吧反击一下江波女士吧,不料,江波女士居然管立木先生叫'重君'了……"

立木先生的名字是重雄,莫非这是他的爱称?

"而且,二人还跳起了舞……"

"是立木先生邀请的吗?"

"开始是江波女士邀请立木先生,后来立木先生也邀请桥本女士、樋口女士跳了舞。"

都已经喝醉了,还能一视同仁地对待三个女性,真不愧是花花公子啊。

"可是,他和江波女士从第二支舞开始,竟跳起了让人看着脸红心跳的贴面舞。"

"当着她们俩的面?"

"酒吧里还有其他人呢,大家全都看呆了。"

两个加起来近一百五十岁的男女,紧紧搂着跳贴面舞的时候,是什么样子呢?来栖在心里描绘着,小西咨询员继续说道:

"据说桥本女士和樋口女士实在看不下去了,都默默地回去了。"

这么说,江波女士终于赶走了两个情敌,大功告成了。也就是说,三天前,江波女士自导自演的那次四人晚餐计谋,顺顺当当地完成了。

"她做得太过分了。"

小西咨询员露出不快的表情,来栖倒觉得在恋爱上耍些手腕也无可厚非。

要说江波女士的魄力还真是令人瞠目,就连年轻女性也很难做得那么露骨。也许上了年纪后,就没什么可顾虑的了,反而能够更加真实地面对自己的欲望了吧。

无论怎么说,在这所老年公寓里,发生这样争风吃醋的风流韵事,正符合来栖的初衷。

"江波女士可真不简单哪。"

"您怎么还有闲心说风凉话呢?从那天晚上开始,桥本女士就病倒了。今天也没有食欲,一直把自己关在房间里……"

她是因为输给了江波女士而懊恼、悲伤吗?不过,话又说回来,七十多岁的人因为失恋而卧床不起,也不失为一种美谈哪。

"先让她安静地休息一阵子再说吧。"

"可是,劝了好多次她都不肯吃饭。"

失恋这种病,即便是华佗再世也束手无策,何况普通医生呢。来栖想这么说,可要是说出来,肯定又会招致不满。

"那位立木先生干什么呢?知道她受刺激病倒的事了吗?"

"据说第二天,他主动去看望桥本女士,可是,桥本女士一句话也没说,连门都没让他进。"

"他是为了道歉去的吗?"

"他好像也没有想到江波女士会这样激烈地追求他。"

从这个意义上说,立木先生可能也是受害者。总归一句话,大家都被江波女士玩得团团转,这是毫无疑问的。

"请您还是先给她看一次吧。"

也不知她得的到底是什么病,只要本人要求,来栖当然可以给她看病。

第二天午睡后，桥本夫人和小西咨询员一起来到了诊疗室。

虽然身体不适，但桥本夫人依然打扮得很优雅，穿着蓝灰色的鲨鱼纹和服，系着名古屋腰带。

夫人一进诊疗室，就恭敬地鞠了一躬，然后在来栖的面前坐下来。看她的气色显得比四天前憔悴了许多，也瘦了一些。再仔细一看，除了眼睛四周和脖子周围有些细小的皱纹外，几乎看不到什么衰老的迹象，面相文静，很有气质。

毕竟是富裕人家的夫人，多年以来，在生活中没有受过什么苦吧。而且根本看不出她正为失恋所困。

来栖装作一无所知的样子，问了一句"最近没有食欲吗"？然后，拿起她的左手诊脉。她的手如枫叶般可爱，按着手腕上的脉搏，感觉跳动得很清晰也很正常。

然后，来栖摸了摸她脖颈两边的淋巴结，又请她解开衣服的前襟。

她犹豫了一下，在护士催促下，才慢慢解开前襟，微微侧过脸去。她那羞涩的风情远比现今的年轻女性要妩媚得多。

来栖把听诊器贴在她的胸口，她的皮肤虽有些干涩却比预想的要白皙，两个乳房虽下垂了，却还微微地鼓着。

听诊器没有听出她的心脏和肺部有什么异常。

来栖让她合上前襟，再一次问道：

"没有什么不正常的地方。最近，遇到了什么让您烦心的事了吗？"

夫人突然有些慌乱，垂下眼睛，细声细气地说：

"就是感觉有点累……"

来栖点点头，又给她量了血压，高压170，以她的年龄，可能偏高了一些。

"你做什么劳神的事了？"

她缓缓地摇了摇头。

"也没什么事,就是觉得打不起精神……"

所谓"打不起"是指什么呢？是不是说,以前因为有喜欢的人,所以特别有精神,突然间失去了他以后,就变成这样了呢？不管怎么说,她现在的病因不是在肉体上,而是出在精神上才对。

"有什么事特别让您担忧吗？"

夫人沉思了一会儿,说道：

"也没有什么。"

大概她左思右想,觉得还是不能告诉别人吧。不过,可以肯定的是,围绕着立木先生,和江波女士争风吃醋是她的病根。

"晚上睡觉好吗？"

"不太好……"

如果夜里她也想着立木先生和江波女士的事,辗转难眠的话,那就太可怜了。可是,立木先生来看她时,她连房间都没让进,可见是个很要强的人,不像她表现出来的那么柔弱。

可是,太要强有时也会使自己钻进死胡同出不来的。

"今天先给你开点安眠药,睡不着的时候吃。"

"好的。"夫人心情舒畅了一些,很痛快地回答。

"为了保险起见,回头请您再验一下尿和血,一出结果就通知您。"

"麻烦您了。"

夫人很客气地道了谢,走了出去。根据刚才的诊断结果来看,她的病症很可能是失恋导致的。在这个问题上,不分男女老幼,都没有合适的医治办法。对桥本夫人而言,最有效的办法就是再寻找其他能够吸引她的男性。

可是,又不能跟她这么直说,只能通过咨询员耐心地开导她了。

三天后，检查结果出来了，没有什么特别不正常的情况。

肝功能和肾功能的检查结果几乎都是正常值，血糖稍稍偏高，但仍在正常值的上限内，心电图也没有异常。

她身材小巧玲珑，所以也不用担心肥胖的问题。

只是颈椎稍有些变形，有些骨质疏松的倾向，但考虑到她七十一岁的年纪，也属于正常现象，算不上是病。

将检查结果告诉夫人后，夫人鞠了一躬，说："谢谢您了。"但是给人感觉，她的精神状态并未因此有所好转。

不言而喻，如果这些天来桥本夫人闭门不出、神情憔悴是因为她喜欢的男人被别的女人夺走而受到失恋打击的话，那么，肝功能和肾功能正常不正常又起什么作用呢？

治病的原则是去除生病的病因，但要治好失恋，医生就爱莫能助了。

夫人做完检查回到自己房间去以后，来栖问小西咨询员：

"她有没有儿子或孙子呢？"

"有两个儿子，一个在纽约，一个在大阪。她跟我抱怨过，男孩子就是这样，不管有多少，都跟没有一样。"

这种时候，要是有个女儿就大不一样了。可是，她只有儿子，而且在国外和大阪，想见面都难。

"其他朋友呢？"

"这个嘛，像她这样内向的人，好像没有什么朋友……"

她确实不像是会自己主动去交朋友的人。

"那就给她送花吧。你看怎么样？"

"以院长的名义？"

来栖倒是无所谓，只是被大家知道了，可能会比较麻烦。

"就说是你送的，好不好？"

"什么档次的花合适？"

"高档的比较好。回头把发票给我。"

与萎靡不振的桥本夫人相反，江波女士则精神焕发了。

她战胜了情敌，顺利夺取了立木先生，眼下二人正处于热恋之中。在食堂吃饭的时候自不必说，就连在酒吧和卡拉OK厅里也是形影不离，还一起唱男女对唱呢。

外出时他们也是成双成对的。穿着柔软的皮夹克、戴着鸭舌帽的立木先生和身着花哨的连衣裙、披着藕荷色披肩的江波女士这一对情侣，简直就跟外国电影里的恩爱夫妻一般。

在获得了新的爱情的同时，江波女士也变得越来越美丽了。

她本来就是个身材高挑、眉清目秀的女人，而且，每天依然一丝不苟地化妆。

每周一次在公寓里举办的美容讲座，她从不缺课，而且还经常去银座的美容院做头发，所以，她看上去比实际年龄要年轻漂亮得多。

再加上这一个月来，她的表情变得柔和了，并增添了一丝妖冶。

要不怎么说，恋爱是医生开不出来的"由内而外的化妆水"呢。

总之，用花来打比喻的话，现在的江波女士就是一朵盛开的玫瑰，说她才六十出头或五十多岁都有人相信。

而立木先生呢，则是越老越帅气，和江波女士简直就是天造地设的一对儿。他时时表现出难为情，不知是男性特有的羞涩，还是因为背叛了贞淑的桥本夫人而感到内疚。

无论如何，到了这个地步没办法再隐瞒下去了。而且，他们似乎是在自己宣布二人相爱这件事。其实，大家也都知道两个人的关系，即使二人表现得十分亲热，也没有人感到惊讶。

不过，入住者中思想守旧的人比较多，有的人冷眼旁观，心里说都这么大岁数了还干这个。也有的人露骨地对二人表现出不快。比如在食堂,如果他们二人坐在旁边桌子就餐的话,有人甚至会故意换到其他桌子去,表示不愿意坐在这种人旁边吃饭。

但是,二人照样非常坦然地培育着只属于两个人的爱情。

以上是小西咨询员和小野主任她们的报告。然后,她们俩都问了同样的问题。

"桥本女士和江波女士是完全不同的类型,可是,男人居然都会爱上啊。"

的确,小巧玲珑的桥本夫人和性格开朗、处事积极的江波女士完全是两个类型,拿花来打比方的话,犹如深谷静悄悄绽放的铃兰与盛开的玫瑰之别。对于立木先生怎么会很自然地爱上如此迥异的两个女人的问题,来栖不知该怎么回答。

作为男人,他只能说一句"羡慕之极"。

尽管两位女士的气质如玫瑰与铃兰般全然不同,却双双爱上了他。而且不止她们俩,还有樋口女士这样的女性也对他抱有好感,所以说,立木先生真是太有女人缘了。

"受到这么多女性欣赏,立木先生很得意吧?"

"不过,他也不是那么顺心如意的。"

据小西咨询员说,最近立木先生的人气急剧下滑。

首先,桥本夫人从那天晚上以来一直拒绝立木先生,樋口女士看见他也装没看见。而且,对立木先生有好感的其他女性也都开始疏远他,几乎没有人愿意跟他搭腔了。

"他完全被江波女士占有了吧?"

"反正两人特别特别黏糊。"

可见,要让所有的人都喜欢是一件难上加难的事。要是对大家都好的话,大家都会对他好,一旦和其中一个人亲密起来的话,就会立刻失去所有人。

"正所谓 all or nothing（占有一切或一无所有）吧。"

"反正，这么一来立木先生的人气就没了。"

"还不是因为其他人吃醋吗？"

"那倒不是，因为大家看透立木先生了，他不过是个好色的男人罢了。"

"这没什么不好啊。"

来栖心想，在这一点上，不光是立木先生，他自己以及所有的男人不都一样吗？但是，他现在只打算默默地听着，无意再争辩什么了。

小西咨询员再次跑进院长办公室来，是报告立木先生和江波女士热恋的半个月之后了。

"江波女士说，她想要和立木先生结婚。"

终于走到这一步了，来栖这么想着，从正在看的资料上抬起头来，坐直了身子。

"她昨天晚上来找我谈这件事了。"

有关和同公寓入住者的结婚事宜，来找咨询员谈谈也是很自然的。

"这件事立木先生也同意了吧？"

"我没有直接听他说，估计是这样。"

"两个人的家庭情况你了解吗？"

"江波女士三十年前就离婚了，立木先生的妻子也是十年前去世的，这方面没有问题。"

对于公寓内入住者之间的结合，来栖没有异议。非但如此，他希望能多几对步入婚姻殿堂的情侣才好呢。

"不过,他们都有孩子吧?"

"江波女士没有,但立木先生好像有女儿和儿子。"

尽管当事人自己想要结婚,但最终往往取决于儿女的意见。

以前也有过两三次类似的情况,大多数子女会加以反对,说什么"都这么大岁数了,还结什么婚哪",有的说"也不考虑考虑自己的年龄""多难为情啊"等,要父母自重。

当然,来栖自己也曾反对过父亲再婚,让父亲失望过,所以,他没有资格指责别人。

这些反对父母再婚的子女们的真实想法是,自己的父母都六十或七十多岁了,对于他们和别的男性或女性结合这件事本身,从生理上感到很排斥。

甚至有的子女说,一想到两个人亲热的情景,就感到恶心。

其实,这已经属于感觉的问题,而非理由了。因此只能请他们尽量理解当事人的心情。

这既是来栖的希望,也是出于对亡父的歉疚。

不管怎么说,如果二人真的能够结婚,他很想祝福他们。

这样一来,江波女士时隔三十年再度当上了妻子,而花花公子、大众情人立木先生也能消停一些了。

对于这件事,要让员工们都以温暖的目光加以关注。

来栖正这样想着,听见小西咨询员吞吞吐吐地问道:"那个……他们俩还有那种事吗?"

尽管她措辞很暧昧,来栖也明白她指的是性生活。

"这个嘛……"

虽说是老年人,也有性的欲求,但性行为的形态却是因人而异的。特别是男性,由于需要勃起这一过程,所以个体差异想必相当大。

"立木先生应该可以吧?"

"立木先生倒是问过我,能不能给他点万艾可。"

来栖是医生,当然会给需要的人开药,所以,最好还是请他到治疗室来一趟。

"可以开呀。"

"可是,男人就那么想这事吗?甚至不惜吃药?"

"性不是什么坏事。"

小西咨询员对于性似乎有些偏激。无论多大年纪,对性有需求是很自然的事。有性生活的人,会显得比较年轻,身体状况也比较好。这一点,是来栖多年来观察老年人生活状况的真实感受。

尤其像江波女士这么高大而丰满,对于性会比较积极的。

"需要的话,就让他来找我吧。"

大概是从小西咨询员那儿听说了,第二天一大早,立木先生就到治疗室来了。

一般的人都是通过看护事先预约治疗时间后再来,而他突然一个人来,看来是为了万艾可的事。

"请坐。有什么要求尽管跟我说吧。"

在来栖的催促下,立木先生有些难为情地捋了一下稀疏的头发,说道:

"我想要点万艾可,可以给我开吗?"

来栖的治疗室里也备有万艾可,但想要的人却很少,迄今为止只有两个人来要过,都是夫妇一起入住的人,而且还特别的不好意思。

日本人一谈到性,就极端地感到羞耻,好像做了什么坏事似的,偷偷摸摸地来找他要,其实,应该大大方方地。无论多大年纪,有性生活总比没有的好,因而需要万艾可也没什么可羞耻的。

但是,日本的医院在开万艾可之前,医生要详细询问症状,进行复杂的检查。说得好听一点,经过慎重的检查,确认了安全之后才给开药,因此,去医院开这种药的人自然就少了。

所以,这一类药至今依然主要通过邮购这样非正式的渠道进行买卖,而很少从医院开药。但在美国却很容易且堂而皇之地就能够从医院得到。

在这个问题上,日本自古以来就把性看作可耻之事,是绝对不可张扬的。这一点和美国大相径庭。美国人普遍认为只要两个人相爱,就应该享受性的快乐,对于性持开放的态度。

来栖当然也赞同这样的观点,对于来要药的人,他只是简单询问一下,便给开药。当然,对有心脏病的人和正在服用冠心病药的人,他会提醒他们注意,而对一般人则不做什么检查。

"这药有降低血压的副作用,服药的时候注意一下。"

他只嘱咐这些,然后,就让各人根据自己的体质去服药好了。

"我先给你开五十毫克片剂的二十片,一次吃一片。"

"谢谢您。"

立木先生低头致谢后,有点神秘地说道:

"其实,我以前一直是从一位医生朋友那儿弄来的药,可最近,他去世了……"

"需要的话随时来要,没关系的。"

来栖在写处方时,立木先生含含糊糊地问:

"还有,这药,可以给女人吃吗?"

来栖一听这话,立刻想到了江波女士那丰满的身体。

"为什么呢?"

"我觉得,吃药的话,那儿会湿润一些吧……"

那位女性要是有心脏病就是个问题,不过自己已经一再提醒过他了,再说,江波女士应该问题不大。

"以前,你也给她吃过吧?"

"吃过……"

立木先生像是做了坏事的孩子,嘿嘿一笑,点了点头。

此人的和蔼可亲劲儿恐怕就是其女人缘的原因吧。不过,由此可以断定,目前二人的关系进展得很顺利。

"那我就给你多开一点吧。"

"谢谢了。"

立木先生客气地鞠了个躬,逃跑似的赶紧走了。

来栖望着他的背影,怎么看都不像七十五岁的人,个子高高的,腰板也挺得直直的,来栖不由得想起了江波女士。

既然立木先生说是两个人一起服用万艾可,那么,他们二人自然有性关系了。

七十五岁和七十三岁,光听年龄的确是够老的了,不过,即便两个人之间有性爱,也没什么可大惊小怪的,可能的话,来栖真希望他们能够多多做爱。

两个人都已经从社会和企业伦理等刻板的束缚中挣脱出来了,以后应该尽情地去享受属于他们自己的人生了。

归根结底,性爱是人性的光辉,是生命的源泉。

来栖重新下定了决心,要做如此相爱的立木先生和江波女士的坚强后盾。

想必万艾可也发挥了作用,立木先生和江波女士二人的爱情进展得非常顺利,可就在此时,突然有一对夫妇来到了老年公寓。

他们是立木先生的独生子文彦夫妇,通过咨询员提出要见见来栖。

听说文彦先生在大手町的一家银行工作,年纪四十五岁到五十岁,看模样是一位循规蹈矩的绅士。今天和夫人一起前来,可见是特意从家里前来拜访的。

"突然冒昧地前来打扰,实在是不好意思。"

文彦先生说着在来栖面前的椅子上坐下来。他和立木先生一样高高的个子、眉毛浓重,就连眼角下垂都酷似父亲。

"家父一向承蒙关照,非常感谢您!"

坐在他旁边的夫人也跟着一起低头致谢。她穿着齐膝荷叶裙,上身穿的是同色系外套,腰系皮带,一看就是一位很利索的美人。

"见过您父亲了吗?"

来栖问道。他点点头,说:"刚刚见过,托您的福,他很好。"

不仅是入住者,连他们的家属也对公寓感到满意,这让来栖很高兴。

"令尊非常有人气,追求者还真不少呢。"

文彦先生就像自己被人夸奖似的,有些不好意思。

"先生可能也听说了吧,家父说想要结婚……"

他果然是为了这件事而来。来栖点了点头。

"听说对方是一位姓江波的女士。"

"你们见到她了吗?"

"家父给我们看过照片了。"

难道说立木先生随身带着江波女士的照片吗?

"关于家父想要结婚的事,家里人经过认真商量……"

说到这儿,儿子瞅了旁边的妻子一眼,毅然说道:

"我们觉得,有可能的话,是否可以阻止这件事……"

子女反对父母再婚是常有的事。尤其到了像立木先生那样的高龄,作为子女会相当反感的。

在这一点上,来栖自己也没有资格去评论别人。

十一年前,父亲想要和一位女性结婚,跟他商量时,来栖没有痛快地表示赞成。当时,来栖的父亲是七十三岁,比来栖大三十岁。而现在立木先生和儿子的关系,也和自己当年差不多。

"可是……"来栖没有提及自己过去的事,问道,"你们是反对令尊再婚吗?"

儿子很为难似的垂下眼睛,说:

"我们觉得,父亲都这么大岁数了,没有必要再结婚了吧。"

他的心情来栖完全能够理解。

"你也跟令尊这么说了吗?"

"跟他说了,可是他说已经答应人家了……"

来栖眼前浮现出面对儿子儿媳时,立木先生一脸的窘态。

"他是个很固执的人,一旦说出口就很难改变。"

儿媳接着儿子说道:

"平时他是个很和善的人,这回好像有点钻牛角尖了。"

夫妻俩的口吻不大一样,但在反对结婚这一点上似乎是一致的。

来栖又向二人问道:

"就是说,你们只是反对父亲再婚本身,与女方是什么样的人无关了?"

一瞬间,夫妻俩惶惑地互相对视了一眼。

反对父亲再婚的理由,分为对女方不满意而反对和反对结婚本身,二者的意义是完全不同的。

"那位女士从前当过空姐,长得又漂亮,性格又活泼,我倒是觉得和令尊很相配……"

来栖这么一说,二人低头不语。过了一会儿,儿子慢慢地抬起头来。

"我觉得家父配不上人家,他已经七十五岁了。"

"也许正是因为这样,他才想结婚呢。"

说完,来栖心里对自己说。

别人的婚姻和自己没有直接关系,不该像家属那样介入。这种事,说到底是当事人的问题,需要当事人自己去解决。

即便这样,自己还是希望他们尽可能结合。自己这样想,会不会是因为自己曾经破坏了父亲的婚姻,悔不当初的念头起作用呢?

"令尊结了婚,你们不就可以放心了吗?"

"可是,我妹妹也反对父亲再婚哪。"

看来立木先生四面楚歌啊。全家人好像都反对。

"令尊结婚的话,会给你们带来什么麻烦吗?"

"倒也没有什么。可是,照现在这样交往也可以呀,为什么非得结婚呢?"

"公公有喜欢的女人,一点问题也没有……"

听着夫妻俩的话,来栖脑子里忽然冒出了一个想法。

看他们这么反对这件婚事,难不成是担心遗产继承问题?

来栖重新思考起立木先生现在的立场来。

根据他们手里掌握的数据显示,立木先生曾经在中央某报社任过高职。后来,调任该社下属的民营广电局局长,即所谓"白领"局长,并非"老板"局长,所以不会有太多的财产。不过,估计还是有一些房地产和相当数额的存款的。

立木先生现在结婚的话,这些财产的大部分理所当然地会由作为妻子的江波女士继承,对这一点儿子夫妻俩可能很不情愿,来栖很能理解他们的心情。

如果是从年轻时起就一起生活过来的另当别论,可他已经七十五岁了,结婚之后在一起还能生活多长时间呢?这么推测也许不大好,还有差不多十年?反正不会太长的。在一起只生活这么短时间却要继承遗产的一半,这让他们无法接受吧。

可是,无论子女怎么想,想要结婚的是父亲自己。而且立木先生头脑清楚,应该非常了解一旦自己过世,一半财产会归江波女士所有的。

既然本人愿意这样,子女按说不该横加干涉。虽说嫁给父亲的新夫人继承了遗产,得了便宜,但这些财产本来就是父亲积攒下来的,和子女没有任何关系。

可是,现在连儿子的妻子都一起来了,可见还是在担心财产的去向吧。

来栖想,不管怎么说,对于此类事,自己作为第三者还是尽量避免介入为好。

"不过,既然令尊想要结婚,那就顺着他好了。"

来栖这么一说,儿子慌忙说道:

"那可不行,我们不愿意。请院长务必帮我们说服一下父亲,好吗?"

"很遗憾,我无能为力。"

来栖坚决地摇摇头。这时他想起了堀内先生死亡的那天夜里,赶到公寓来的儿子到处翻找父亲遗产的情景。

"这件事,还是请你们自己去商量解决吧。"

听了这句话,夫妻俩也死了心,道了谢后就告辞了。

他们大概是觉得院长说话管用,所以寄希望于院长,可是没有达到目的,多少有些失望。

来栖是不会听家属摆布的。说他不偏不倚未免夸张,但他想尽可能保持中立,尊重住在公寓里的人的意愿。

第二天,工作会议之后,来栖就这个问题征询了大家的意见,赞成他的看法的占多数。

有个年轻的女看护很干脆地说,江波女士愿意嫁给快七十五岁的立木先生,财产归她是理所应当的。这女孩儿刚工作一年,今年二十三岁。也许她想说的是,获得的财产是青春付出的代价吧。

而小西咨询员等人认为,即使江波女士嫁给了立木先生,也不应该得到他的遗产。理由是,她自己也七十三岁了,而且是她主动找上门的,能获得爱情不就足够了吗?

甚至有人说,都这么一大把年纪了,干吗非要结婚呢?真是无法理解。有的女性反驳说,就因为立木先生太多情了,不结婚的话,不让人放心哪。也有人反驳说,这还得怪江波女士没看住立木先生。

这些意见各有各的理,充分反映了各年龄段及个人好恶的不同,对于来栖和职员们都是一次很好的学习。

总之,目前立木先生和江波女士关系良好,由二人都在吃药可窥见一斑。正是由于这个缘故,他俩并没有考虑遗产问题,一门心思只想要结婚。特别是今年一开春,堀内先生就突然走了,公寓里急需结婚这样的喜庆事给大家提提精神。

最后,大家达成了一个共识,要抱着一片爱心去护佑二人关系的发展。

樱花比往年早开了一个星期。本以为天气会渐渐转暖,没想到,从四月中旬开始突然降温了。直到进入五月后,依然阴雨连绵,就像进入了梅雨季节似的。然而,进入六月,天气陡然一变,夏季的艳阳开始普照了大地。

正如天气瞬息万变一样,男女之间的感情也是变化无常的。

江波女士和立木先生快要结婚了,不仅当事人自己,周围的人也都这么认定了,可是,突然间发生了一件使这一喜庆佳话流产的事件。

"发生了一件麻烦事",一向这么开头的小西咨询员,这回却换成了"太让人吃惊了"。

"立木先生从桥本女士的房间里出来了!"

"你说什么……"

由于人物关系过于复杂,来栖一下子没反应过来。

起初是在四月中旬,江波女士于清晨从立木先生的房间里出来而引发问题。这回是和江波女士有婚约的立木先生从桥本夫人的房间里出来。

"而且还是在大中午,好几个人都瞧见了。"

"这么说,他和桥本夫人和好了?"

"只能这么想吧。可是,前几天她还怨恨立木先生,坚决不让他进屋呢。"

她确实一度因失恋而卧床不起,自己还给她开过安眠药呢。

现在,她又让已抛弃自己的立木先生进房间,这到底是怎么一回事呢?

"不过,进了一次房间,并不能说明和好了呀。"

"可是,最近两个人经常站着聊天,在食堂里还互相问好呢。"

"江波女士那边呢?"

"当然发觉了,闹得不可开交。"

"立木先生挨江波女士骂了?"

"不光是挨骂就完了,连结婚都悬了。"

两个人关系都那么亲密了,这种事怎么可能呢? 都到了约定结婚的地步了,立木先生怎么会厚着脸皮又回到旧情人的怀抱里去了呢? 也难怪江波女士跟他发火啊。

"这就是说,他和桥本夫人还藕断丝连吗?"

"当然算是分手了,可立木先生似乎对她还有些留恋……"

"他不是打算和江波女士结婚的吗?"

"所以,他才想最后跟桥本女士好好聊一次吧。"

临结婚之前,想起以前的恋人也是人之常情。

"男人,怎么这么摇摆不定啊。"

对这个问题,来栖实在难以回答。

"大概是舍不得桥本夫人吧。"

的确,和江波女士相比,桥本夫人性格娴静内向,他自然有些不舍。但是,到了这个地步了还去找人家,就不合适了。

"可是,桥本夫人怎么会让他进屋呢?"

因失恋的痛苦而病倒的女性,却让背弃自己的男人进屋,她究竟是怎么转过这个弯的呢?

"立木先生口才那么好,多半是花言巧语把她打动了吧。比如说,其实自己根本不想结婚,都是被江波女士强迫的啦,至今还爱着你啦……"

听小西咨询员说得那么逼真,就像她亲眼看见了似的。

"最后就让他进去了,是这样吗?"

"不过,江波女士自尊心很强,她说'对前女友恋恋不舍的男人是不能原谅的',后来,就不再理睬立木先生了。"

"那么,桥本夫人呢?"

"她也只是让他进屋而已,并没有真心原谅他。"

女人心海底针哪,不过问题的关键还是游移于两个女人之间的男人。

"那么,立木先生现在怎么样?"

"不知道。"

对于花心男人,小西咨询员向来十分冷淡。

尽管听小西说了这么多,来栖心里仍然很乐观。

双方到了这个岁数,能够遇到想要结婚的对象是很不容易的,因此,来栖觉得他们早晚会和好如初的。可是,事态却一直不见好转的迹象。

江波女士仍旧在拒绝立木先生,不仅不让他进屋,见了面都不说话。而桥本夫人虽然比前一阵精神了一些,但是,并没有打心里原谅立木先生。

从各自的立场来说,江波女士觉得,和自己已经约定了结婚,还去找前女友的男人无法原谅。而桥本夫人觉得,立木先生一直在她面前炫耀自己和江波女士之间的甜蜜,现在又想起她,来找她叙旧,绝无可能。结果,立木先生既不能回到江波女士的怀抱,又不被桥本夫人接纳,被吊在了半空中。

"这就是所谓追二兔而一兔不得呀……"

"他何止追二兔呀,说不定三兔呢。"

话说回来,江波女士也做得过分了点儿。立木先生即便去了前女友那儿,也是在大白天,并没有发生什么进一步的关系。

"立木先生确实不对,但不过是心血来潮,就原谅他一次,不行吗?"

"江波女士可没门儿。"

"没门儿是什么意思?"

"她现在开始去银座泡吧了。"

"泡吧?"

"就是那种只有吧台的小酒吧,据说是看上了那儿的帅哥调酒师。"

"她常去那种地方?"

"据说以前常去的。"

她可真是想得开呀,或者说是真会散心解闷啊。

"现在,立木先生情况怎么样?"

"看样子挺寂寞的。"

这也是难免的,被两个女人抛弃了的花心男人如何是好啊。虽说纯粹是咎由自取,也够可怜的。

经过这么一折腾,即便是特别阳光的立木先生,想必也会相当失落的。

来栖有些担心他,可是,又不好去鼓励他"再加把劲儿"什么的。

想来想去,来栖最后的结论是,恋爱毕竟是个人问题,虽然因进展不顺利而情绪低落,但立木先生确实也有自作自受的一面。从这个意义上说,今后他也可以引以为戒。现在这段时间,只能静观其变了。

又过了一个星期,一天傍晚,来栖偶尔有事去四层的前台,只见立木先生一个人站在大厅里,还是戴着那顶鸭舌帽,穿着驼色夹克,好像要出去的打扮。

看见来栖,他有些不好意思地低了下头,来栖也点点头,跟他搭话。

"最近还好吗?"

"谢谢,很好。"

听小西咨询员说,他被江波女士和桥本夫人疏远后,一个人特别寂寞。可是,瞧他现在这架势,精神蛮不错的。

"要出门吗?"

"是啊。去歌舞伎座看看剧……"

歌舞伎座离这儿不远,走着就到了。来栖想要问他现在上演什么剧目呢,可是,见立木先生直往电梯那边瞧,一副心神不定的样子,就说了声"回头见",打算走开。

就在这时,电梯门开了,从里面走出来一位穿着套装的女性。

她好像叫津田爱子,住在七层。

立木先生回头朝来栖这边瞅了一眼,慌忙走近她说了几句话,然后,二人上了刚才的电梯,下到一层去了。

看样子他是和那位女士一起去看歌舞伎了。

"难道是第三位女人……"

来栖低声说道,女接待员苦笑着点点头。

这么说,立木先生因被两个女性甩了而萎靡不振的说法是不准确的。不对,不是不准确,应该说立木先生已经重新振作了。

反正,他和新女友去看歌舞伎,着实令人刮目相看。

来栖后来听说,津田爱子以前在一个有名的出版社当编辑,虽然已经七十三岁了,但最近把头发剪短了,看着比她的真实年龄年轻多了。

一方面得说立木先生有眼光,不过,这样有素质的女性在公寓里有好几位呢。所以,即使被女人甩了,男人也用不着气馁。

关键是像立木先生这样一贯积极接近女性的人,即使退了休,只要有这种精神,照样可以过得有滋有味的。

话虽如此,立木先生的好色还真是不同凡响。一个女友吹了,再找一个,这个再吹了,再找下一个,简直是乐此不疲。

那么,他到底是不是真心想和江波女士结婚呢?看他现在这样子,让人不能不怀疑。就连来栖都有些吃不准了。这天晚上,他和一个星期没见面的麻子一边吃饭,一边谈起了立木先生的事。

"怪不得江波女士对他失望了呢。"

"不过,我觉得没有结婚才对头呢。"

麻子说得很干脆,她本来就是个不想结婚的女性。

"这回他的儿子儿媳称心如意了。"

来栖想起了来求他帮助说服父亲放弃结婚念头的儿子儿媳。他们也许满意了,但来栖很希望他们能结婚。

"好容易到了这个程度了。"

"不过,不结婚多酷啊。"

这到底是新生代的感觉,还是麻子个人的想法呢?反正,在这种事儿上用这个词,很符合麻子的个性。

"可他们原来那么相爱。"

来栖喝着葡萄酒,麻子用浅汤匙慢慢地喝着蛤蜊海鲜汤。

"这汤有股番红花的味道,很鲜美。"

来栖赞同地点点头,望着麻子扶着汤盘的中指上戴着的白金镶钻戒指。这是两年前麻子过生日时,来栖送给她的。可是,不打算结婚的麻子,恐怕以后也不会戴到无名指上了吧?来栖这么想着,喃喃自语道:"不结婚,就很潇洒吗?"麻子停下手里的汤匙,点了点头。

"不结婚,更自由吧?"

也许更自由,但并非所有的人都能想得通。

"不过,江波女士好像挺想结婚的。"

"那就采取同居的形式呗……"

同居倒是简单易行,也比较现实,但立木先生可不是省油的灯,说不定又会生出什么幺蛾子呢。

"反正他对女人是来者不拒……"

"所以才够潇洒呀。"

来栖不由得盯着麻子看起来,她若无其事地把面包撕碎。

麻子应该不会跟很多男性有交往的,不过,她用"潇洒"这个词给同居定义,有点令人费解。

"这么说来,这场风波暂时告一段落了?"

"我觉得差不多吧。"

确实,立木先生还是像以前那样劲头十足地在追逐女性,受到背叛的江波女士呢,正一门心思地去泡银座酒吧里的帅哥调酒师,而一度因失恋病倒的桥本夫人也恢复了精神,另一个情敌樋口女士也没有萎靡不振的迹象。

上了岁数,再钻牛角尖的话往往会出不来。不过,一旦知道没有指望了,老人们也会洒脱地放弃,心情转换得很快,就像什么事情都没发生过一样,也许这正是老年人的特权吧。

"让他们想做什么就做什么吧。"

来栖轻声说道,麻子紧接着说:

"这不就是'Et Alors'吗?"

"对呀。就是'Et Alors'。"

来栖又点了点头,拿起高脚杯,自言自语道:"那又怎么了?"

第三章　多情女子

"有件事,我想跟您商量一下。"

六月中旬,立木先生的事情刚刚告一段落,理疗部的川端部长表情凝重地走进了院长室。

"发生什么事了？"

来栖刚和总务长商量完工作,一边喝着让餐厅送来的咖啡,一边问道。

"住701房间的冈本杏子女士,您知道吗？"

看见人的话能想起来,光听名字来栖想不起是谁,川端部长意识到了,立刻把她的档案递了过来。

档案上写着：冈本杏子,东京出生,年龄七十一岁,丈夫是某大商贸公司的总经理,八年前去世,一个人生活至今。丈夫在财界享有名望,曾经当过经济团体联合会的官员,因此,她随丈夫一起去过欧美多次。

自这个公寓开张以来,她就入住了,住在七层面朝东京湾的、观景最好也是最贵的房间。

"就是去年年底,右脚脚踝骨折的那个人……"

"哦,是她呀。"

这么一说,来栖就想起来了。去年年底,她从银座的餐馆出来时,没留神脚底下的台阶,一脚踩空,结果右脚脚踝骨折了。

幸好是小腿外侧的脚踝部分,只用石膏固定一下就可以康复。

尽管如此,由于冈本女士年事已高,骨头怎么也接不上,其间,她只能靠轮椅或架着拐杖走路,受了不少罪。

一个半月后,拆下石膏时,她的下肢变得很细,不光脚踝,从膝盖到股关节都变得很僵硬,所以,她经常去理疗室接受按摩或入浴训练。

"问题是,那位冈本女士的疗程已经结束了,可是她还来按摩。"

常有那种应该每天来按摩却不按时来的患者,像她这样的倒很少见,不用按摩了,还老来是为什么呢?

"是不是按摩上瘾了?"

"不是这么回事。"

川端部长有些难以启齿似的说:

"其实,冈本女士好像是喜欢上了负责她的理疗师。"

"喜欢上了?怎么回事?"来栖不禁问道。

川端部长赶紧点着头,说:"负责冈本女士的理疗师是藤谷,您知道他吗?"

来栖一听这个名字,就想起来了,好像是一位三十岁左右的身材消瘦的青年。

"冈本女士喜欢上他了?"

"看样子是这么回事。"

"他多大了?"

"二十九岁。"

刚才的档案上写着,冈本女士七十一岁,就是说和藤谷理疗师有四十二岁的差距。

"你怎么能够断定呢?"

"告诉她不用来了,她还来,而且还指名要藤谷君给她做按摩。"

现在,理疗室里有川端部长等十二名理疗师,每人负责几名患者,但患者指名要理疗师的情况很少见。

"她的腿已经完全好了吗?"

"膝盖不用说了,连脚踝都能活动了,外出的时候,她走得很快的。"

的确,从去年年底骨折后打了一个半月的石膏,之后就开始了理疗,到现在,已经做了快四个月了。

"那么,你们现在怎么给她治疗呢?"

"也就是按摩按摩受伤的地方……此外,也没什么可做的了。"

"那么,藤谷君呢?"

"他非常为难。"

一般医院的按摩和康复训练等理疗,只给有必要做的患者做需要做的疗程,做完就完了。

可是,在"Et Alors"这样的面向老年人的设施里,本人提出要求的话,医疗上即使没有必要,也会继续下去的。

实际上,有的人没有病,也每天都来公寓的大浴室里进行入浴训练,还有的人,因为腰酸腿痛等来要求按摩的。

按说这些治疗以外的理疗属于个人负担,但是,考虑到没有必要那么严格地实行,所以很多时候都是作为公寓的服务免费提供的。

不过,像她这样因为喜欢年轻的理疗师,每天都跑来按摩就成问题了。把本来进行治疗的理疗师当作了恋爱的对象,把理疗室作为约会场所的话,那么理疗成了什么了?

"告诉她不要再来了,不行吗?"

"说过好多遍了,可她总是借口腿酸疼啦、僵硬啦,跑来按摩。"

"那就让其他人给她按摩好了。"

"可是她说,其他人的按摩没有效果,不适合她的身体等,不愿意。"

如果外观有症状另当别论,像她这样自己诉说病症的患者最难缠了。

"那就让她另外付钱吧。"

"这招儿对她可不起作用。"

的确,冈本杏子女士不缺钱,不会有什么效果的。

"那么,稍微给她揉揉算了。"

"可是,一旦开始揉,她就这儿疼啦,那儿发胀的,没完没了。我们告诉她这样不行,别的患者会有意见的,她就说,那就让藤谷来我房间吧……"

真是个我行我素的女人,可是,如果冷淡地拒绝她,又怪可怜的。

听了川端部长报告后的第二天,来栖就去了理疗室。

下午是女性患者专用的理疗时间,浴室里,八十五岁的松冈女士正躺着泡澡。再往里去的健身房里,有一位八十多岁的女性在跑步机上扶着扶手慢慢地走着。

在她左边的训练器械旁边的椅子上坐着的,好像就是那位让人挠头的冈本杏子女士。

她胳膊放在椅子扶手上,双腿下垂,藤谷理疗师跪在她的面前,双手托着她的右脚。猛一看,就像藤谷理疗师捧着心爱的人的脚一样。

坐在椅子上的杏子女士身子微微前倾,用母亲般慈爱的目光凝视着藤谷理疗师。

看她这样子,怪不得其他人会看不惯。

来栖走到二人跟前,杏子女士吃惊地抬起头:"哟,先生。"

来栖是这个公寓的经营者,也是医生,所以被称呼为"院长"或者"先生"。

"腿恢复得怎么样了?"来栖问道。

杏子女士嫣然一笑,说:"谢谢您关心,好多了。"

离近了看,来栖才发现她的白发一部分染成了紫色,脸上化了妆,口红涂得很浓,耳朵上戴的金耳环闪闪发亮,她的全身包裹在花色鲜艳的连衣裙里,手指甲上涂的粉红色珠光指甲油也亮晶晶的。

看她这身鲜亮的打扮,根本想不到她是来理疗的,说她现在正要去银座或者出席饭店的宴会还差不多。

"一直承蒙藤谷先生关照……"

突然听到自己的名字,藤谷顿时有些紧张,他那拘谨的神色没准会更刺激老女人。

"真是太感谢了。"

她这么一说,来栖倒不便说什么了,可是,又不能由着杏子女士继续胡闹下去。

"我看看……"

来栖在藤谷理疗师旁边蹲下来,去抚摸她的右腿。

"哎哟,先生……"

一瞬间,杏子女士缩回了腿,拽了拽裙子的下摆。

杏子女士见院长突然要看自己的腿,顿时慌乱起来,脸也红了,就像个情窦初开的姑娘似的。这究竟是因为不管到了多大岁数,女人毕竟是女人呢,还是因为爱情使她的女人味儿复苏了呢?

结果,来栖反倒不知所措起来,一边摁着她右腿脚踝部位,一边问:

"骨折的地方是这儿吧?"

刚轻轻一摁,她就"啊"地叫了一声。

"疼吗?"

"有点疼……"

她想要往回缩脚,从外观看,她的脚既不浮肿也没有热感,肤色也很正常。

"有什么其他不舒服的地方吗?"

来栖的手从脚踝一点点往上移动时,杏子女士把裙子的下摆往下拽,想要遮盖住膝盖。

都七十多岁了,她的皮肤虽然有些松弛,却很光滑。

"请把脚再往前伸一伸。"

来栖这么一说,杏子女士松开并拢的膝盖,慢慢地伸出脚。来栖把她的脚踝抬到和大腿平行的位置时,她说:

"先生,再往上就不行了。"

她两肘支在椅子扶手上,只是稍微挺起了上身,不打算动弹,这说明她不是不能抬高,而是不想抬高。

"好了。请您站起来走几步吧。"

一瞬间,杏子女士求救般地看了一眼藤谷理疗师,然后,慢腾腾地站了起来。

"请试着走两步。"

她飞快地整理了一下连衣裙的领口,然后双手轻轻叉着腰,慢慢走起来。她一小步一小步地移动着,走路的架势仿佛大病初愈一般。

在来栖旁边,藤谷理疗师露出困惑的表情,扭过头去,不想看下去了。川端部长也强忍着愤懑,看着慢腾腾走路的杏子女士。

他们心里大概在想"装什么呀,平时走得那么好"。

先不说她自己觉得怎么样,从刚才的诊断来看,来栖觉得她的腿好像已无大碍了。

"好了,不用再走了。"

来栖摆了摆手,对藤谷理疗师说:

"看这样子,差不多已经痊愈了。"

"好的……"

藤谷也不看杏子女士,答道。

"我看让她多走走,就可以了。"

"您说的是。"

川端部长赶紧点头,来栖又对杏子女士说:

"你的伤已经痊愈了,没有必要再来做按摩了。"

"可是,先生……"她慌忙打断来栖的话,"虽然您这么说,可我还是没有自信……"

"所以,要多走走啊。"

"可是,脚尖和这儿发麻。"

她很快蹲下来摁着右脚外侧说,看她这么敏捷,那个地方不可能发麻。

"已经好了,不要再做按摩了。"

"那怎么行啊,先生……"

杏子女士满含怨气地瞪着来栖。

看着她这副悲伤的表情,仿佛自己干了件什么坏事似的,来栖也不好再说什么了。

"总之,已经好了,要对自己有信心。"

来栖说完就走出了理疗室,川端部长随后跟了出来。

"您看到了吧,她就是这样,老是……"

"知道了。知道了。"

"还不止这些呢。"

川端部长跟来栖并肩走在走廊上,一边诉说着:

"她还要求,去她的房间呢。"

"叫藤谷君吗?"

"是啊。因为理疗室里不安静,她希望在房间里静静地接受按摩。"

"去了吗?"

"她要求了好多次,就去了一次。哪知道,她还拿出啤酒和点心什么的招待他。"

"他不是去按摩的吗?"

"那是当然了。可是,她净问他一些私人的问题。后来还送给他手帕啦、袜子啦,甚至还……"说到这儿,川端部长看了看四周,"据说还送给他外套呢。"

"他接受了吗?"

"拒绝了好几次,可是,都送到他家去了,只好就……"

工作人员不是不可以接受入住者或患者的礼物,但一般都是送些点心或水果一类,请大家一起尝尝的意思。虽说也有直接送给个人的,不过,那只限于因长时间生病受到关照的特殊情况,而且,给男人的一般是带成衣券的衬衫或领带,给女人的是丝巾或者购物券之类不太贵重的东西。

在公寓里,原则上是拒收赠品的,但是,很难做到连出于个人的好意送的礼物都禁止。虽说是公寓,也是各种各样的人居住的公共场所。来栖觉得如果连这些人发自内心的好意都加以限制的话,就太不近人情了。

可是,这次的情况完全不同以往。她的腿已经好了,却继续要求按摩,还把理疗师叫到自己房间里去,甚至送给他各种礼物,这就完全背离了治疗这个目的。

"告诉她,要按摩只能到理疗室来。"

"那些礼物呢……"

"已经收下的就算了,以后一定不要再收了,好不好?"

来栖说完又一想,这样对那位老小姐是不是过于严厉了。

没有必要按摩,却非要按摩确实是患者的任性行为,但是,后来对理疗师有好感,送给他礼物则是杏子女士的自由,别人似乎不该加以干涉。

"Et Alors"虽然是老年公寓,但住在这里的人对谁有好感,送给谁东西,完全属于个人的自由。所有的入住者只要不犯法,帮助他们尽可能自由随意地生活,是这个公寓里的工作人员的职责。

现在,还是直接把藤谷理疗师本人叫来问问,或许更容易弄清楚。这么想着,来栖就在当天傍晚,估摸着理疗师工作告一段落了,就把他叫到院长室来了。

已经下午五点多了,规定的工作时间已经过了,但藤谷理疗师还穿着一身白工作服,来到院长室。

"下午的事,谢谢您了。"

他好像指的是下午来栖劝阻杏子女士不要再按摩了这个事。

"你坐下吧。"

藤谷有着年轻人的修长身材,说不上英俊,长着一张娃娃脸,很可爱。

"情况我都听川端君说了,真难为你了。"

来栖向他表示了关心后,藤谷两手拘谨地放在腿上,轻轻点点头。

"关于她要求按摩的事,如果她再来的话,你就说是我说的,拒绝她好了。"

"我知道了。"

"听说她还叫你去她的房间?"

"是的……"

"这也可以拒绝。"

见藤谷闷着头不说话,来栖继续说道:

"她还送你各种礼物,你不愿意的话,就不必接受。当然,接受不接受是你的自由。"

"很抱歉。"

藤谷点点头。他白皙的脸颊泛起了淡淡的红晕,实在是太清纯了。

杏子女士大概也是被这种大男孩的新鲜感所吸引吧。

来栖听说藤谷理疗师今年二十九岁,此外,对他一无所知。

"你还是单身吗?"

"是的……"

藤谷仍然很拘谨地回答。

"不过,有女朋友了吧?"

"这个……"

他没有干脆地说"没有",说明可能有。

"有没有都无所谓,不过,冈本女士的事,你不用太放在心上。不愿意就是不愿意,明确地拒绝也没关系。"

藤谷微微点点头,但似乎还是没有释然。

"你有什么其他想说的吗?"

"那个,我不知道这种事该不该说,她说我长得像她死去的儿子……"

"然后呢?"

在来栖的催促下,藤谷习惯性地眨了眨眼,说:

"她说儿子死于交通事故,还给我看了他的照片,给我讲了很多有关他的事……"

在她的资料上,只写着有两个女儿,现在听藤谷这么说,也可能还有一个死去的儿子。

"她说起来就没完没了。"

藤谷太年轻了,听一个七十多岁的女人讲自己的身世,简直是受罪。

"就说还有工作,回来就行了。"

"我是这么说的,可是……"

这时,藤谷思考了一会儿,然后,下决心似的说:

"其实,前几天,有一件很怪的事。"

"怎么了?"

"她突然跟我说,让我抱抱她……"

这已经不能再说是老小姐的任性了,说是性骚扰更贴切一些。

"那么,你抱她了吗?"

"她说'求求你了',所以我也没办法。"

一个年轻男子,搂抱跟祖母年龄差不多的年长女性,光是想象一下,来栖都忍俊不禁。而且还是在女性的命令之下,年轻男子才不得不抱的。

来栖差点儿笑出来,但是对于当事人来说,就没那么可笑了。

"当然是站着抱的……"

这个倒不用他解释。不过,这也反映了藤谷青年优柔寡断的个性,所以才不能够干脆地拒绝对方。

可是,藤谷身高有1.74米左右,而杏子女士只有1.50米多点儿,个头也差得很悬殊,不过,光是看他们搂抱在一起的姿态的话,并不一定有那么不自然。

"后来呢?"

"就这些。"

"那还算好,也真是难为你了。"

"其实,就是那次之后,她送给我外套的。"

"听川端部长告诉我了。既然送给你了,还是收下吧。"

来栖收回了刚才说的"应该还给她"那句话。

"是外国货,很贵的。"

来栖知道藤谷青年很为难,但现在再让他还给杏子女士,也许不太礼貌。

"以后不再接受就行了。"

"我这么说了,可她又送给我皮包……"

"是直接送到你家的吧?"

"不止这些,她还说下次请我一起出去吃饭呢。"

"去了吗?"

"还没有呢。可她每天都跟我这么说……"

到了这个份上,她的所作所为明显带有性骚扰的性质了。不过,女人对男人的这种骚扰该如何应对才好呢?尤其碰到这么个老女人,就更是难上加难了。

"她特别和善,是个好人。可我觉得这么下去恐怕不行。"

来栖很明白藤谷青年为难的心情。

面对单方面发起进攻的老女人,该怎么办呢?特别是因骨折正接受治疗期间,对她太过严厉似乎也不大好。

左思右想,来栖终于决定把杏子女士的女儿请来。还是请她女儿直接跟她说是最合适的。虽说是她女儿,但以杏子的高龄,女儿岁数应该也不年轻了,一定很明白事理的。

两天后,应来栖之邀,杏子女士的长女泰子来到了老年公寓。

果然不出来栖所料,她是一位五十岁左右的妇女,肤色白皙,长得很精致,米色外衣配同色系的裙子,非常雅致,不像她的母亲那么爱打扮。不过看到她放在膝盖上的手提包,连来栖都知道是很贵的外国名牌。

她现在住在世田谷,有丈夫和孩子,每个月来看一次母亲。

"请您来,是想跟您谈谈关于您母亲的事……"

来栖刚说到这儿,她猛然抬起头来,问道:

"妈妈做什么了?"

"也没什么大不了的事。"

来栖顿了顿,把到目前为止的情况大致介绍了一下。

讲到没有按摩的必要,杏子女士还每天来理疗室为止,她还一直默默地听着,可是,当来栖说到她母亲对年轻的男理疗师抱有好感的时候,她不相信似的发出一声"什么……"

说到她母亲还送给那位男士各种礼物,使对方很为难时,她忍不住插嘴道:

"您是说我母亲做了这些事吗?"

"我并没有夸大其词,是理疗师本人亲口告诉我的。"

来栖还说杏子女士把藤谷青年叫到她的房间里,没完没了地给他讲自己死去的儿子的事情。最后,来栖终于说道:

"看样子,你母亲好像对那个青年抱有好感……"

一瞬间,泰子坚决地摇着头否定道:

"我妈妈绝对不会做这样的事。"

尽管她说什么"绝对不会",但事实摆在这里,否认不了的。

不过,自己这么一味地坚持下去的话,她说不定会暴跳如雷的。

"当然,您的心情我很理解……"

来栖安慰了她一句,可她还是不依不饶的。

"我和妈妈见过很多次,根本没有一点点这样的迹象。"

作为女儿,当然不愿意别人对自己的母亲抱有这种淫荡的看法,可来栖这方面遭到她这样坚决的否定,倒像是他在无中生有似的。

"我们并没有说您母亲不好,只是那位男性感到有些为难,所以,想请您跟您母亲委婉地谈一谈。"

"那位男士,多大年纪了?"

"二十九岁。"

"什么……"泰子惊呆了,"我妈妈绝对不可能喜欢上这么年轻的男人。"

她不愧是继承了财界大腕儿的其父血统,对于自己的母亲以及亲属,具有非常强烈的自尊心。

"可是,那个男人确实收到了您母亲送给他的领带和西服呀。"

"那不过是我妈妈对他的谢礼或者说是好意而已。"

来栖见过各种各样的家属,但这类自命不凡的家属最不好对付。

"因为涉及个人隐私问题,我们一直不好跟您母亲说什么,可是,再这样下去,恐怕不太好吧。"

"我就是不相信。"

"可是,确有其事啊。"

"既然如此,请先生直接去跟她说吧。"

她扭过头去,不想再听下去了。

经营这种公寓,经常会遇到这样的情况,入住者的家属其实并不完全了解自己的亲属。

比方说,男性入住者不断对女看护性骚扰,万不得已通知家属后,却很难让他们相信。他们会说"我父亲绝对不是那种人"等而断然加以否定。本以为是亲属,应该更了解他们,可往往正因为是亲属,才意识不到。

这些事例说明,即便是亲人,在家里也未必表现出自己真实的一面。许多人甚至表现得道貌岸然,其实那只是伪装出来的假象而已。

这种现象在兄弟、姐妹之间就不必说了,父子、母子之间也都是在极力扮演各自的角色,真实的一面反而有所掩饰。

比起一般的市民家庭来,这种倾向在有一定地位和财产的家庭里更为突出,杏子女士的家庭是很典型的。

看这情形,请女儿去劝说母亲似乎不大可行了。

"大致就是这么个情况……"

来栖打算结束谈话了。

既然请女儿去劝说母亲行不通,那么,至少让她明白我们很为难这一点。

"我们是如实相告,如果您不能去劝说的话……"

"你们打算怎么做呢?"

"我们打算直接劝说她了。"

她就像没听见似的,盯着墙壁,自言自语道:"真可耻……"

她大概是想说,自己从来没有因为自家人自尊心受过这样的伤害吧。她两手紧紧攥着手帕,突然改了主意,说:

"还是我去问问母亲。"

她可能有点将信将疑,心里打鼓吧。也可能是想确认一下事情的真伪吧。

"那就拜托了。"

尽管是入住者对员工不礼貌,自己却要请求家属帮忙,实在是滑稽,但这也是院长的职责之一。

"给您添麻烦了,对不起。"

毕竟是大家闺秀,她最后很客气地道了谢,站起身来。

来栖目送她走出门去,才舒了口气。

在这种地方,来栖每天都会遇到各种各样的问题。

老年公寓刚开张的时候,他只是担心能否经营得下去的问题,好在经营方面不像原来想象的那么难,好歹运行到了现在。

现在看来,更大的问题是入住者的人际关系,这也关系到来栖的建院方针。他希望入住者能够充分享受自由奔放的晚年。为此,公寓的所有员工要做到尽可能照顾到每个人的意愿。

总而言之,要遵循无论发生了什么问题都绝不动摇地照"Et Alors"精神去做。然而,具有讽刺意味的是,这一方针正是引起各种纠纷的根源。

时至今日,来栖才深切感到,要让将近六十人,而且都是老年人,每个人都能够自由自在地生活实在是困难无比。

与之相比,将所有的人都束缚在一个框框里来领导,要容易得多。

想到这里,来栖不由得叹了口气。

两天后,杏子女士的女儿突然来到了院长室。正好是吃午饭的时候,来栖正准备要去食堂时,她说有事一定要面见院长。来栖只好接待了她。她表情严峻,直截了当地说道:

"妈妈亲口告诉我,她根本没有做先生所说的那些不光彩的事。"

这可真是无话可说了。当事人杏子女士将此事否认得一干二净,到底是什么意思呢?

这么一来,从川端部长到藤谷理疗师就等于都在撒谎了。他们不可能吃饱了撑的没事儿瞎编吧?这么做对他们又有什么好处呢?

来栖觉得,在这个问题上肯定是杏子女士在瞎说。可是,她怎么敢一概否认呢?

也许是被女儿突然这么一质问,情急之下顺口一说,还是碍于做母亲的面子,在女儿面前不好承认?反正这个回答,来栖万万没有想到。

"等一下。"

来栖打了个手势,让她先不要激动。

"您母亲真的说她什么也没做吗?"

"是的。母亲根本不可能对那么年轻的男人感兴趣的。"

她虽然这么说,可是事实胜于雄辩。

"这个嘛,也许您母亲不想让您知道吧。"

"先生,您是不是瞧不起我们母女呢?"

"我根本没有这个意思……"

照这样子,再谈下去也没什么结果。既然女儿相信母亲绝不会做这种事,那么再说什么也是徒劳。

"我明白了。"来栖点点头,站了起来,"我明白您的意思了,下面的事我们来处理吧。"

"'处理'是什么意思?"

"了解一下情况后,再找她谈谈。"

"总之,请不要说无根无据的话。"

说无根无据的话的是她的母亲,信以为真的是她自己。可是,如果这么反驳她的话,只能更加激怒她。

"很抱歉。"

来栖着实领教了她的厉害,只好敷衍了一句,

看来,请她女儿来劝说杏子女士是个错误的决定。

这类问题还是应该由当事人自己来解决,虽说是亲属,一让他们掺和进来,问题只会变得更加复杂。

来栖自我反省后,找来藤谷,要求他自己去跟杏子女士明确表示"我很为难,请不要再这样了"。

可是,藤谷只是含含糊糊地说些不得要领的话:"我跟她说过……"

"你觉得为难,就实话实说。不直截了当地告诉她,她是不会改的。"

藤谷不言语了,来栖问道:

"要不然,就是你对她也有点意思?"

"怎,怎么可能呢?"

"那就明确地告诉她'我不愿意'好了。"

不知是因为优柔寡断,还是心地善良,藤谷似乎说不出这样的话来。

来栖本来想说"男子汉不应该这么黏黏糊糊的",但恐怕正因为是男人,才不会做得那么绝情。况且,对方又是一位七十一岁的老女人,就更让人说不出口了。站在藤谷的立场上,对于比自己大四十多岁的女人,说不出"我不愿意,请不要纠缠我了"这样的话来,也是情有可原的。

"真是,不好办哪。"

来栖抱着胳膊,琢磨起来。要是反过来会怎么样呢?如果是七十多岁的男人爱上了二十多岁的女人,送给她这个那个的,最后提出想让她抱抱的话,年轻女性一定会说"真恶心"并予以拒绝的。机灵点的可能收了礼物,然后干脆地扔下一句"我讨厌老爷爷",便逃之夭夭。

和男人比起来,女人可以很冷淡,换句话说,冷淡也行得通。可是反过来的话,男人就会被人说成是个薄情而冷酷的人。

为数不少的女性,就是抓住了男性的这个弱点,迫使其就范的。那么,杏子女士也是……来栖刚想到这儿,藤谷抱歉地说:

"我实在是做不到,能不能请院长帮我跟她说一下?"

"你说什么……"

被年长的女性追求得一筹莫展的青年,居然提出要院长帮他拒绝。

来栖曾经做过不少成人之美的事,可是,帮人拒绝示爱还是头一回,况且对方还是七十一岁的女性。

到底该怎么跟她说好呢?刚才自己一直让藤谷坚决拒绝,可一旦轮到自己,还真有些犯愁。

"可是,她喜欢的是你呀。"

"但是，还是院长更……"

他大概是想说，您的年龄比我大吧，反正来栖是被彻底卷进这团乱麻里来了。

来栖心里直嘀咕，这种事到底属不属于院长的管理范围呢？不过，这件事看来也只能自己亲自出面了。再说，比起被追求的当事人来，自己说话确实方便一些。

"真拿你没办法……"

尽管对于藤谷的懦弱很失望，最终来栖还是不得不接受下来。

现在，自己要给杏子女士这只风流老女猫戴上个铃铛，可问题是，怎么才能给她戴上呢？

在寻找怎么戴铃铛的好办法之前，当务之急是必须先找杏子女士谈谈，了解一下她的真实想法。

第二天，来栖通过看护告诉杏子女士，请她到院长室来一下，有点事找她。

对方很快回复说："今天觉得腿伤有点疼，所以，请院长到我房间来谈吧。"

"她让我去她的房间吗……"

老早以前的旧伤，居然现在疼起来，真是莫名其妙。更有甚者，还让自己去她的房间，这就更加不可思议了。

尽管百思不解，可既然她这么说，来栖就不能不去了。而且，进她的房间里看一看，也可以了解一下杏子女士的生活情况，也许还能看到她死去儿子的照片。

来栖这么一想，就在川端部长的陪同下，下午去了杏子女士的房间，摁了门铃。

屋里也响起了铃声，不一会儿，门开了，杏子女士出现了。

她穿着从领口到肩头有着精致刺绣的白色罩衫,胸口白金项链闪闪发亮。

"哟,是先生啊。"

杏子女士声音很亮,根本不像七十一岁的老女人。可一看见来栖身边的川端部长,她的脸色立刻沉了下来。

"请问,我可以跟先生单独谈谈吗?"

来栖特意叫部长跟他一起来的,可她为什么不让部长进去呢?

"听您说腿上的旧伤很疼,所以我想有他在比较好……"

"可是,今天又不是为了看腿呀。"

她似乎已经料到了来栖的意图。

"这回,我也有话打算跟院长谈谈,所以,请您自己进来可以吗?"

既然她这么说了,也只好如此了。来栖朝川端部长使了个眼色,让他离开。

川端部长不解地瞪了杏子女士一眼,转身走了。

看着他在走廊上走远之后,杏子女士突然想起来似的把门敞开,说了声"请进吧"。

门厅处早已预备好了一双拖鞋。来栖穿上它进了房间,入口处的地板上,铺着一大块花色鲜艳的地毯。

"先生能光临,真是荣幸啊。"

杏子女士兴奋地说着,在前面领路。

这个套房不愧是整个公寓里朝向最好的,初夏的阳光洒满了阳台,远处是楼群环绕的灯光闪烁的东京湾。

"这房间的景色真不错啊。"

来栖站在阳台前,杏子女士靠近他的身边,说:

"好看吧?来我这儿的人都特别喜欢,我太高兴了。"

伴随着她兴奋的声音,来栖突然闻到杏子女士身上飘过来的一股刺鼻的香水味儿,不禁退后了一步。

"快请坐吧。"

靠近阳台的地方摆放着一个大沙发和两把椅子,都罩着花色布套,待在这个房间里,仿佛置身于花团锦簇之中。

来栖坐在沙发上环顾四周,正对面摆放着一个古色古香的大酒柜,酒柜旁边并排摆着音响和电视,酒柜里放着各式各样的玻璃器皿和漂亮的彩绘盘子。

这是一间宽敞而明亮的客厅。

藤谷理疗师就是被邀请到这里来做理疗的吗?来栖正猜测着,杏子女士从与客厅相通的厨房问道:

"先生,想喝点什么饮料啊?"

"不用忙了,今天只是来谈谈……"

"可是,好容易把您请来了,对了,还有上好的葡萄酒呢。"

"不喝了,还要工作。"

"那就喝咖啡吧,好吗?"

"好的,不用客气。"

杏子女士立刻开始沏咖啡了。透过凉爽的青竹图案的帘子,能看见白色的身影在左右晃动。

"到这儿来以后,没有保姆了……不过,多活动活动,对身体也有好处。"

隔着帘子,看不出她的腿脚有什么毛病。

不一会儿,杏子女士将沏好的咖啡和两个咖啡杯放在托盘上端了过来。

"可能浓了点,这是蓝山咖啡……"

果然,她刚把托盘放在桌子上,就飘来了一股浓浓的咖啡香气。

"可以的话,请尝尝这个。"

在晶莹的玻璃小碟上,放着几颗圆圆的松露巧克力。

"能请先生来我这儿,真是太荣幸了。"

杏子女士像少女似的两手捂着胸口说道,然后喝了一口咖啡。

她右手端着杯子,左手托着碟子,连喝咖啡时的手势,都体现出了上流社会夫人的优雅姿态。

"先生,您喜欢吃什么菜呢?"

"没有特别的喜好……"

"像先生这个年龄的人,不少人只喜欢吃日本菜,您吃得惯西餐吗?"

"当然。"

来栖和麻子经常去吃意大利菜和法国菜。

"那以后咱们一起去吃吧。我知道一家很不错的法式菜馆。"

"不了,不了……"

话题越扯越远了,于是,来栖坐直了身体,谈起了正题。

"今天来找您,是关于理疗师藤谷君的事,我有几句话想问问您。"

"什么事啊?"

突然,杏子女士表情紧张起来。

"您对他特别关照,非常感谢。可是,只对他一个人这么好的话,有点儿麻烦。"

"不可以吗?"

杏子女士立刻像丹顶鹤似的昂起了纤细的脖颈。

"不不,不是说不可以。他还很年轻,收到这么贵的礼物,不知如何是好了。"

"是我自己愿意送给他的,不用这么介意。"

"可是他总觉得很不好意思……"

"这点儿事,没什么可不好意思的。"

杏子女士若无其事地拿起一颗松露巧克力,放进嘴里。

来栖见状,也开始调整自己的进攻策略。

"前几天,您女儿来看您了吧?据说您跟她说,什么也没给过藤谷君,是吗?"

杏子女士那温柔似水的眼睛,突然变得像老鹰的眼睛似的,闪闪发亮起来。

"您的意思是说,对他没有那个意思吗?"

"那个意思,您指的是什么?"

"就是说,对他有好感哪。"

"给他添了很多麻烦,有好感也是当然的呀。"

你还让他抱你呢,可这话来栖怎么也说不出口。

"不过,仅此而已呀。"

"仅此而已?"

突然,杏子女士"呵、呵、呵……"地大声笑起来。

"我不过是跟他闹着玩的。"

"可是,他不是那样想……"

"他误解了,我没有办法。不过,没有什么别的意思。"

虽说如此,对纯洁的年轻人来说,也过分了点儿。

"先生,我只是觉得如同见到了自己儿子。年轻人真是让人羡慕啊,您说呢?"

杏子女士又用讽刺的眼神轻轻瞟了来栖一眼,说:

"先生不是也一样吗?"

"我不明白您的意思。"

"哟,您装糊涂吧。"杏子女士意味深长地浅浅一笑,"先生也喜欢年轻的吧?"

"年轻的?"

"我都知道。其实,别人也知道的。"

不错,麻子来过公寓很多次,职员中好像也有人察觉到麻子是自己的女友。可是,连杏子女士都知道,这让来栖大感意外。

"不过,我是支持先生的噢。"

她自己追求年轻男人,被来栖提醒时,却不失时机地搬出麻子来反击,不愧是老奸巨猾呀。

"先生年轻潇洒,自然吸引女人哪。"杏子女士恭维道,同时话锋一转,"正如您时常对我们说的那样,先生也应该多多享受人生才对啊。"

听她这话,到底是谁劝说谁都闹不清了。

"年轻就是美啊。"

杏子女士站起来,朝阳台那边走去。她一边眺望外面的景色一边说:

"不过,我还是喜欢像先生这样年龄的稳重的男人啊。"

说完,回头嫣然一笑,然后走到来栖坐着的沙发旁边。

"我可以坐在您旁边吗?"

来栖也不好拒绝,就没有说话。于是,杏子女士像一只白天鹅般翩翩飞来,坐到了他身边。

"我喜欢先生。"

一股刺鼻的香水味顿时笼罩了来栖。

所谓捉鬼的被鬼捉,恐怕就是指的这种情况吧。

照这样下去,还不知道下面会发生什么事呢。来栖稍稍往后撤了撤身,小声说道:

"您的意思,我大概明白了。"

其实他什么也没明白,可是,今天就此撤退似乎比较明智。

"这件事,以后再找机会好好谈谈……"

"为什么呀？您不是才来一会儿吗？"

其实已经过了二三十分钟了，再待下去，问题只会越来越复杂。

"我先告辞了……"

来栖正要站起来，杏子女士猛地抓住了来栖的手。

虽说她的手有些干涩，但比想象中要柔软，来栖感觉像是被藤蔓缠绕上了似的。

"我真的有事要跟先生商量。"

她既然这么说了，自己就不能冷淡地一走了之。

"最近我一直睡不着觉，很烦恼。"

"那么，下次请来治疗室……"

"没有用。这不是病，是精神性的问题。我非得被人这样使劲搂着才能安心。"

杏子女士一边说，一边握住来栖的手，往自己胸前拉。

"就像这样，使劲地……"

藤谷理疗师恐怕也是这样被强迫着搂抱她的吧。

"我最渴望的就是被先生这样的人搂抱了。"

"不行，这个……"

现在要是不赶紧走的话，自己就会跟藤谷的遭遇一样了。

"有时间，还是请好好检查一下吧。"

来栖说完，掰开缠绕着他的手，站了起来。

于是，杏子女士也被牵着似的，跟着站了起来。

杏子女士站在来栖的眼前，僵持了一会儿后，恨恨地说：

"太过分了。"

其实来栖也没有做什么太过分的事情，她这话是从何说起啊。来栖正发愣时，她点点头说：

"嗯，明白了，您还是讨厌我呀。"

"讨厌?"

"老太婆啊,当然让人讨厌了。"

"这个……"

这跟是不是老太婆根本扯不上,因为从一开始就不存在喜欢还是讨厌的问题,所以来栖实在没法回答。

"我并不是……"

来栖刚想辩解,杏子女士打断了他的话。

"我确实是个满脸皱纹、没人愿意搭理的老太婆呀。"

"……"

"当然,先生也有年轻女人,正沉浸在幸福之中呢,怎么会搭理我这样的呀。"

"请不要说下去了。"

这种没完没了的自虐的话,来栖实在听不下去了,正想用手势制止她,谁知,杏子女士娇小的身体顺势倒在了他的胸前。

一股香水味扑鼻而来,来栖不由得踉跄了一下,而杏子女士紧紧地贴着来栖的身体,不肯离开。

这可怎么办呢?这突如其来的局面弄得来栖不知所措。这时,贴在他胸前的杏子女士啜嚅着说:

"先生,请抱紧我。"

她越来越得寸进尺了,来栖仍然一动不动地站着,对自己说,这可是万万不能做的。

"快一点呀……"

到了这个份上,来栖也不能没有一点儿反应了,他只好慢吞吞地把两手绕到杏子女士的后背上,她更加使劲地贴紧了他。

"我太高兴了……"

"……"

"这是我梦寐以求的。"

听她这么说,来栖感到很窘迫,但是如果这样做能让她高兴的话,来栖觉得也未尝不可。

不知这样过了多长时间,来栖感觉时间很长,实际上也就是一两分钟的时间。

来栖抱着脸埋在他胸口的杏子女士,望着即将夕阳西下的阳台思考着。

到底要这样待到什么时候啊,差不多该离开了,可是,如果对她说"请不要这样了"未免太冷酷,还是说"我还有事"比较恰当。

来栖刚一松开手,杏子女士就立刻说道:

"您是想走吧?"

被一语道破后,来栖就更说不出"是的"了。

"不是……"

"得了,用不着勉强。"

不管自己说什么,似乎都在她的预料之中。

"不过,这样被您搂着,我觉得特别安心。"

杏子女士更紧地贴了上来。

"真是好久没有这样被男人搂着了。"

藤谷说他只是呆呆地站着,而今天自己似乎比他更进一步了。

"我喜欢先生这样类型的男人,和蔼而有包容力,总觉得跟您什么都敢说。"

被她喜欢实在是件麻烦事,再加上被这么恭维一番,来栖就越来越不好甩手就走了。

现在必须得离开,他刚这么一想,杏子女士立刻抬起头来:

"先生,您讨厌我吗?"

"不,不怎么……"

即便讨厌,也不可能说"是的"。

"那么,就是喜欢了?"

"嗯……"

他想告诉她,并不是非黑即白那么绝对,而是中间色那样的程度,可是又不知该如何表达这个意思。这时,杏子女士又把脸凑近他说道:"太好了。"

这样下去不知道什么时候才能够回去。老不回去的话,职员们会觉得奇怪的。

现在必须得回去了。他正要松开手时,响起了手机彩铃的声音。

来栖的彩铃是"美女与野兽",是麻子给他选的。

犹如被这个浪漫的彩铃救了命似的,来栖松开了绕在杏子女士后背的手。

"对不起……"

来了电话,就连杏子女士也不好不让接,趁着她身体稍稍松开他的空隙,来栖从口袋里掏出了手机。

"喂喂,你现在说话方便吗?"

是麻子打来的。

"今晚,七点可以吗?"

今天晚上,约好在银座的餐馆吃饭,她想确认一下。

"好,可以。"

杏子女士在旁边整理着头发,也可能在偷听他说什么。

"直接去餐馆可以吧?"

"可以,没有关系。"

听来栖说话这么客气,麻子觉得有些奇怪。

"怎么回事,旁边有人吗?"

总不能告诉她,刚才自己一直抱着一个女人吧。

"是啊,那个……"

"知道了。好的,我七点直接去。"

说不定被她听见了吧,他这么想着收起了手机。背朝他的杏子女士转过身来,微微一笑。

"您可真忙啊。"

"哪里,有个会。"

"不用瞒我了,是她的电话吧?"

毕竟是女人,对这种事特别敏感。

"我也能直接给您打电话就好啦。"

她拉长了尾音,娇滴滴地说:

"把您的手机号码告诉我,好吗?"

和刚才一样,杏子女士说话口气很温柔,却是不容置疑的。

没办法,来栖只好把号码告诉了她,杏子女士飞快地写在记事本上。

"太好了。以后可以给您打电话吗?"

"偶尔,可以吧……"

"不用担心,我不会经常打的。"

现在管不了那么多了,还是赶紧一走了之吧。

当天晚上,来栖在银座的餐馆和麻子见面后,跟她谈起了杏子女士的事。

"你的电话来得真是时候,要不然,我还脱不了身呢。"

"就干脆地说'我得走了',不就完了。"

"可是……"

他结巴起来,这使他想起了自己对藤谷说过的同样的话。看来说别人容易,到了自己头上,死活也说不出这句话来。

"可对方是一位七十一岁的女性呀。"

"可是,你并不想搂她吧?"

"那倒是。"

"男人这一点,我就是搞不懂。"

麻子怎么也理解不了男人的暧昧。

"这种事只要一开了头,以后可够你受的。"

"为什么?"

"你把电话号码告诉她了吧,瞧着吧,以后她有事没事都会打来的。"

"不至于像你说的那样吧?"

"说不定你被她纠缠得想甩都甩不掉呢。"

"你在吓唬我吧?"

"其实,你也有一点喜欢她吧?"

"什么喜欢不喜欢的,这是两码事。人家说这样抱着她很高兴,总不能把人家推开吧?"

"这不就说明你喜欢她吗?"

"怎么可能……"

来栖摇着头,忽然意识到自己对杏子女士并不那么厌恶,他暗自感到惊讶。

总而言之,对冈本杏子女士这一战,来栖以彻底失败告终。

刚听到理疗部长报告的时候,来栖认为继续放任杏子女士乱来的话后患无穷,必须坚决阻止。可是自己去警告她时,不仅没能达到目的,反而被她折腾了一番。

对付像杏子女士这样的老手,除非是老奸巨猾的人,否则,根本不是她的对手。

因为她对于男人的弱点知道得一清二楚。所以,比起对女人优柔寡断的男人来,不如让对女人严厉的女人来警告她更有效呢。

以上是麻子的意见,来栖也很同意,下一步他打算让女咨询员去提醒她。可是,据说自从来栖去过杏子女士的房间以后,她对藤谷理疗师的礼物攻势就停止了。而且,每天既不来做毫无必要的按摩,也不再叫藤谷去她的房间了。

总之,不知是来栖的警告起了作用,还是她对藤谷只不过是一时的兴趣,不管怎么说,藤谷已经从杏子女士手中被解放出来,问题似乎告一段落了。

不过,虽然不能说成是交换条件,但杏子女士却经常给来栖的手机打电话。

而且,一般是在傍晚或者夜晚,"先生,您现在有空吗?"这矫揉造作的声音,一听就知道是她打来的。

说实话,每当听到这种声音,来栖的心情就沉重起来,他常常借口有工作把电话挂断。

可是,总是这样他又觉得于心不忍,所以,有时候就没有挂断。于是乎,杏子女士就没完没了地说起来。诸如什么,我今天去银座买东西了,看见有适合来栖穿的毛衣啦,什么时候一起吃饭啦等等。

"好的,过几天再说吧……"来栖暧昧地回答。

于是,她便进一步追问具体时间:"那么,您什么时候方便啊?"

"现在还定不下来。"

来栖总是借口工作很忙来对付她,每当此时,他就清晰地想起了麻子说的话"甩都甩不掉的"。

来栖琢磨着,杏子女士的好奇心该不会是从藤谷身上转到自己身上来了吧?

从她最近打电话的情况来判断,实在是很频繁,让人不得不往这儿想。

好在她曾经是有钱人家的夫人,所以并没有达到骚扰的程度,差不多一天打来一次。她一般都是先确认一下,现在来栖有没有时间说话,然后,便照例开始诉说她是怎么过的这一天,不然就是发表一下看书或看电影的感想等等。

最初,来栖以为听这些上岁数的女人说话,肯定会忍受不了的,谁知,耐着性子听下去,倒是了解了不少有关她的生活状态,她独特的想法和感觉,以及公寓内的人际关系情况,也算是一种收获。

只是,每次说到最后,她都会说一句"真希望什么时候,跟您单独见面聊一聊啊"。如果来栖觉得为难,她马上又改成一起去吃饭啦、看剧啦等等,来栖不得不变着法儿加以拒绝。

目前的情况,可以说是烦恼八分、收获二分吧。

无论如何,来栖必须一天一次应付她的电话,这可是不小的负担。夜里,只要一听到手机响,来栖就恨不得逃跑。

"你既然这么烦恼,干脆换个号吧。"

麻子给他出了个主意,可是,来栖觉得这样做有点残忍,老女人的唯一乐趣就是给他打电话,如果擅自换号,似乎不太合适。

"那你就只能这么熬下去了。"

麻子也懒得管他了。没办法,自己身为一院之长,就不能做出换号码那么冷漠的事。

事情到了这个地步,已不能说是公寓内的问题,而是来栖个人的问题了。所以又不能和大家商量,只能闷在自己心里,慢慢去解决。

就在他闷头想如何解决这事的时候,夜里近十二点,突然响起了电话铃,接起来一听,传来杏子女士的哭泣声。

"先生,先生……"她只顾哭哭啼啼的,也不说话。

"你怎么了?"来栖问道。

她才娇柔地说了一句："我是个坏透了的女人。"

深更半夜的,到底发生了什么事情呢?她突然说什么"我是个坏透了的女人",让人丈二和尚摸不着头脑。

"到底怎么回事呀?"

来栖问了半天,她还是伤心地哭个不停,闹不清到底是怎么了。

"你先不要哭了。"

可是,呜咽声依然没有停下来。过了好一会儿,她才抽泣着哭诉道:

"我这个人,就是个特别特别任性的人。"

这一点来栖以前就知道得很清楚,根本用不着她自己说。

"我总是,只知道考虑自己……"

这一点,来栖也早就领教过了。

"爸爸活着的时候,我就想过,他要是死了,我可怎么活下去啊。"

她说的"爸爸"好像是八年前去世的丈夫。

"所以他死的时候,我伤心极了,一直哭个不停……"

听她说起这些过去的私事,来栖不知该说什么好。

"那个……"

这大半夜的,来栖不想让她再说下去,可是杏子女士却毫不理会,继续诉说着:

"他死了半年后,我才一点点恢复了精神,过了一年后,我深深感受到,一个人生活真是太自由自在了……"

的确,妻子先走了以后,丈夫们都会迅速衰老下去;相反,丈夫先走了以后,妻子们几乎都变得更精神了,都在尽情地享受人生。

这一点看一看公寓里的老人们就明白了。

"一想到不用服从丈夫的意志,不用照顾丈夫的起居,我就舒了口气。现在,是我的人生中最幸福的时期。"

既然这样,还有什么可哭的呢？来栖忍着没说出来。

"我想,先生肯定是非常了解的。"

"什么呀？"

"女人是特别善变的。"

她说"特别"时还拉长了音,仿佛她自己深有体会似的。

这半夜三更的马拉松电话,无论如何也不能再听下去了。

"那就先……"

来栖再次要挂电话的时候,杏子女士立刻察觉到了,央求般地说：

"请等一下。虽然打扰了您,请您还是再听一会儿吧,就一会儿。"

"你到底想要说什么呀？"

来栖有点厌倦了,冷冷地问道。

"先生是我的唯一依靠,我觉得先生一定会理解我的心情的。"

那么,到底要理解她什么呢？她絮絮叨叨说了半天也没说清楚,所以来栖才不耐烦的。

"总之,请先生务必相信我,我绝对不是那种轻浮淫荡的女人。"

来栖从来没有说过她是这样的女人,甚至连想都没这么想过。

"我并没有……"

"太好了。那我就放心了。先生,谢谢您。"

为什么她要感谢自己,来栖还是弄不明白。

"我总算可以放心了。"

莫非刚才杏子女士受到了什么惊吓,实在无法忍受了？不管怎么说,现在她的精神异常亢奋是可以肯定的了。

"那么,就这样吧……"

来栖觉得这回差不多了,这时,她的语气突然变得十二分亲切起来。

"好的。先生,真是很抱歉。"

来栖沉稳地回应道:

"晚安。"

"啊,先生,还有最后一句……"

"什么事?"

"我太喜欢先生了。"

来栖不知道该怎么回答,又道了一遍"晚安",挂断了电话。

不过,杏子女士深夜打来的异常电话到底是怎么回事呢?

说不定在她身边发生了什么使她心神不安的事情,于是,她需要一个能够倾诉的对象,就选择了自己吧。

来栖这样猜想,但实际情况不得而知。

更让人匪夷所思的是,第二天,来栖让看护留意一下杏子女士的情况,回复说和平时没有两样。

但是,来栖还是不放心。第三天,听说杏子女士会参加美容讲座,他就在讲座开始之前去了会场。杏子女士就像什么事都没发生过似的,微笑着跟他打招呼。

由于周围还有那位差一点嫁给立木先生的江波玲香女士等十来位女性,所以来栖没有和她交谈,但她看上去精神很好。

这么说,那天夜里的电话只不过是她一时心血来潮了。也许一夜过后,心情就平静了,恢复了平常心吧。

她变得也太快了吧,来栖惊讶不已。

不过,再去追究也没多大意思。

为什么那天夜里和现在,她会判若两人呢?关于这个问题,即使去问她本人,恐怕也得不到确切答案的。她会敷衍地说:"哟,我怎么一点都不记得了?"

说到底,对于她来说,最重要的只是现在自己处于什么状态这样现实的问题吧。

　　对于年轻人来说最重要的也许是未来,但对于老年人来说,就是眼下能够健康快乐。每一天乃至每时每刻的积累即是人生。我们的工作,就是帮助这些入住者每天都能够开朗健康地生活。

　　"对这个讲座,冈本女士和江波女士都非常积极,非常有兴趣。"

　　美容讲座后,从讲师那儿听到她们二人的情况,来栖再次确认了这一点。

　　不管有多少不懂的地方,只要还关心如何把自己打扮得更漂亮,她们二人就一定能够开朗而洒脱地活下去。

第四章 情色电影

进入梅雨季节,入住者健康管理方面的问题就越来越多了。

公寓里的居民多是老年人,随着湿度逐渐增高,气温下降,患咳嗽、感冒的人日渐增多。感冒若拖延不愈,便会转成肺炎或者引起预料不到的并发症,所以作为管理者一点儿都不敢大意。

和老年人的心情一样,他们的身体状况也很难把握,这一点是来栖开办这个公寓以来才认识到的。因此,他要求入住者们只要稍稍感到一丁点身体不适,就要马上来就诊。

进入梅雨季节后,还面临着一个问题。就是由于阴雨连绵,老年人的外出必然减少,从而导致运动不足。就连去附近转转,也需要穿大衣、打雨伞,这对于老年人是不小的负担,而且还有滑倒的危险。加上患有风湿症或关节炎的老人,常因关节疼痛而变得动作迟缓。

特别是今年的梅雨季节比起往年来雨量较多。即使不下雨的日子也是阴霾天,人们的心情也连带着阴郁起来了。

每当这种时候,来栖就鼓动老人们多利用公寓里的各种设备活动身体。

例如,四层理疗室里有配套的大浴室,无论白天晚上都可以入浴。理疗室隔壁是配备了各种健身器械的健身房。还有娱乐室，里面扑克牌、围棋、象棋以及麻将桌等等一应俱全。在能够容纳五十人的会议室里的中央舞台上，放着一台很大的高清电视，大家可以一起看电影和体育节目。

此外，在中央舞台上，有时请来大家年轻时喜欢的老歌手，演唱怀旧歌曲，或者举办古典音乐演奏会，还能欣赏到来慰问演出的曲艺演员表演的单口、对口和群口相声。入住者几乎都是收入丰厚的成功人士，兴趣也颇为广泛，经常自行组织各种花样翻新的娱乐活动，其中最有人气的，要数最近的"银发·绒球舞"的舞蹈表演。

舞蹈表演者一共十人左右，全部是六十岁以上的女性，年龄最大的七十七岁。演员们齐刷刷地都穿着超短裙，两手一边挥动着花里胡哨的绒球，一边随着摇滚乐，动作一丝不乱地扭动着身体绕圈。扭了一会儿后，伴随着尖叫指令，她们或高高地踢腿，或奋力叉开腿劈横叉，胯裆都快要挨到地上了，博得众人喝彩不断。

尽管平均年龄六十七岁，但她们个个面色红润，体型健美，且不说有六十岁了，就说是五十来岁，也有人信。

看着她们的表演，入住者和职员们都无比感慨，无论多大年纪，只要想做，没有什么做不到的。

表演结束之后，来栖和演员以及热衷这类活动的入住者一起喝茶聊天时，舞蹈队队长和田美子女士的发言给大家留下了很深刻的印象。

她今年七十岁，从十年前，即六十岁开始就想要组建一个这样的舞蹈队，为此，她第一步要做的就是和丈夫离婚。她强行说服了困惑不解的丈夫，离了婚。成为自由身后，她远赴美国留学，在那里学习了舞蹈技艺后回国，并于六年前组成了现在这支舞蹈队。

她们的表演令人耳目一新当然不在话下，最使来观看表演的女士们受刺激的,还是和田美子女士在着手此事之前,先把婚离了这件事。

"可见,不离婚就是不行啊。"

第一个表示赞同的是607室的东山夫人。桥本夫人和江波女士也跟着点头,表示赞同。

后边两位早已经是单身了,然而,女人为了喜欢的事业,必须首先抛弃丈夫,成为单身才行,这对于男人来说实在太可怕了。

"她能把自己的意志贯彻到底,真是令人钦佩啊。"

女士们无不对舞蹈队领导者特有的生活方式佩服得五体投地,而男士们都往别处看,佯作不知,没一个吭气的。

就在来栖正琢磨着像"绒球舞"这样的表演要大力推广的时候,总务长拿来了一份计划书,据说是根据一部分入住者的提议写成的。看了以后,就连一贯主张"Et Alors"精神的来栖都大惊失色、不知所措了。

"有人提议在会议室里举办色情电影鉴赏会。"

以前也经常举办所谓电影鉴赏会,其实就是在会议室正中放上一台很大的高清电视,大家一起观看。

不过,那些电影都是从前的名片,或者说是老片子。绝大部分是小津安二郎、沟口健二、黑泽明等导演拍摄的片子。而外国电影则是从《哀愁》《终点站》《卡萨布兰卡》等战后热映的爱情片,到《罗马假日》《飘》等经典片子,很受大家欢迎。

总之,都是老人们年轻时看过的东西,所以,大家谈起当年的情景,总是充满了怀旧感。可这回提议看色情片的,究竟何许人也?

来栖问了总务长,他回答说是608室的姓谷口的男士的主意,此外,古贺、庄司等几位男士也表示赞同。

"谷口先生他们不是有夫人吗？"

来栖问道。总务长点点头说：

"所以才想要大家一起偷偷看呢。"

"在自己家里一个人看不是更安心吗？"

"可是，他们说妻子老在旁边，看得不踏实。所以才想到，找一些志趣相投的男人一起踏踏实实地看的。"

"大家一起偷偷看"就够可笑的了，"志趣相投的男人一起看"就更可笑了。

不过，有一点可以肯定，就是他们想要看大屏幕的色情电影。

"色情影片也分好多种吧？"

"没错。所以我想，太刺激的，比如性变态片子或SM一类的还是排除为好。"

没想到总务长不光是会算账，对色情片也门儿清。

"谷口先生说，可不可以先从日本最早的电影公司——日活公司的浪漫色情片看起。"

"那也分很多种吧？"

"他的意思是，从中选取一些最带'色'的。"

连这种事都要自己来抉择，来栖不由叹了口气。

说实话，在老年公寓里不分白天黑夜地公开上映色情片似乎是个问题。

这不仅关系到公寓内的风纪问题，还要担心女士们知道了以后会做何反应。

再说，色情片本来就应该躲在自己房间里悄悄看的，这些人却提出要大家一起看，这个主意本身就不对头。

此时此刻，来栖突然想起了一件往事。

父亲得急病去世后，来栖在父亲起居室的电视旁边，发现了一盘色情录像带。

他记得,最初的一瞬间,自己脑子里打了个问号。接下来的一瞬间,仿佛窥见了父亲活生生的另一面,感觉心里很不是滋味。

现在,这种感觉已经转变成了某种怀念之情。由此看来,谷口他们这样提议也没什么可大惊小怪的。

要不要批准这个计划案呢?来栖还是犹豫不决。当天晚上,他给麻子打电话,问她的意见。

"嘿……"她沉吟片刻,干脆地说,"有什么不可以的?"

"是在会议室里放映呀。"

"可是,凡是男人都想看吧?"

这话确实在理。对于此类事的好奇心,似乎跟年龄、地位和教养没有太大关系。

提出举办色情片鉴赏会这个动议的谷口先生六十八岁,以前在某出版社工作。而古贺七十岁,是国立大学名誉教授。庄司七十八岁,曾在文部省任局长,可谓公务员中的精英。

这些曾经是各自领域里的佼佼者提出想要在一起看色情片。

"用那个高清大电视看的话,可够清楚的啊。"

会议室的电视宽度足有120到130英寸,要是用它看色情片的话,一定相当刺激。

"提建议的人好像都是因为有妻子,在家里看不踏实的缘故。"

"一结婚,就没那么方便喽。"

麻子叹了口气,说:

"说不定,太太们也来看呢。"

"不会吧……"

"你不是主张'Et Alors'吗?"

听她这么一说,来栖觉得也不是没有可能。

也许是麻子的话起了作用,来栖开始从积极的方面考虑放映色情片的事情了。

在会议室里大家一起看色情片,乍一听,给人感觉好像挺淫秽,但是,好几个男人一起提这个建议,说明想看的人还不少呢。

再说,上了岁数的人看了这种东西,对于身心都是一种刺激,很可能会增加他们的活力。性爱乃生之原点、命之光辉,因此,在老年人公寓里,说不定反倒应该大力提倡呢。

然而,要真正实施的话,需要和职员们进行沟通,取得他们的理解,就具体怎么运作进行协商等。

在一个跟梅雨季节惜别般的大雨天,来栖召集总务长以及咨询员、看护、护士等开了个会。

总务长先将谷口先生的提案通报给大家,然后宣布从日活电影公司的激情片里挑选情节比较保守一些的放映,时间是晚饭后八点开始,地点在会议室。

大致讲完之后,小西咨询员举手发言。

"现在已经问题成堆了,还要推行这种提案,是否不大妥当呢?"

她所指的问题成堆,主要是指一些男性入住者对女员工的性骚扰行为。

"前不久,今原先生的事已经引起麻烦了……"

的确,在上个星期的工作会议上,围绕605室的今原先生把手伸进女看护胸部的事进行过讨论。

他今年八十岁了,由于腰痛,移动时需要依靠轮椅。一天,为了把他转移到轮椅上,年轻女看护小泽正要把他抱起来时,今原先生那布满皱纹的手一下子从小泽的胸口滑了进去,抓住了她的乳房。

小泽看护吓得"啊"地尖叫起来,一下子松开了双手,结果今原先生便掉到了床边上。

幸好今原先生没有摔伤,但是从那以后,小泽就坚决拒绝护理今原先生了。

小西咨询员的意见是,要是给他们放映色情片的话,这种行为就会有增无减的。

对职员的性骚扰行为,在这个公寓里已经发生过好几起了。

例如717室的七十五岁的铃木先生也是爱摸看护和护士屁股的主儿,已被列为需要防范的人物了。而且,他一般都是谎称有什么东西找不着了,当看护蹲下来帮着他寻找或背过身儿去的工夫,屁股就会被他飞快地摸上一把。

他以前曾经在信用社当过头儿,完全看不出是干这种事的人。可是只要有机会,他就决不放过,所以,对他必须时刻保持高度警惕。

就连以花花公子闻名的立木先生也偶尔有此嗜好。每当他骚扰人家的手被对方甩掉时,他总是夸张地皱着眉头嚷嚷:"哎哟,疼死了,疼死了……"好在他的开朗性格帮了他的忙,倒也不招人讨厌。

这个程度的骚扰还可以举出一些。比如有的人暂时需要坐轮椅,当他被看护抱到轮椅上去时,他就抓住看护的手不放,已经移到轮椅上后还是不松手。还有的人,当看护弯腰抱起他时,他目不转睛地盯着女看护的胸脯看。

此类行为不仅是独身男性,对有家室的也不能大意,而且有家室的人反倒常常背着妻子干这种勾当。

对于此类情况,公寓管理层经常在会议上事先教给员工们一些应对方法,以防因生气而使工作中断,或者在不伤害对方的情况下告诫对方,使其不再这么做。

举例来说,如果对方朝自己的胸脯伸过手来的话,就抓住他的手,放回原处,一边说"哎哟,可别把我当成您妻子呀",或者"这手有坏毛病，还是收起来的好"等，半开玩笑地规诫他。

对于这些"淘气"的坏小子们，用母亲般的心态对待他们是很重要的。

当然，性骚扰也是花样繁多，光靠母亲般的心态应对是不够的。比如618室的须贺先生吧，此人有暴露癖，令工作人员都很挠头。

他肾脏不好，进入这样的健全者公寓本来就比较勉强，所以，他成了治疗室的常客。他喜欢待在自己房间里，于是，看护和护士自然常去他的房间。有时看护在门口叫他，他故意不应答，走进卧室探看，他正仰面朝天躺在床上，暴露出下身。

正赶上看到这情景的是刚来的年轻女看护，当时就被吓得魂飞魄散，撒腿就跑。

这位须贺先生动不动就按铃叫护士来。有一次，说肚子痛，让护士给他按摩，护士刚把手轻轻放在他肚皮上，他就突然抓住护士的手往自己的胯下送，气得护士掉头就走，护士回到自己房间后拼命地洗手。

行动不便者居多的老人院，这种事少不了。其中有的男人为了让护士摸他，还故意尿裤子。遇到这种情况，看护和护士最好不要冷淡地不予理睬，而要以从容镇定的态度对待。

当遇到有暴露癖的人时，护理人员最好是一边说"哎呀呀，这东西露在外面会感冒的，还是好好收起来吧"，一边给那儿盖上一块毛巾。当被男人硬拽着手摸裤裆里头时，就用手指轻轻弹一下说"这么软塌塌的，还显摆哪"。

这么一来，有暴露癖的男人就会丧失一些自信，变得安分一些。

这种时候，抱着做母亲的心态对待他们是很重要的。不过，要求年轻女性也这么做或许太苛求了。

当然，做这类事的人毕竟是极少数，有暴露癖的须贺先生后来痴呆症日益严重,半年后,转院到特护老人院去了。

但是,据说在那边他也没有停止性骚扰,可见,即便痴呆了,性的好奇心恐怕也不会丧失吧。

一想到这件事,来栖就会感叹,人看似坚强,但也有着悲哀无奈的一面。

总之,性骚扰在现实中确实存在,对于女职员们来说,这当然是件令人烦恼和不快的事。

因此,在公寓工作之初,来栖就提醒她们注意这个问题,而她们也对此保持着高度的警惕。工作时尽量不穿开襟衬衫,不穿太短的裙子,不化太浓的妆,预感到性骚扰时及早躲避等。

但无论如何,老年公寓属于服务业,在这里工作的女性具有亲和力才会让入住者感到满意。所以,片面强调工作人员要严肃、庄重也不是解决问题的办法,关键是要根据每个人的教养程度来应对。受到性骚扰的女性大多是年轻而老实的人,越是岁数大的、厉害的女性,这种事就越少。

总之,尽管不可能彻底根除性骚扰,但作为老年人公寓,在"Et Alors"发生性骚扰的情况还是属于比较少的。

这大概是由于入住的男性都具有一定的教养,社会地位高的人比较多的原因吧。

与之相比,像冈本杏子女士对藤谷理疗师所做的那样,入住的女士对男职员的性骚扰也是个问题。只不过,这类性骚扰不会像男性对女性那样公之于众,但加之女性身体好,又有钱,今后免不了会有所增加。

在这种情况下举办色情片鉴赏会,问题不就会越来越多吗? 小西咨询员的这个意见是可以理解的,护理主任小野洋子以及年轻女看护们也都支持这个看法。

与此相反,男职员大都持赞成态度。看护部长井出等人的意见是,如果批准他们的提案的话,反而会使性骚扰的现象减少。

到底该怎么办呢?来栖听着大家的意见,心里的天平渐渐朝着同意提案的方向倾斜了。

尽管会助长性骚扰的意见不无道理,但从现在的入住者的水准来看,此类行为不大可能增加。

其实,一般人应该不会那么没出息,一看色情片就立刻跑去骚扰看护他们的女性。大大方方地看色情片,跟大伙一块儿聊天,反倒更能够排解欲望,变得开朗起来的。

万一他们看了电影以后,变得亢奋起来,对女人产生了兴趣,也不是什么坏事。当然,直接对公寓里的女职员出手的话会比较麻烦。但公寓里的男人有妻子的居多,而独身的男性如果能够以此为契机开始接触独身女性的话,就会给公寓的生活增添活力了。

"大家都发表了各自的意见……"最后,来栖下了决断,"既然他们有这样的愿望,就批准了吧。"

说实在话,来栖对于谷口等三位男性无所顾忌地提出色情片鉴赏会的建议抱有好感。这种事是很难说出口的,能够这么毫不难为情地提出来,让人觉得很痛快。

这正是来栖想要推广的"Et Alors"精神。不管别人怎么看,也要抱着"那又怎么了"的态度坚持到底。

来栖指示总务长立即和谷口先生联系,着手进行放映准备。小西咨询员马上问道:

"这件事要是被外面的人知道了,怎么办呢?"

"既不必大肆宣传,也不必刻意隐瞒吧。"

来栖想,如果接受了国家和地方自治团体的援助,就必须要得到他们的允许,不可能这么简单。但是,像这样不受限制、可以自由安排则是民办设施受欢迎之处。

虽然决定了举办色情片鉴赏会,可一旦实施起来还是遇到了两三件麻烦事。

其一,是以什么形式宣布这次活动的问题。

以前的电影鉴赏会都是以电影名为中心,依次写上导演、主要演员、内容摘要以及举办日期和场所。

可是,这回总不能堂而皇之地写上"浪漫色情片鉴赏会"吧。

所以说,这次张贴出去的宣传海报上只能光写电影名了。没有想到的是这也颇费周折。

开始,以谷口先生为首的三个发起人挑选了一部名为《住宅区主妇·午后恋情》。这部作品作为日活浪漫色情片的初期代表作,曾经很有人气。女主角是白川和子,据说谷口先生曾是她的粉丝,看过她的好几部电影,对她一往情深。

可是,如果原封不动地写上这个题目的话,一看就知道是色情片,会招致女士们反对的。

能不能换一个名字隐晦一些的呢?可是,凡是他们估计比较好看的片子,名字几乎都太刺激、太露骨了。

经过反复筛选,最后只剩下了《四铺席半房间拉门那边》这一部了。这是永井荷风的原著改编的,以大正时代为背景,凭借不同类型的妓女与她们交往的男人们之间的激情戏获得好评,被誉为日活浪漫色情片的杰作。

其实,这个片子来栖在大学时代就已经看过,至今,他还对蚊帐中蠕动的女人肉体记忆犹新。

"这个名字,看不出是色情片了吧?"

谷口先生说道。可是,真的会是这样吗?

若是跟《住宅区主妇·午后恋情》相比,它好像不是那么露骨,但是,看过电影,肯定会立刻明白这名字意味深长的弦外之音的。

"不过,看这样的电影也可以增长知识的,大正时代可是日本曾经的盛世啊。"

最后,综合考虑了古贺先生的意见后,决定先上映这部电影,但宣传画要尽量做得朴实无华一些。

经过这一系列前期准备工作,色情片鉴赏会终于定在梅雨刚过、突然变得闷热起来的七月中旬的一个星期六晚上举行。

地点定在会议室,晚上八点开始,椅子准备二十把。

以往放电影都是摆放二三十把椅子,但由于这次是色情片,虽说男士会增加,可女士却几乎不可能出席,所以估摸着这些座位足够了。

最关键的录像带,是谷口先生从都内的录像带出租店租来的。由于片子太老了,费了好大劲儿才找到的。

"现在的年轻人,根本不知道'浪漫色情片'这个词。"

当然,也有像江波女士这样的女性,一看到宣传海报,就立刻说出"这是日活的色情片吧"。

小西咨询员听了,非常惊慌,当江波女士问她"你也去看吗?"时,她竟一时语塞。

"不过,听说那个电影挺好看的。"

江波女士连这些都知道,真不愧是领先时代潮流的女性啊。

"是谁提议要看的?"

"据说是一些男士提出来的。"

小西咨询员答道。江波女士听了哈哈大笑起来,还说什么"男人们,真是可爱啊"。

最初只有几个男人悄悄地过来看宣传海报,但越是临近放映日期,大家越是踊跃起来,电影鉴赏会成了公寓里的一个热点话题。

甚至还有外面的人听说后,打电话来询问可不可以来公寓看的。

"我们又增加了一些座位。"

总务长向来栖报告。然后又问:"您也来看吗?"

说心里话,时隔这么多年了,来栖很想再看一遍这部老片子,但他还在犹豫。

如果听说院长也去看这种片子,很可能会受到女性的冷嘲热讽。

不过,总务长倒是很乐观,也许是他自己也想看的缘故。

"无所谓,不就是'Et Alors'吗?"

被他这么一鼓动,来栖也只好去了。

到了上映那天,快到晚上八点时,来栖正准备去会议室,总务长跑来了。

"请您稍等一下再去,现在正在加座呢。"

"二十个座位不够吗?"

"全都坐满了,还有十几个人站着呢。"

"这么多人……"

"而且近一半是女士。"

来栖吃惊地叮问总务长:

"来了这么多人吗?"

"是啊。江波女士、桥本夫人,还有冈本女士……"

听着一个个女性的名字,来栖不由倒吸了一口冷气。

"她们还都占据了最前面的座位,男人们反而被挤得没地方了。"

无论总务长还是发起人谷口对这个局面都始料未及。

"现在立刻增加座位,过十分钟左右,请您再过来吧。"

来栖调整了一下坐姿,思考起来。

如果只是想看色情片的话,借盘录像带来或者去放映这种电影的地方看就行了。可是,正如谷口先生说的那样,在家里看,有妻子在,看得不踏实。去电影院,对于老年人来说又太辛苦,即便能去,也要顾虑周围人惊讶的目光,"这么大岁数还来看",太丢面子。

原本为了这些男人,来栖才接受的这个建议,可是万万没有想到连女士们也来凑热闹了。

现在是个什么情况呢?来栖等了十分钟后,去了会议室。

到了会议室,来栖看见好几个人还站着,有男有女,几个男看护正从库房里搬来椅子给他们摆好。

来栖在门外停下脚步,站在门口的谷口先生微笑着挥手跟他打招呼。

"没想到来了这么多人,现在已经增加到三十个席位了,弄不好,我们得站着看了。"

三十人,意味着差不多公寓一半的人都在这儿了。

来栖惊讶不已。一走进会议室,一股热腾腾的气息扑面而来。里面已经坐满了人,女性大约占了一半,而且都穿着漂亮的服装,叽叽喳喳地说笑着。

"请您这边坐……"

谷口先生请他坐在最后一排。隔着两个人,就是曾经持反对意见的小西咨询员和小野主任。

"真不得了啊。"

无论是谷口先生,还是总务长似乎都未能充分了解女人们的能量。

直到所有观众都落座之后,电影鉴赏会才正式开始,比预定时间晚了二十分钟。

按照惯例,举办电影或音乐会等鉴赏活动时,先由主办者简单介绍一下相关内容。

可是，这次情况特殊，谷口、古贺等发起人都互相推让着，谁都不愿意上台做介绍。由于是色情电影，所以他们都不愿意被大家看成是精通色情片的人。

他们的心情可以理解，可是，不做任何介绍就开始放映，反而显得不自然。

不得已谷口先生上了台，突然，他发现妻子进了会场，赶紧推给了古贺先生。

原大学教授的古贺先生很不情愿地接受下来，但是，面对占观众半数的女性军团，他心里发虚，站在台上，语无伦次的，完全不知道自己在说什么。

"这个……那个，一部分人提出……想看这种电影……因此呢……考虑来考虑去，如果有人想看的话，那个，结果呢看也可以……"

听他的意思，就好像是他自己不想看，实在没办法才举办的。会场里的人开始起哄："下来吧，赶快放吧……"古贺先生赶紧逃下了台。

主要干事之一的庄司先生，摁下了早已放好的录像带，电影开演了。

按说看的是大屏幕电视，没有必要把灯关掉，但这回是色情片，还是暗一些的好，所以把灯全都关掉了。屋子里只剩下屏幕泛出光亮，朦朦胧胧能照出里面看影片的人。

大正时代的妓院街最先出现在了画面上。其中一家妓院里，由宫下顺子扮演的花枝招展的妓女登场了。

二楼上已经有嫖客在等候她了。去接客之前，老鸨训诫妓女们的话被打成了字幕。

"你们听着，不要看男人长相，要看他有没有钱。"

一瞬间，女宾席这边响起了叽叽喳喳的声音，"没错"，随即有人扑哧一声笑出来。

这部影片是以这家妓院为背景,描写这里的妓女和各种各样的嫖客之间的关系。

构成主线的是名叫袖子的妓女和叫作信介的嫖客之间的纠葛,同时,插入了老妓女手把手地教给雏妓花丸床上技巧,妓女夕子和二等兵的恋情,以及大茶壶傻助子在房间里上吊又被救活的闹剧等情节。

此外,还掺杂了当时发生的抢米骚乱、日本出兵西伯利亚的背景、一个被征兵上战场的士兵的悲哀等,弥漫着烂熟的情欲和大正时代的悲惨。

从入住公寓的人来看,八十岁以上的人对这个时代有着切身的体验,从六十岁到七十岁的人也怀有悠远的乡愁。

就这样,画面上不断再现着当时的世态,表现着人的情欲。其中妓女在蚊帐里和男人做爱时,呻吟着扭动身子的镜头极为刺激,大家都目不转睛地盯着看。

与这组镜头平行的是,见习妓女花丸在楼下挽起和服下摆,露出鲜红的内裙,在走廊上擦地板。

这时,一名老妓女走过来,告诉她要想从男人兜里掏钱,那个地方必须紧绷一些。她给这个年轻妓女的两腿之间夹了一个鸡蛋,这样可以使那儿变得更紧。可是,年轻妓女的表情很难受,也很娇媚,男士们顿时兴奋起来。

谁知,女士们却很不以为然。当年长的妓女把脑袋伸进年轻妓女的胯下,瞧瞧她夹得好不好时,有人甚至咻咻地笑出了声,这和默不作声盯着看的纯情的男士们大相径庭。

接着,画面再次回到二楼的蚊帐里。女人呻吟着,白皙的皮肤渐渐沁出了汗。

"我从来没有感觉这么舒坦过呀。"

女人对男人诉说着,男人一听,更加激动了,也更加卖力了。"饶了我吧",女人哀求道,男人并不理会,继续干着。

这种镜头在此类电影中很常见,来栖朝旁边扫了一眼,曾反对放映这种片子的小西咨询员和小野主任的眼睛也都直勾勾地盯着电视。

过了一会儿,呻吟声消失了,画面转换到了楼下的大堂。

有一位老爷叫了几个妓女和帮闲正在玩乐。所谓帮闲,俗称大茶壶,类似于在客人房间里讨嫖客欢心的男妓。

刚好聊到女人的性高潮时,大茶壶傻助子说:"那种欲醉欲仙的感觉,男人是感受不到的。因为她们嘴里老是在喊'我想死,我想死',可见有多舒服。"于是,老爷说:"那我今天就让你体验体验吧。"

大茶壶慌了神,此时,老爷已经拿出了红腰带,傻助子自知逃不掉了,就把头伸进了挂在房梁上的腰带里,蹬翻了脚下的踏台,吊在了半空里。

坐在前排的女士们发出了"啊"的尖叫声,喊着:"快点救人哪。"

大茶壶翻着白眼,挣扎了几下就不动弹了。妓女们吓坏了,赶紧解开腰带,把他放到床上。可是,他已没了气息。幸亏老爷灵机一动,"啪"地扇了他一个嘴巴,这才缓过气来。

"你感觉怎么样?"老爷问道。傻助子看了看周围,说:"阎王对我说,'你这样的傻瓜蛋,根本不配下地狱'。就把我给轰回来了。"

女宾席立刻有人说"真够傻的",大家笑声一片。

接着,画面切换到了妓女的房间。老妓女对见习妓女说:"今天太累了,你给我铺床吧。"床铺好后,她把年轻妓女拽进自己的被子里,问她:"你跟男人睡过觉吗?"然后脱光了她的衣服,"男人就是这样干的。"说着老妓女扮演男的,手把手地教起来。

这简直就是性技巧讲座。众人都屏气凝神地盯着画面看,会场里鸦雀无声。

镜头又回到了刚才的大堂。这时,一名衣着艳丽的妓女出现在热闹的宴席上,一边跳舞一边一件件地脱衣服。

她解开和服腰带,脱掉和服后,只剩下了一件大红长衬衫,把它也脱掉后,她便赤裸裸的了。接下来,她卖弄地叉开双腿,往下身塞铜钱,博得热烈的叫好声。

这时,观众席有位女士说了句"真的假的呀……",立刻引起了哄堂大笑。

男士们仍旧坐得直直的,非常投入地看着,而女士们的反应则很直白,很闹腾。

现在又回到了妓女袖子和客人的床上镜头,袖子的上半身妖冶地在蚊帐里扭来扭去。

这个电影的优势就在于,像一般成人录像带那样并不直接演局部,只通过面部表情和下半身的蠕动与喘息来煽动色情。即便拍到了局部,也都做了模糊处理。此类拍摄方式更能够激起人们的想象力,更加色情。

大白天这两人一门心思地做爱,在这看似一片安宁的妓院里,突然传来了"号外,号外"的报童叫卖声,原来是城里发生了抢米骚乱,暴徒们袭击了米仓。

赤身裸体的妓女听见后,轻轻说道:"这年头真是越来越乱了。"

从这些场面看,虽说是色情片,却表达了一定的反战意识。

接下来,随着出兵西伯利亚的字幕,又换成了二等兵和妓女在一起的镜头。

这两人是恋人,男的突然接到了开赴西伯利亚的命令,抽空跑来和妓女告别。可是,他必须马上回去,若回去晚了就会被枪毙。

可是,就这么走了的话,谁知此生还能否相见呢?这么一想,妓女自己解开了腰带,男的见状也赶紧脱下军裤,二人沉浸在片刻的交欢里。

匆匆忙忙干完后,男人连告别的话都来不及说,就朝兵营飞奔。妓女沿着堀川在后面紧紧追赶,嘴里一边喊着:"你要活着回来啊。"

不巧,士兵偏偏迎面碰上了长官,长官劈头盖脸地呵斥起那个士兵来。

"混蛋!身为帝国军人,竟敢和妓女鬼混,你不想活啦……"

他对着站得笔挺的士兵的脸,左右开弓地扇起来,扇得士兵直摇晃。

长官一边扇,一边吼叫着:

"你明白吗?"

这时,只听会场里响起了一声嘶哑的"明白"。大家莫名其妙地一齐朝发出声音的方向望去,只见后排座位那边,站起一个男人敬着军礼。

"是松尾先生……"

旁边的小野主任小声说道。原来他是707室的松尾兴平先生。

听说他在战争中,作为一名士兵被驱赶上战场,受了很多苦。大概是电影里的长官的训斥声,唤醒了他当年的回忆吧。

大家再次感受到了战争留下的创伤,都悄悄移开了目光。

不同的人得到了不同的感受,色情片鉴赏会于十点前顺利结束了。

对于老年人来说时间已经很晚了,有人一看完就回房间了,但一半左右的人余兴未消,还留在会议室里没有走。

每个人都一脸兴奋,男人们有些不好意思地互相点点头,而女士们却七嘴八舌地说着"真够色的""下流死了"等,嘻嘻哈哈地说笑。

到现在,男人们的反应依然是很克制、很内敛,女人们的反应却是满不在乎的、坦率的。

综合起来看,来栖觉得这次放映会取得了很大的成功。

首先,此次放映会比以往任何一次人数都多,而且,大家一直兴致勃勃地看到最后,途中没有一个人退场,甚至在看完之后还沉浸在余韵之中,舍不得立刻就走。"那个时候,还真是那样啊",大家这样议论着,回忆着过去。

看到大家都很满意,来栖放下了悬着的心,回到了院长室。正准备回家时,总务长和古贺先生进来了。

"托您的福,这次活动大获成功。"

"女士们也很爱看吗?"

"当然了。别看她们嘴上说'下流'什么的,其实她们差不多都是第一次看,江波女士还说'还想看'呢。"

这种话,只有像江波女士这样的人说得出来。

"今天晚上,所有人都变年轻了似的。"

总务长说道。他还报告说,看完以后,大家意犹未尽,不想马上回房间,一部分人一起去了八层的酒吧。

"这么说,还想接着聊刚才的电影喽。"

"去酒吧的人都是单身,当然,大部分是女性……"

来栖忽然想起了发起人谷口先生,便问总务长:"他人呢?"

古贺先生抢先回答:"今晚,他夫人不是来了吗?所以,立马就被拽回房间去了。"

然后,古贺先生嬉皮笑脸地说:

"说不定这会儿,正被他夫人强迫着干事呢!"

尽管有赞成和反对两种意见,但色情片上映的结果表明,它也受到了女性的欢迎,有的人还受到了不小的刺激。

比如杏子女士等人说,由于电影里的一些镜头给她印象太深,怎么也睡不着觉。江波女士说,耳朵里老是回响着女人的呻吟声,浑身火烧火燎的,好不容易才平静下来。她还说:"看来,我们这些人还不算太老啊。"杏子女士嘀咕着:"这种电影,真是作孽呀。"

这些都是小西咨询员和小野主任亲耳听来的,并报告给了总务长。她们俩都惊讶于这些老女人的能量,恐怕二人压根就没想到上年纪的女性会有这样强烈的反应吧。

那么,男士们的情况怎么样呢?

看到士兵挨长官呵斥的镜头,噌地站起来敬礼的松尾先生,现年八十二岁,两年前开始出现老年痴呆的症状。由于属于轻度,还不必送到特护院去,可是,这半年来,病情有所发展,有时候连隔壁人的名字都想不起来了。

但是,他却在士兵挨长官呵斥时,迅速站起来敬礼,这是不是说明了军队的记忆深深刻印在了他的脑子里呢?其敏捷程度完全看不出他是一个动作迟缓、需要别人帮助的人,看护和护士们都吃惊不小。

"以后可以经常给他听一些军歌,可能会使他精神振奋一些。"

总务长提议,这也许是值得一试的治疗法。

其他男士似乎也受到了不同程度的刺激。有的人说,好久没这么兴奋了。甚至有人说,居然感觉到了好几年都没动静的勃起呢。

其中一位,603室的多田先生悄悄说道:"我发觉,自己从来没有真正恋爱过。"

大多数入住者,都是从昭和时期的战争年代到战后期间度过的青春年华,因此,多数人可能都是奉父母之命、媒妁之言结婚的。

当然,不能说因此就没有人热恋过,但是恋爱结婚的也未必都有过激情。而且,比起现在社会秩序井然的时代来,二战后的混乱时期要自由得多。

在这个意义上,不能说因为是某个时代就会怎么样,不过,当回首自己度过的人生时,能够说自己曾经狂热地爱过的又有几人呢?

多田先生今年七十六岁了。也许是到了这个年龄,他才突然意识到了这个问题,被某种寂寞的感觉攫住了。

他以前在大公司任要职,想必现在夫妇俩过着相当优裕的生活,没有什么可让他烦心的事了。

时至现在,他却忽然产生了这种念头,是怎么回事呢?说实在的,年过七旬才发现自己没有体会过"真正的恋爱",再怎么后悔也为时已晚了。

换个角度来看,恐怕正是因为到了这个年纪,他才会意识到的。

然而,又有多少人能够断然说自己曾经真正爱过呢?

每个人都有各自的恋爱形式,说自己曾经历过刻骨铭心的热恋的,甚至能够向他人宣布的人,即便是当今这样开放的时代,也为数不多吧。

来栖重新审视起自己来。

自己是二十七岁结的婚,而且是恋爱结婚。对象是一位在大学图书馆工作的女性,经过了几年的恋爱后结了婚。

来栖的父母是开餐馆的,曾多次给他介绍认识从事餐饮业的女性,他也相过亲。可是,双亲想要把儿媳妇培养成老板娘的意图太明显了,使他产生了逆反心理,故意选择了一位古板的女性为妻。

可是,十年后他们离了婚。公平地说,原因并不在妻子一边。妻子确实有些平凡,也缺少情趣,但说不上具体哪儿不好,倒是来栖自身不习惯结婚这种形式。他过于我行我素,扮演不好合格的丈夫这个角色。

由于不想放弃我行我素的个性,来栖付出了一笔离婚补偿金,后来一直付给孩子赡养费。从离婚到现在,他也和一些女人有过交往,但是,来栖从没打算和哪个女人结婚。其实,即使结了婚,也不过是重蹈覆辙而已。既然失败在所难免,又何苦把人家拖进悲剧里呢?

说来说去,比起以结婚为名的安稳生活来,来栖宁愿要自由。即便生活上多少有些不方便。即使被周围的人说成是不负责任,他也不愿意被束缚在婚姻的牢笼里。

经过了这些年的周折,他终于遇见了麻子,她是一位没有一点结婚欲望的女人,实在是罕见。虽然年龄差得较多,但彼此性情相投,到目前为止一直进展顺利。

光看这些经历,似乎恋爱过不少次了,但如果有人问他,你真正恋爱过吗?他却没有自信回答"有过"。

第二天,来栖和他所融资的银行分行长一起吃过饭后,回到家里,一边喝着烧酒,一边思考起来。

多田先生之所以会产生那种想法,是电影里哪个场面引发的呢?

是妓女和嫖客演绎的那些令人激情澎湃的床上戏呢,还是二等兵和妓女于瞬间完成的爱的结合呢,抑或是在客人房间里花样翻新地寻欢作乐?无论是哪种场景,这类色情电影充斥的都是淫荡而荒唐的性场面,而不是在描写浪漫的恋爱故事。

看了这样一些乌七八糟的内容,多田先生却说出"没有真正恋爱过"的话,那么,他所意识到的就不仅是爱和性了,应该说是就连痛快地玩乐都没有过的失落感更恰如其分吧。

从江户到明治大正、昭和时代的男人们的游乐方式是非常彻底的。一旦决定要玩的话,根本不考虑花多少钱,他们会像个傻瓜似的尽情玩耍,直到把钱都花光为止。就连没有钱的人也是玩起来不要命的。

当然,在那样的地方情欲也占有重要的位置,对于喜欢的女人,嫖客们会被迷得颠三倒四,沉醉在淫靡的世界里。地位、名誉、常识都被他们一股脑扔掉,迷恋于一时的感官享乐。

凡是男人,都曾经有过这样的梦想吧。

也许多田先生看那个电影的时候,就是被这种感觉占据了吧。他嘴里说的是恋爱,实际上,是对自己没能疯狂地迷恋过女人感到后悔吧。

如果是这样的话,那就不仅限于多田先生,很可能看电影的大多数男人内心都抱有这样的想法。不,不只是男人,恐怕女人也一样。

她们也梦想着在自己喜欢的男人怀抱里纵情欢悦,不分昼夜地和所爱的男人耳鬓厮磨,燃烧成灰烬。

但是,七十五岁以上的人做这样的梦,到底能不能实现呢?听了多田先生说的话,一瞬间,大家肯定想到了这些,心情随之黯淡下来。

不过,据说多田先生接着又说了一句话。

"以后,努力试试看吧。"

来栖为之感动的正是后面这句话。七十六岁的多田先生可以对过去感到懊悔,但向未来挑战几乎是不可能的。几乎所有的人都这么想,并努力克制自己,最终将梦想放弃掉。只有他,毫不觉得难为情,还自言自语地说:"以后试试看吧。"

他突然这样说并不仅仅是逞强,而是从他内心突然冒出来的真心话也未可知。

不过,多田先生的不同凡响之处在于有夫人陪伴,生活过得称心如意,却很坦然地说出这样的话来。当然,他说这句话的时候,夫人不在旁边,他是跟护理主任小野说的。

可是,如果他真的朝着这个梦想迈进的话,好端端的家庭肯定会乱成一锅粥的。七十多岁的老头子全身心地喜欢上了别的女人,甚至到了痴迷的程度的话,无论多么明理的妻子也不会容忍的。

最不可思议的是,多田先生是个超乎寻常的循规蹈矩之人。他个子虽然比较矮小,但腰板总是挺得直直的,一看就是一位正经八百的老年绅士。

而他的夫人七十岁左右,身材高大,长得很富态,戴着金边眼镜,爱穿色泽鲜艳的长连衣裙。猛一看,给人的感觉就像个老练的女高音歌唱家。她也的确参加了公寓里的合唱团,歌声圆润,不减当年。

老古董似的丈夫和有着金丝雀般活力的夫人,在公寓内是令人羡慕的一对,那么,实际情况又如何呢?

说实在的,夫妇之间的事只有夫妇自己知道。

不,虽说是夫妇,从某种意义上说,也未必真正知道。

有人说,年纪越大夫妇越是同心同德,果真如此吗?同床异梦,只不过由于惰性而守在一起的例子还少吗?

归根结底,受到今晚电影的刺激,有所醒悟的人不在少数。其中也有像多田先生那样快要忘却的恋爱感觉又被点燃,跃跃欲试的人。不过,也有人对此不屑一顾,一如既往地过着平淡的日常生活。

看着这些人,来栖深切感到,即便是生长在同时代的老年人,志趣也是千差万别啊。

如果是十多岁或二十多岁的年轻人,他们的兴趣和价值观相差不多,行为做事也很相似,可以用"十几岁那时候""二十多岁的年轻人"等年龄段来划分。

但是,随着年龄的增长,从三十岁到四十岁以后,人的想法和行为逐渐趋于多样化。从五十岁往上的话,便不能再用年龄段的方式来划分了。尤其是从六十岁到七十岁,再到八十岁,越往上去,个体差异就越大。有的人身心健康,热心公益事业;有的人卧床不起,生活不能自理。可以说千差万别。这是因为年纪越大,个体差异就越明显,用一般人的常识无法衡量的怪事就越来越多了。

这些个体差异从性格到生活方式以及性欲望都有着巨大的差异。

以性欲为例，根据麻子编辑的《身心》杂志的统计，呈现出极为有趣的结果。

首先以七十岁的男女为问卷对象，对于"您有性欲吗？"的提问，男性中，35%的人回答"有"，40%回答"有一点"，回答"没有"的人只有25%。这就是说，占七成以上的人，不论强弱，都有性欲，都对女性感兴趣。

而对女性的调查显示，回答"有"的占20%，回答"有一点"的占20%，剩下的60%回答"没有"。很明显，与男性相比，女性的性欲较弱，但这是由于对性欲的理解不同导致的。

其根据就是，在某老人福利院所做的问卷调查里，将性欲内容明确回答为"性交"的，男性为15%，女性只有6%。如果扩展范围，把肌肤相亲也包括在内的话，男性达到60%，女性15%。而回答只有互相关爱或爱情就足够了的人，男性为35%，女性却达到了60%，增加了许多。

由上面的数字可知，男性大多对于性行为本身感兴趣，而女性关注的则是温柔体贴等精神性的安宁。

有人认为，没有比老年人的性更加异彩纷呈了。

在某大学对六十至八十岁的老年人进行的调查显示，95%的男性回答"有性欲"，女性回答"有"的为80%。

然而，实际的性行为方面，男性随着年龄增加而递减，六十五岁以后回答"完全没有的"占32%，"每个月一两次"的占32%，"每个月零次到一次"的占30%，后面二者加起来就占了62%。

到了七十五岁以后，"完全没有的"陡然增加到45%，将近翻了一倍。"每个月一两次"的也减少到了17%。

而到了八十岁,57%的人回答"完全没有",占一半以上。不过,回答"每个月一两次"的人仍有3.5%,更让人惊讶的是,竟然有1%的人回答"每个月三次以上"。

再看一下各年龄段的阴茎硬度。六十多岁的回答"经常勃起"的占18%,"偶尔勃起"的占33%,"完全不行"的占2.3%。

同样问题,到了八十多岁,回答"完全不行"的占32%,"偶尔勃起"的占40%,"经常勃起"的占3%。

当然,这还关系到是否与女性在一起以及互相是否合拍等问题,不可一概而论。

而女性的性生活与男性处于相互对应的关系,但是,总体来说,随着年龄的增长,与男性逐渐丧失性意识相反,女性则欲望愈加旺盛。只要男性主动要求的话,至少老年女性愿意接受,反之,老年男性则不是所有人都能使对方满意。

究其原因,这与女性的性特点有关。因为随着年龄的增长,女性变得越来越能够面对自己的欲望,而且,不像男性那样需要"勃起"这种麻烦的程序。

看着这些统计数字,来栖想起了一位老妓女一边捧起火盆里的灰烬,一边说的话:

"女人是直到变成灰烬为止啊。"

看了各种统计数字,来栖获得了新的知识,即年龄增长了性欲未必就会衰退。即便有不同程度的差异,但无论男女,都有近九成的人希望接触异性。

特别值得注意的是,越是住在特护老人院或老人福利院那种地方的身体有障碍的老人,越是对性爱或肌肤接触之类的爱抚有欲求。

这是由于他们整天坐在轮椅上,不经常外出,导致爱好和兴趣无法向外界拓展而致的心情郁闷造成的。

总之,认为人老了就没有性欲了的看法是非常错误的。

非但如此,上了年纪反而性欲亢进的例子并不少见。

来栖的专业是内科,查阅过许多相关资料,有一点是可以断言的,即人的大脑感知性欲和食欲的部位是非常接近的。

这就是说,食欲与性欲有着密切的关联,使人意识到食欲与性欲的是大脑,而不是胃和性器官。这就如同全部摘除了胃,依然有食欲一样。无论阴茎怎样衰老,照样有性欲的例子也足可以证明这一点。

关键在脑子,只要人头脑清醒,就会有食欲和性欲,也可以有性行为。

一般来说随着年龄的增长,荷尔蒙分泌就会减少。尤其一过三十岁,男性荷尔蒙和女性荷尔蒙都会有所下降。

但是,最主要的刺激性腺的荷尔蒙不但没有减少,过了五十岁之后还会增加,绝经后的女性也存在同样的情况。

将这些医学事实综合起来考虑的话,因为是老年人,而且行动不便,所以就没有性欲了的看法是错误的。

可以说性欲是人脑一直保持到最后的、最具有人性的能力,轻视性欲就是对人性的亵渎。

第二天,来栖坐在银座某寿司店的吧台前,吃着寿司,跟麻子说起了这件事。

"虽说每个人的情况都不相同,但到头来还是女性活得长。"

"不过,这不等于男性就活不长啊。"

"当然了,男人也有各自的活法。只是,比起严肃的人来,多情的人,一直对女性感兴趣的人显得年轻是不争的事实。女性也是一样啊。"

"我可不喜欢这样。"

麻子低声说道,她的侧脸很好看。

"为什么呢?"

"我不想活到那么老啊。"

麻子正值年轻美貌,这么想是很自然的。她不愿意被人家说"老了还这么有精神",所以才这么说,麻子的心情是可以理解的。

"那你想活到什么时候?"

"再活十年就够了。"

十年后麻子四十二岁,来栖六十四岁,到了那个时候,来栖觉得死也无所谓了。

"到时候咱们一起死吧。"

来栖以为麻子会吃惊,可她却平静地回答:

"你真的能做到吗?"

"和你一起的话……"

"我没问题。"

麻子爽快地点点头,然后,赶紧拿起筷子去夹放在吧台上的比目鱼吃。

第五章　夫妻情缘

　　梅雨过后,超过30℃的酷暑突然降临了,街上的行人也显得特别倦懒,连脚步都沉重起来。

　　"Et Alors"的入住者中也出现了轻微中暑的情况,有的人去附近的商厦买完中元节礼品往回走时感觉头昏眼花、胸闷难受。

　　幸好都不太严重,没什么大碍。不过,近来人们整天待在空调房间里,感觉不到户外的酷热,所以就随意地出了门,一遇到强烈的阳光照射就慌了神。

　　当然入住者中也有不喜欢空调的,只要能够忍受,绝不开空调,大敞着窗户。连这些人也异口同声地说:"以前东京可没这么热啊。"

　　总之,这么热的天,老是出不了门会导致运动不足。所以,白天也有人去泡澡或在游泳池里行走。游泳池和浴池的水温差不多,与外面天气的冷热无关,让人放心。

　　不过,在大都市的街头,像从前那样到了傍晚穿着浴衣出去乘凉是不大可能了。

　　所幸"Et Alors"位于银座的边上,靠近隅田川,从八层的食堂可以俯瞰这条河流的夜景以及远处的东京湾。虽然被周边的建筑物遮挡,可以观赏到的景色有限,但还是能够看见游船在河流中往来穿梭,游客在船上一边用餐一边乘凉,游船像一条长长的光带驶过河面。

这样如画的风景安抚了人们的心,尽管夜晚过后又是酷暑降临,但每当看到外面那炎炎烈日,住在"Et Alors"里的人们都暗自感到安慰。

自己已经不用再冒着酷热,坐在拥挤的电车里去公司上班了,不用去和客户应酬了,也不用再穿西服、打领带了。大家虽然嘴里没说出来,但都感同身受,他们渴望着充分享受从工作中解放出来后的晚年。

为了满足大家的愿望,公寓方面提前了一个季节,在四层前台以及食堂和娱乐室里都贴出了秋季以后的活动企划。

按时间的先后顺序,九月中旬有围棋、象棋以及麻将等比赛。接下来,十月初准备召开卡拉OK演唱大赛。此外,定期举行的茶话会有:九月末的"江户人如何谈恋爱",十月份的"特攻队思想之由来",十一月份的"桥梁是怎样建成的"。"Et Alors"里有很多老人是曾经活跃在各个领域的知识精英,所以,来栖抓住各种机会,请他们客串一些讲座。

第一讲"江户人如何谈恋爱"的讲师是住在611室的铃木先生,他曾经长期在大学研究江户庶民史。"特攻队思想之由来"的讲师是709室的中泽先生,日本战败时,他是少年航空兵,如果战争再延长一点的话,他就会作为特攻队员去送死的。他正是基于自己的亲身体验,来回顾日本那段疯狂的历史。第三位"桥梁是怎样建成的"的讲师是501室的加藤先生,他曾经在大学里主攻桥梁学,并且参与过本四桥的建设。

这些人所讲的内容都会给人很多教益和启发,光是作为聊天来听就可惜了。所以,来栖就以茶话会的形式,请他们来开讲座,至今已举办过近十次了。因题目不同,每次来听讲的人有多有少,但也有每次必到的忠实听众。来栖打算以后有机会把这些讲座的讲稿编辑成书出版。

说到出书,最近,在公寓的老年人中最流行的是写自己的回忆录。他们都是经历过二战后动荡年代的人,阅历很丰富,然而,一旦动笔写起来却并非易事。于是,曾在出版社工作过的谷口先生,便指导大家按照六个人为一组来出合编本。可是,过了半年仍没有太大进展。究其原因是,有的人笔头快,有的人就比较慢;有的人写好之后,觉得不满意,还要重新写;还有的人,想自己单独出书等。总之,每个人都有自己的主张,很难统一,这正是老年人不好组织之处。

除了上述临时性的安排之外,还有一些固定下来的讲座。如隔周一次的"绘画"和"陶艺"讲习会,以及"刺绣""和纸贴画教室"等等。此外,与美容有关的讲座,像"永葆青春化妆法""风华永驻发型设计""美甲沙龙"等也在筹划之中。

户外体育活动方面,计划安排九月末的高尔夫友好邀请赛,十月份的东京新名胜一日游和红叶观赏近郊游等。

九月底新开设的项目有"电脑讲座"和"舞蹈班"。

这些都是根据入住者的要求开设的。这里老年人多,需求自然多种多样。

他们都是为恢复二战后日本经济做出过贡献的人,来栖希望他们能在这里尽情地玩乐,埋头于各自喜欢的事,安享晚年。

秋天的活动安排也确定下来了,"Et Alors"里开始洋溢起了新的活力。

八月末的一天,咨询员杉典子到院长室找来栖。

院长室虽说是来栖的专用房间,但完全是开放的,谁都可以轻松地进来找他,工作人员也不例外。

杉咨询员刚过三十岁生日,娃娃脸,看上去也就二十多岁。她穿着上下分身的白色工作服,工作服里面是短袖上衣加长裤,显得很年轻。

"是关于617室的东山先生的事……"

杉咨询员负责的范围是住在六层的人,于是,来栖翻看起放在院长室里的入住者档案来。

档案上写着,东山昭夫,七十一岁,曾在某著名建筑公司任领导职务,退休后过着悠然自得的生活。夫人六十五岁,比他小六岁,个儿不高,戴副眼镜,给人印象是一位很稳重的女士。

来栖曾经看见过他们夫妇俩一起去食堂,在高大的丈夫身边依偎着娇小的夫人,是一对儿令人十分羡慕的夫妇。

"东山夫人提出再要一个房间。"

"房间?这个公寓里的吗?"

"是的。她说,如果有空房间的话,就告诉她。"

617室是三室一厅,近六十平方米,夫妇两人住,足够大了。

"有亲属要来一起住吗?"

"不是,还是他们两个人。其实,这要求是夫人提出来的。"

"那么,她丈夫并没有提出来?"

"听她的意思,好像是她想和丈夫分开,自己一个人住。"

夫妇二人终于可以安享退休后的生活时,为什么夫人却提出再要一个房间呢?现在的房间已足够二人住的了,还要再购买一套住房,面积过大,打扫和管理都会成为负担的。

"东山夫人喜欢画画儿吗?"

入住者中有一些喜欢绘画和音乐的人,想要一个房间作为工作室或弹钢琴的琴房之类的情况也不是没有。但是，公寓里的房间都是用于居住的三居或两居，若是为了其他用途的话，太大了些。再说，新购买一套，花费也比较高。

"夫人好像不是为了这个。"

杉咨询员似乎有些难于启齿，

"那个……她说想和丈夫分开过。"

来栖突然想起"银发·绒球舞"的队长说的那句话，"为了做自己喜欢做的事，先离了婚"。记得当时东山夫人坐在第一排，听得非常专注。

"她是想和丈夫分手吗？"

"不是，还没有到那个程度。"

可是，另外买房间，自己单住，不等于分居吗？

"怎么提起这事来的？"

"她跟我说不要告诉别人的……"杉咨询员说。

"那位夫人，似乎已经厌倦了照顾丈夫起居。她丈夫是六十五岁退休的，她说，'该轮到我退休了'。"

"夫人也要退休？"

"是的。她说，如果丈夫可以退休，太太也可以从照顾丈夫起居的岗位上退下来。"

说的也有理，来栖觉得有点儿意思。

"太太大概是觉得太累了……"

今年东山夫人六十五岁，和东山先生从公司退休时的年龄相同。

当然并不完全是这个原因，但夫人也希望能够退休，这并不难理解。

如今，家务事确实被法律上认定属于工作的范围，这已成为妻子继承丈夫遗产的最大依据，所以，东山夫人并非胡搅蛮缠。

"那位丈夫就那么依赖她吗?"

"据说东山先生是个很老派的人,又是沏茶啦,又是盛饭的,老是使唤妻子,自己什么也不干。"

这类男人被叫作大男子主义,上岁数的男人中比较多见。不过,年轻男人回到家后,把家里的事都推给妻子,自己当甩手掌柜的也不乏其人。

"可他们已经是多年患难与共的夫妻了呀。"

"我也是这么想的。毕竟不能把家务事和工作等同起来啊。"

年轻的杉咨询员对于把家务事和工作混为一谈的想法似乎不能苟同。

"不过,听东山夫人这么一说,我觉得她的心情也可以理解。她丈夫以前是个很喜欢享乐的人,在外面还有女人,夫人曾经为此非常苦恼过。"

可以想见,作为一流建筑公司的高级主管,在泡沫经济最鼎盛时期,生活一定是很奢靡的。

"那时候,她丈夫出门的时候,夫人总要问'今天您什么时候回来?',而现在倒过来了,夫人出门的时候,丈夫一定会问'今天你什么时候回来?',这让夫人觉得很烦。"

这就是说,不知从什么时候开始,夫妻俩的位置发生了置换。

来栖再次回想起自己所看到的东山夫妇来。夫人依偎在高大魁梧的丈夫身边,看上去是一对很和谐的老夫妻。特别是丈夫,给人感觉很沉静朴实,没想到现在夫人居然起意要和丈夫分开住。

"可是,就算夫人搬到别的房间去,她现在的房间还保留吧?"

"是的。她说在一个房间里的话,丈夫老在身边晃悠,跟她说这说那,不得消停。"

"她的心情可以理解,可是,丈夫同意妻子另外买房吗?"

"当然不同意了。听妻子说起这件事的时候,他特别吃惊,呵斥道:'那我怎么办?'"

"丈夫不干,还是买不成吧?"

"但是,夫人铁了心要搬出来。"

说不定越是像东山夫人那样看似挺温顺的女性,其实越是好强,一旦认定了的事,九头牛都拉不回来。

"要是夫人不管不顾地搬出来的话,老两口肯定会吵架吧?"

"不过,最近做丈夫的似乎软下来了,跟我们说'我太太要是非要搬出去,我也拿她没办法……'"

难道说那么固执的东山先生也一点点屈服于夫人了吗?

"不简单哪,夫人居然把他给说服了。"

"只是他提出,晚上夫人得过来洗洗衣服、打扫打扫卫生,像以前那样。夫人基本上同意了。"

"那不是和以前一样吗?"

"哪一样啊,夫人待在另一套房子里,可以不受丈夫的干扰,也听不到他的声音,多自在啊。"

的确,待在同一套房子里和单独住一套房子,自由的感觉或许是完全不一样的。

"可是,我还是理解不了啊。"

来栖觉得夫妻之间的事真是不可思议。

妻子不想照顾丈夫的起居,不愿意跟他整天待在一起,想要搬到另外一套房间里去,于是,以为他们打算离婚,可又不是那么回事。妻子只是想要完全摆脱丈夫,拥有自己的空间,并没到想要离婚的程度。

这种状态叫作什么好呢?既然不到老来分手的地步,那么叫作老来分居吗?

不过,东山先生居然忍气吞声地同意了妻子的要求。曾经在一流建筑公司任管理职务,潇洒地享乐过的人,竟然没有把夫人骂个狗血喷头,诸如"你这个胡搅蛮缠的老婆子,给我滚出去!"等,真是不可思议。

"看来是打算原谅夫人了。"

来栖感叹地说道。杉咨询员立刻答道:

"还不是因为那位先生没有夫人就活不下去呀。"

"活不下去?"

"是啊。他什么都指着夫人啊。"

不错,这种类型的男人,在东山先生这代人里多得很。他们把工资和存折都交给老婆,家里的事一概不过问,日常生活也都依赖妻子。因此,现在即使他想要离婚,也没有自信一个人能够生活下去。

其结果,即便受到点冷遇,因为多年依赖惯了,丈夫也只有继续依赖妻子这条路可走了。再说,一想到自己以前一直任性胡为,到了现在这个年龄,妻子对自己冷淡一些也无可奈何,只好想开点儿了。

不管怎么说,那位高大顽固的东山先生竟然败在娇小温顺的夫人手下,真是峰回路转啊。

这么想着,来栖不由同情起了看似不好接近、凡人不理的东山先生了。虽说他以前对夫人有些霸道,但并没有什么坏心眼。多年来一直很单纯地耍一家之主的威风,实际上心里一定是很爱妻子、很相信妻子的,难道他没能让妻子体会到吗?

不过,像东山先生这类人,大多是年轻时一根筋似的干工作的人。他们动不动就说"为了公司""工作太忙",公司就是他人生的全部。这样的男人一旦退了休,一下子就变得无所事事了,同时也失去了部下乃至朋友。

他们这种人如果有点儿爱好的话,还可以转移一下注意力,万一连一点儿爱好也没有的话,时间就会多得无处打发。不知算是福还是祸,反正这就是埋头工作一辈子的男人们晚年生活的境况。

来栖为了避免这样的情况,希望入住者能够培养各种各样的兴趣爱好。在秋季的活动计划中,加入了五花八门的活动和讲座,就是出于这个考虑。

但是,正所谓剃头挑子一头热,有些男人轻易不愿意参加这些活动,不知道是因为不好意思还是内向,或者是自尊心太强,总是不能轻松地加入群体之中来。

也许这类男人就像永远也长不大的孩子。

听了杉咨询员的话,来栖大致了解了东山夫人的心情,可是,他不清楚现在公寓里是否还有可以满足她要求的房间。

"还是离她现在住的地方近一些的房间比较好吧。"

如果和她丈夫住的房间离得太远的话,来往很不方便,那就真成了分居了。

"还真有一套空着的,她运气不错啊。"杉咨询员马上肯定地答道,"在他们隔壁的隔壁,615室现在空着呢。"

来栖想起来了,住在那里的中川先生因老年痴呆病情严重,今年一月转移到别的养老院去了,所以,房间一直空着。

"她说想要那个房间。"

"Et Alors"的房间,只要在入住的时候交纳应付的费用(根据房间的大小和朝向,费用不等,最多四五千万日元),终生都可以住在那里。

不过,由于不能出售产权,所以只能是签订合同的本人或夫妻居住,如果像中川先生那样转到别的公寓去的话,只要交纳每个月的管理费,就继续拥有房间的使用权,一旦不再付费,就须立刻离开。

中川先生的房间还继续给他保留着,说明他的儿子或者什么人还在继续交纳管理费吧。

中川先生确实是患了老年痴呆病,但近来经过治疗,此类病症被治愈的病例越来越多。具体来说,服用使脑子活化的新药的同时,配合小组对话、刺激记忆的疗法等,有时会减轻病情或防止病情继续恶化。

但是,据特护老人院那边报告,中川先生的儿子去看他时,他的意识已不太清楚,说明病情可能在不断恶化。

既然他不大可能回到这里来了,管理费就等于白白浪费,这几天应该跟他的儿子取得联系,商量一下今后的安排。

东山先生的夫人要购买那间房子,需要等这件事解决之后。

来栖对杉咨询员这样交代后,自言自语地说:

"不过,真没想到家务事也有退休一说……"

"我也很意外。"

一般来说,经过恋爱而结婚,在新婚阶段做家务事本身都是件愉快的事,不会当作工作来做。为喜欢的人做可口的饭菜,把屋子收拾得干干净净,甚至给他洗内衣都不觉得辛苦。

可是,随着岁月流逝,这种愉悦渐渐地减少了。经过了三十年或四十年一成不变的婚姻生活,愉悦逐渐变成了负担。尤其当妻子也上了年纪,不像年轻时那么精力充沛之后,便产生了不满,自己为什么要干这些家务活呢?于是,她们放弃了家务,想要逃离了。

当然,在"Et Alors"里,为方便这些老夫妇,除一日三餐之外,还配备了家政服务员,从打扫到洗衣等等,无论他们有什么需要都可以得到满足。就是说,入住者只要花一点钱,自己什么都不用做。

东山夫人应该是知道有这些服务的,可是,现在却提出要从家务中解放出来,究竟因为什么,来栖一开始并不清楚。

现在他渐渐明白了,东山夫人搬出去住并非因为不愿意做家务,而是想要逃离东山先生本人。比起打扫卫生和做饭来,和丈夫待在一个房间里,听着丈夫的说话声和干咳,又不得不应付或者搭理丈夫,更让她感到厌倦。想一个人清净一下,也许才是她的真实想法。

想到这儿,来栖叹了一口气。

一言以蔽之,这不正说明她开始讨厌丈夫了吗?直接这么说的话,未免太露骨了,所以她就说成妻子也应该退休,该解放解放了。

来栖再次想到了"女人不好惹"这个词。年岁越大女人就越不好惹,相反,男人越老就越懦弱了。

这种逆转现象在"Et Alors"的入住者身上也是很明显的。且不说单身的人,即便是夫妻,也是妻子比丈夫强势得多。这不仅仅指妻子身体更健康,而是说无论性格,还是做事,都是妻子远比丈夫厉害,而且是以自我为中心的。

就拿住在711室的井川夫妇来说吧。丈夫井川先生曾是名牌汽车公司的骨干业务员,退休后来了这里,两年后,夫人得了脑血栓,下半身半身不遂,卧床不起了。

可是,"Et Alors"里没有病房,也不具备整托式看护体制,所以,一般都转移到专门的医院去。井川先生觉得让夫人一个人去住院太可怜了,希望把她留在这里。这当然没有问题,但这样一来,井川先生就得担负起护理妻子的繁重任务了。

然而,井川先生主动承担了所有的护理工作,从为夫人翻身到擦身子、换衣服,甚至清理大小便,都是他自己干。有时候,他还推着轮椅带她去院子里散步,可谓献身般的看护,大家都为其体贴入微的照料而感动。也有人同情地说"你真够辛苦的",他却笑着回答说"哪里,这是赎罪呀"。难道说他年轻的时候,让夫人痛苦过吗?即便如此,做到这一步也是难能可贵的。他是心甘情愿地伺候夫人,大家都以他为做丈夫的楷模,赞扬、钦佩不已。

和他们的情况相反,这里很多夫妻都是丈夫患病、妻子健康的情况。

例如606室的村松先生,现年八十二岁,患有帕金森综合征,手脚肌肉僵硬,颤抖起来时,动作变得非常迟缓。这是老年人的多发病,虽然进行了药物和物理治疗,仍不见好转,日常生活都需要有人照料。

当然,今年七十三岁的夫人在照看他。但是,这位夫人是个闲不住的人,经常和朋友去看剧,甚至出门旅行。比如去年,她去夏威夷旅游了一个星期,拜托小野主任替她照料丈夫。

好在村松先生动作放慢一些或者小心一些,某种程度也可以自理,所以,还不算太累人。但是,一个星期家里都没人的话,看护起来也够呛。可是,人家说了句"拜托了,看护费我另外付"就潇洒地走人了。

长期看护病人很辛苦,想要出去散散心是可以理解的。不过,将井川先生和村松先生这两个例子对比一下的话,来栖发现人上了年纪后,真正温柔的似乎不是妻子而是丈夫。也许是丈夫年轻的时候一直给妻子添烦恼,出于赎罪的心情而温柔地对待妻子,而妻子从年轻时起就一直照顾丈夫,早已经厌倦了,所以就没有那么温柔了吧。

总而言之,随着年纪的增加,逐渐形成了各种各样的夫妻关系。不知这些夫妻曾经怎样相爱过,怎样度过新婚时期的。一想到这些,就令人不由感慨,岁月在治愈各种创伤的同时,也在日益侵蚀着人们的情感。

与一方得病的这些夫妻不同,有的夫妻双双都很健康,而且越老感情越好,越情投意合。

610室的角川夫妻就是个典型的例子。

丈夫角川忠彦先生以前在一流商贸公司工作,长期派驻德国、法国等国家,也许是这个缘故,他一向非常讲究衣着。到了秋天,他穿着俄式衬衫,头戴贝雷帽,根本看不出是七十七岁的老人。比他小三岁的夫人,虽然身体有些发福,但头发染成紫色,配上同色的镜片,整个人看着非常协调。她总是穿着一身雅致的套裙,与夫君出双入对的。

有意思的是,丈夫个子偏矮,而夫人人高马大,整体看来,穿高跟鞋的夫人显得高一些,但这对夫妇却喜欢手牵手走路。

一般的日本人,一过七十,夫妇就极少手牵手走路了。可是,他们二人却毫不在乎旁人的目光,享受着其乐融融的夫妻之情,看见他们那么怡然自得,人人羡慕。

据说普通公司职员收入方面不是太理想,但他们更能够充分享受生活,而不是拼命地工作。这种享乐之心很可能关乎现在的生活方式自在与否。

看着这对夫妇,来栖再一次深切感到日本人在男女关系方面的生硬和稚拙。

男女之间能够更加轻松地聊天、交往该有多好啊。可是,日本人往往一看到异性就突然紧张起来,毫无必要地拘谨,过分在意别人的目光,表现得很不自然。

像角川夫妻那样手牵着手,或者像外国人那样,一见面轻轻地互相亲吻脸颊或互相拥抱、拍拍对方的肩膀或后背的话,人与人之间的交流方式会发生很大的变化。

特别是年龄越大,就越需要这种轻微的身体接触,这样会使人们相互和睦,还会促进人周身血液循环。

夫妻之间不光是说话,身体也要相互接触。平时习惯于这种行为的话,上岁数之后,夫妇之间的关系就会有很大的不同。

此时此刻,来栖不由得又想起了恩师八木教授。

教授于两年前,八十岁的时候去世了。夫人是续弦,比教授小二十五岁还多,夫妻感情当然非常好。一次宴会之后,教授醉意朦胧,心情很好。有人问他："先生,您现在那事还行吗？"

那事当然指的是性生活了,教授听了并没有生气,反而愉快地回答。

"那事现在没有了。"

可是,夫人刚刚五十出头,她会不会不满足呢？这时,教授说：

"不过,妻子睡觉的时候,我总是握着她的手,她说这样就能安心入睡。"

老教授说完,微微一笑,毫不觉得难为情。

当时教授七十八岁,夫人五十三岁。老教授握着年龄比自己小很多的妻子的手,守护着妻子睡着。

想象着这样的情景,来栖知道了这也是爱的一种形式。

年轻时男女一躺到床上,就会想到性爱,尤其是男人,只对生理上的反应感兴趣。

可是,老教授相信,即便没有性行为,只是握着妻子的手,妻子也能够满足。

诚然,比起因丈夫要求而进行的性行为来,互相握着手时的真实感触更能够使妻子心情平静下来,加深互相之间的爱情。

听说了这件事之后,来栖渐渐感到互相手握手的夫妇二人,沉浸在充满了奇妙的色情和妖艳的气氛之中。

说不定人越老,性爱就越丰富多彩。

一边这样想象着,来栖忽然意识到了一个问题。

自己再过二十年,也会跟老教授一样,握着麻子的手,看着她睡着吗？

可是,无论他怎么想象,都没有现实感,只能想象自己独自一人睡觉的情景。

也许自己想这些为时过早。不过,人老了之后的性需求,男女之间的差异很大。

来栖以前看过有关老年人性欲的调查,不论男女,八成以上的人回答有性欲。问及性欲的内容时,男性想到的几乎都是性关系即性交,而女性则希望得到爱抚或肌肤接触,甚至是语言安慰之类性交以外的东西。这些调查结果与老教授实行的爱的形式完全一致。

当然,女性中也有积极地需求与男性的性关系的,但毕竟只是一部分人。

而男性,尽管需求的是性关系,但实际情况则差异很大,并非所有人都需求性交。当然,能够正常过性生活是求之不得的,但有的人年纪越大就越缺乏自信了。这些男人,放弃了性交本身,转向抚摸女性身体或看女性裸体这些视觉和触觉的乐趣了。

但是,这种行为往往与性骚扰相关联,因为,其中可能潜藏着想要看看受到男人骚扰时,女性惊慌的表情,或使年轻女性不知所措之类的扭曲欲望。

此外,也有对女性和性交都不感兴趣的男人。这些人勃起困难,即便和女性发生了关系也不是件愉快的事。因此,对他们来说,与其花费精力去追逐女性,还不如干脆做自己想做的事。这种性冷淡派在女性中也相当多,回答没有性欲的人,几乎都属于此类。

换个角度来看,这些人的生活方式更为轻松自在,可避免无聊的消耗,而且习惯这种性冷淡的话,就可以平淡而安稳地生活,日复一日地过着没有激情浸润的日常生活。

这毕竟也是一种生活方式,但来栖想起了"功能性萎缩"这个术语。

这本来是个医学用语。当人的四肢骨折时,胳膊和腿都打上了石膏,不能活动,于是这些部位便逐渐萎缩下去。就是说,不使用它们的话,渐渐地便失去了它们本来的机能。这种现象不仅限于肢体,从内脏到脑子都适用。人体的所有部位只要不使用就不灵活,其功能就会逐渐变弱以至废掉。

换句话说,人体本来是为了使用而存在的。不过,这里要提醒人们注意的是,这种"功能性萎缩"还涉及工作、兴趣以及对异性的好奇心等所有方面。

比如说,出于兴趣而喜欢画画儿或作俳句等,经过长期不懈的努力后,这方面的感觉得到了磨炼,逐渐地真的有所提高了。

然而,这种学习由于什么原因停了下来,一直没有再恢复的话,好不容易培养出来的感觉就会丧失,最终什么都不做也无所谓了。

渐渐习惯了什么都不做的状态后,等到意识到时,已经无法挽回了。从这个意义上说,就是"功能性萎缩"。

如果这样重复下去的话,人就会变得十分软弱而怠惰,对于异性的好奇心和性也是如此。

这个岁数了,还说什么喜欢不喜欢、追来追去的,多麻烦呀。即使不去爱异性或性接触,自己也愿意这样活下去。

于是,在认定恋爱和性等都是无意义的无聊的东西后,身边没有异性也觉得无所谓了。此人身上渐渐地失去了恋爱的气氛,魅力也就消失了。

在"Et Alors"里也有这种类型的男人和女人,比较起来,男性占压倒性多数。

这些人的看法是,年纪大了,不用说追求异性和性爱,就连讲究穿戴、追求时尚都是不自量力,是可耻的。应该抛弃这些邪念,随着年龄增大,平静地过日子才符合自然规律。上述这些追求老人就要像个老人样的"隐居思想"也不无说服力。

然而,老人就要像个老人样的想法,与倚老卖老、颤颤巍巍、任性胡为等只有一步之遥。总爱以"都这么大岁数了"为借口的人等意识到问题的严重性时,已经不仅是"功能性萎缩"了,而成了废人了。

总之,上了年纪后,一点儿都不活动,一味松懈地过日子的话,身心都会迅速衰老下去,这是来栖建立这个公寓以来痛切感受到的。

看到许许多多的例子后,来栖深感年纪越大越要培养积极主动、以自己的意志进行活动的习惯,这么做的意义实在太大了。反之,上了岁数后,一天到晚待在家里,什么也不干,生活得太轻松的话,肯定会迅速衰老下去的。

所以,来栖经常开玩笑地对公寓里的人们说:

"如果您家里人或熟人对您说'安静下来好好休息休息吧'的时候,请务必提高警觉,因为如果照他们说的那么做的话,只能缩短您的寿命。"

因此,当媳妇的如果希望婆婆或公公早点死的话,就要对他们关怀备至,什么也不让他们做。"啊,妈妈,这个让我来做吧。哎呀,您可千万别累着,全都交给我吧。"尽量让他们在床上躺着。

于是,无论多么厉害的婆婆也会迅速衰弱下去,过不了多久,得了肺炎之类的一命呜呼了。

这正是所谓的"温柔杀人"。

也许是来栖的想法得到了渗透,"Et Alors"的入住者们生活态度都很积极,充满活力。

有的人喜欢高尔夫和游泳等体育活动,有的人喜欢就近逛逛银座,或者去歌舞伎座看剧、去大商场购物,还有的人喜欢去隅田川边散步。当然,也有人待在公寓里,热衷于自己的爱好或各种讲座。还有人经常去公司或自己的事务所上班。

此外,在来栖的建议下,有人报名去东京都内的特护老人院做义工。虽然上了年纪,又享有退休金,但他们不想只是成为社会的负担,趁着身体还能活动的时候,尽量去帮助别人,对社会做出贡献。

这种想法在美国等国家已经很普及了,而在日本,认为老年人照顾老年人不合常理,是不可能的。但是,难得一些健康的老年人想为社会做点事,不该把他们拒之门外。而且,实际做起来,往往正因为是老年人,相互更谈得来,也更体贴,很受特护老人院的欢迎。目前"Et Alors"有八位老人参加了这个义工行列,还有两三个人打算加入进来。

看到这些性格各异的人,就明白了积极的生活态度有多么重要。反之,没有比越老变得越消极更危险的了。而且,这样自己娇惯自己,压抑自己的能力,不只导致加速衰老,也会给周围的人增添麻烦。

为了能够保持健康和活力,就要经常具有好奇心。为此,喜欢谈论一些家长里短也好,爱唠唠叨叨也好,爱管闲事也好都没有关系。这些会成为一个人的生活能量,成为其积极进取的原动力。

说到这一点,还是女性爱说话,喜欢扎堆,好奇心旺盛。来栖觉得女性比男性活得长、身体好的原因之一就在于喜欢说话。

女性即使上了年纪,三个女人也是一台戏。而男人无论多少人聚到一起,也是静悄悄的,没那么多话。

大多数男人觉得,他们既不会像女人那样说些鸡毛蒜皮的事,也不愿意说。然而,说话确实可以刺激脑子的活动,使人年轻。因为说话的时候,要意识到对方的存在,在此基础上进行交谈,因此在人际关系上就要花费心思,这就起到了使脑子不停地运转的作用。

"越是上岁数,越要用脑子。"这是来栖最常说的一句话。

"在人的身体里,大脑是最有力最牢固的。脑子无论怎么使用都不会减少,因为隐藏着所谓预留能力,所以应该使劲儿地使用。如果不使用的话,脑子就会很快产生惰性,变得迟钝、萎缩、痴呆的。

"工作不用说了,爱好和学习以至聊天,只要能用脑子的都可以做。说句过头的话,就算是琢磨坏事,也要让脑子动起来。"

就连嫉妒或是憎恨,对于老年人来说,都会成为活下去的动力。

来栖将自己的所见所闻所思所想,从医学的角度尽可能深入浅出地讲给大家听,入住者大都能够理解,许多人都很赞成他的观点。

其中也有个别好抬杠的人,或者说是爱钻牛角尖的人问来栖:

"先生一个劲儿地说要年轻、要健康,请问,活那么长又怎么样呢?"

这话听起来似乎也是那么回事,但来栖很明确地对这样的人说:

"上了年纪也精精神神的,一方面是为了你自己,同时也是为了你的家人和社会。这么说也许有些失礼,但上年纪也很健康,就不会成为大家的负担,省去了医疗费。再说得清楚一点,活到九十岁、一百岁,活得岁数越大,得个感冒用不了两三天就死去的情况很多。但是,若是五十岁六十岁的人得个病的话,就会躺在床上,花很多医疗费的。现在,国民医疗费的三分之一,相当于十兆日元的钱被用于老人医疗。如果健康老人越来越多的话,这笔费用就会大幅度减少,这是毫无疑问的。"

尽管他说得有些直言不讳,但入住者们都觉得很有道理。

创办这种公寓后,来栖才意识到,越是老年人,其夫妻形态越是多种多样。

要想了解这些入住者的人际关系,去八层的食堂看看最便捷了。其实,来栖也不用专门去视察,他反正是独身一人,每周随意地去食堂几趟,吃顿早饭或晚饭就行了。

食堂很宽敞,可以眺望远处的东京湾。每张桌子都铺着白色的桌布。食堂不仅洁净,饭菜味道也好,所以来就餐的人很多。由营养师安排每天的食谱,每个星期更换一次,都是严格按照每天1800卡路里标准制定的。

以九月中旬某一天的食谱为例,早餐有三种:A套餐是"烤去皮鲽鱼和熬菠菜",B套餐是"大米粥和凉拌葱头鲣鱼",C套餐是"德式三明治卷配海苔沙拉"。

午餐的A套餐是"烤秋刀鱼加乱炖腐竹",B套餐是"日式凉荞麦面和萝卜炖菜",C套餐是"姜味鸡块配菜花沙拉"。

而晚餐的A套餐是"烤沙丁鱼和凉拌茄子",B套餐是"烤鳝鱼配水煮冬笋",C套餐是"牛肉铁板烧配虾汁烩冬瓜"。

就餐者早、中、晚都可以从三套菜里选择自己爱吃的。饮料从软饮料到啤酒、清酒、葡萄酒、绍兴酒等应有尽有。

每个人都选择自己喜好的食物坐在餐桌前吃饭。在就餐的过程中,也体现出了各式各样的人际关系。

就拿一天中最重头的晚餐来说,既有夫妇二人面对面吃饭的,也有把几个桌子拼起来几对夫妇一起吃饭的组合。还有的夫妇没在一起吃,妻子凑到别的餐桌去,扔下丈夫独自一个人吃。

再比如对食谱的选择上,也颇有意思。有的夫妻是妻子吃西餐,丈夫吃日餐,所以妻子喝葡萄酒,丈夫喝日本酒。再看看那些单身男性,有几个人聚在一起吃的,还互相给对方斟酒。也有不合群的男人嫌跟别人一起吃饭不自在,独自一个人很清高地吃着。

当然,那些特别爱说话,聊得起劲儿的女士们聚在一起的饭桌上,偶尔也会掺杂进一个像立木先生这样的花花公子。虽说也有四五个男人凑到一起吃的饭桌,但都不怎么说话,闷头吃自己的。

夫妇二人的组合一般都是二人面对面坐着,但不怎么说话。既然在一起吃饭,也应该说一两句"挺好吃的"什么的,可是,仿佛某一方一说话就会失去平衡似的,两人都默默地吃饭。

是因为多年生活在一起,已经没那么多可说的呢,还是夫妻之间默契得不说话也能够明白对方的意思呢,要不然就是连句话都懒得说了呢?

这些夫妇中只有一对与众不同,他们总是凝视着对方,不停地交谈着,还不时发出笑声,互相斟着酒。与其他静静地吃饭的夫妇相比,他们俩就像是一对洋溢着青春朝气的情侣。

男的是市泽先生,今年八十岁。女的是广惠女士,今年六十五岁。

两个人一年前来到这里,名义上是夫妻,实际上,并未办理正式结婚手续,因为市泽先生另有妻子。

"Et Alors"规定必须是签订入住合同本人或夫妻才能入住,不过,像市泽先生这样和同居的妻子一起入住也是可以的,当然,前提是广惠女士已超过六十岁。

一看到这对老夫妻,来栖立刻想起了"老来风流"这个词。

这个词好像是来源于二战刚刚结束后,著名和歌诗人川田顺和他的女弟子——大学教授的夫人铃鹿俊子相爱私奔而名噪一时的事件。

当时川田顺六十六岁,教授夫人三十九岁,现在看来,他们还很年轻,但在当时的人眼里,"老来风流"这个词安在他们头上是再恰当不过了。

而且,那时候的社会风气对婚外情是很严厉的,于是便成了一件大丑闻。川田顺因此辞去了皇宫里的和歌评委一职,并失去了皇太子的和歌师傅资格。

和这位不幸的川田顺相比,市泽先生要年长十岁,然而,并没有让人感觉他老来风流。对他们二人,没有人在婚外情上说三道四的。

这说明,二战后的五十年来,人们对于男女关系的认识已经发生了很大的变化。现在,若是有人因为老来风流而大做文章的话,没有人会理睬的。因为不仅在"Et Alors",就是在其他各种类型的老人院里,此类情况都是屡见不鲜的。

尽管如此,无论过去还是现在,婚外情的当事人都会遇到很多阻碍。就在一个月前,市泽先生的夫人就亲自来到公寓大闹了一场。

入住时,市泽先生自己说已经征得了夫人的同意,不会有什么麻烦事的。其实,夫人直到现在都没有同意和他离婚,不停地找他的麻烦。

闯进公寓里来的夫人很消瘦,目光刁钻,一看长相就是个很厉害的女人。她一看见来栖就劈头质问道:"你们这儿窝藏馋嘴猫啊。"

来栖并没有这个意思,但在夫人眼里,"Et Alors"就是窝藏偷情者的藏污纳垢的所在。

凡是进出"Et Alors"的人都需要在四层前台进行登记,并有专人负责这项工作。外面的人来访时,值班员先要让他们登记一下访问者本人的姓名和访问对象的姓名等,然后给被探访者房间打电话,取得对方同意后才放行。

无论平时还是节假日,前台都是上午六点至晚上十点有人值班。而从深夜到次日清早这段时间,公寓出入口从里面上了锁,除了入住者之外,其他人是进不来的。

由于公寓里住的都是老年人,安全防范和方便进出二者都要兼顾。

在这种情况下,市泽夫人是怎么进来的呢?

首先,市泽夫人来的时候是在下午。在前台,值班员问到她的姓名和探访对象的姓名时,她清楚地回答:"我是市泽的妻子。"值班员想都没想,刚要说"请进吧",忽然又觉得不对头,赶紧追问:"您说,您是市泽先生的太太?"

因为值班员想起506室的市泽先生已经有妻子了,而且两个人就住在一个房间里。

夫人生气地回敬了一句：

"我是他太太，当然要这么说啦。"

值班员听她这口气，慌忙说"请您稍等"，然后就给506室打电话，"有一位说是您太太的女士，来找您。"市泽先生一听，立刻害怕地说："求求你了，千万别让她进来……就说我出去了。拜托了！"

值班员听了，好容易才想起来，住在这里的市泽先生的夫人不是他的正式妻子。

"市泽先生好像不在房间里……"

"那你刚才跟谁说话呢？"

"不是他接的。"

"那我就在这儿等他回来好了。"

说完，夫人一屁股就在前台对面的沙发上坐了下来。

她这么气势汹汹地坐在前台的对面，值班员一点辙也没有。

这位所谓正妻七十岁左右，瘦得脸上和手背上都布满了皱纹，个子很高，直直地挺着上身，犹如一只好斗的公鸡。

看这样子她一时半会儿不会走。万一这时候市泽先生和广惠女士到这儿来，肯定会立刻干起架来。

到底怎么办呢？心神不定的值班员走进里面的办公室，又给市泽先生打了电话，告诉他夫人在前台等着呢。市泽先生声音颤抖地说："这下可麻烦了。请你想办法让她走。"

"可是，她说找您谈谈，还是见见比较好吧。"不管值班员怎么说，市泽先生还是一个劲儿地说"不行，不行"，躲着不见。

这时，电话那头突然换成了女人的声音："那我去见她吧。"

听声音好像是他的情人广惠女士，但马上就被他给压下去了。"你哪能去啊。"话筒里又变成了市泽先生哀求的声音，"还是请你想办法把她弄走吧，回头我再找她谈谈清楚，今天先打发她回去。"

155

可不是嘛,要是让他的原配和广惠女士碰了面,还不把前台闹个天翻地覆才怪呢。虽然值班员也很想瞧瞧七十岁的大夫人和六十五岁的二夫人吵架的阵势,但她也知道这可不是闹着玩的。没法子,值班员壮着胆子,对气呼呼地坐在沙发上的夫人说道:

"实在抱歉,据说市泽先生今天不回来了,请您先回去,好吗?"

夫人立刻像一只打鸣的公鸡似的耸起了细细的脖颈。

"说什么呢!他要是敢不出来的话,我就去房间找他。"

说完,抬起屁股,径直朝电梯走去。值班员慌了神,赶忙伸开胳膊拦住她,央求着说:"请您等一等。"

来栖和这位正妻见面,便是在这种局面下。

得知前台值班员招架不住了,来栖才露了面,把她请到了自己的办公室。谁知,夫人一见到来栖,张口就骂:"原来你们这儿窝藏馋嘴猫啊。"

"我们哪会有这种想法啊。"

来栖辩解道。夫人根本不听他解释。

"你们这儿可以明目张胆地干这种事啊。"

其实哪里是什么明目张胆啊,只是他们不知道市泽先生和正妻之间的问题还没有解决而已。

"无论怎么说,这种事也是隐私问题,还是请你们自己好好谈谈吧。"

"可是,那家伙不出来,怎么谈呀。"

对于被抛弃的原配夫人来说,抛弃她的丈夫只能被叫作"那家伙"了。

"请你们赶快把那家伙领到这儿来。"

虽然她这么说,可来栖又不是警察,也不能硬把人家从房间里叫出来。

"好的。那我去跟您先生谈一谈,让他回头跟您联系吧。"

先不管市泽先生会怎么样,现在让她离开办公室是第一位的。

"您放心,我保证会找他谈的。"

为什么自己要向她点头哈腰呢?来栖莫名其妙地低了三次头后,夫人终于站了起来。

"我告诉你,你跟那个家伙说清楚了,我是绝对不会离婚的。"

最后扔下这句话,这位正妻才离开。

七十岁的人了还这么威风凛凛的,对于和情人逃跑的丈夫的憎恨说不定倒成了她活下去的动力吧。

第二天,来栖就去了市泽先生的房间,向他传达夫人的留话。

来栖按了门铃后,马上听见里面清脆地应了一声"来了"。门开了,市泽先生和情人广惠女士并肩站在门口迎接他。来栖换上给他放好的拖鞋,被引进了客厅,在奶油色的沙发上坐下来。旁边的茶几和周围的墙壁上,都装饰着他们二人依偎在一起甜蜜地笑着、手举成V字的照片,来栖恍惚觉得进入了新婚之家。

要是正妻闯到这地方来,还不得闹翻了天。

八十岁和六十五岁的老夫老妻还能够这么天真烂漫,靠的是爱情的魔力吧,来栖心里感叹着。然后,他向市泽先生两口子说起了正妻的传话。

"那位太太……"刚说到这儿,来栖忽然发现眼前也坐着一位太太,赶紧改口道,"那位女士说,希望把问题说说清楚。"

"可是,院长。"

市泽先生曾经当了多年的神奈川某女子大学的教授,给人的印象很温厚,但是,说话的语调却非常坚决。

"其实,我早就跟她说得很清楚了,我要和她离婚,把我们的住房和一些钱留给她。这件事孩子们也同意的,就是她一个人不同意,执意不离婚。"

确实如市泽先生所说的那样,正妻也有正妻的面子吧。

"到现在还不离婚,说明对你还有留恋吧。"

"哪里,根本不是什么留恋,她就是故意的。她跟我说过,我就是不离婚,让你们永远过不安生。"

市泽先生和他的正妻一样瘦得满脸皱纹,不同的是他的脸色很有光泽,气宇轩昂的。

"反正我们是绝对不会分开的。"

坐在他旁边的广惠女士立刻点点头。

看他们二人如此默契,来栖不禁想到,一定是为了让自己见识他们的亲热劲儿,他才被请到这儿来的。

不过,自己已经被卷进了这件麻烦事儿里了。夫妇的问题本来就是件令人挠头的事,再加上这样的难题,真是头都大了。

但是,对于眼前的二人来说,这可是个急需解决的大问题。

"她单方面不肯离婚,太不像话了。"

市泽先生的愤怒是可以理解的,但夫人的抵触心态也令人同情。

"据说只要一方不同意、不盖章,法律上就不合法。现在的法律真是一塌糊涂。"

关于这个问题,目前有关方面正在酝酿根据分居时间的长短来判决离婚的法案,但法律的修改需要时间,而且像市泽先生这样分居几年的情况恐怕也有难度。

"如果这种糟糕的法律不改变的话,我们一辈子都不能在一起了。"

八十岁的市泽先生说"一辈子"的时候,来栖觉得有些滑稽,但也因此了解了他焦急的心情。

"总之,故意为难别人就是那个女人活着的意义。"

听着市泽先生的话,来栖想起了自己离婚时的事。

是来栖提出离婚的,但妻子出乎意料地很干脆地同意了,也许她早就有所察觉了吧。整个过程简单极了,妻子的态度就像是"那就离婚吧"那么痛快。赔偿费和孩子的赡养费等通过律师很顺利地解决了。

说实话,对于妻子那么干脆地同意离婚,当时来栖还觉得挺沮丧的,但是现在看到市泽先生的情况后,觉得还是那样好。

"反正我们是绝对不会分开的。"

市泽先生把来栖再次拽回了现实。

"我们好不容易才走到一起的。"

二人互相对视着点了点头。

"我们打算死了以后也埋在一起,连骨灰壶都买好了。"说着,市泽先生突然站了起来,"我给先生拿来看看吧。"

怎么还要给自己看两个人一起下葬的骨灰壶?这让来栖有些厌烦,这么想着喝了口茶,这时,夫人说着"啊,给您换一杯吧",起身去了厨房。

夫人都六十五岁了,动作轻盈得就像五十多岁的人,有男人爱而自信满满毕竟能使人年轻啊。

来栖正琢磨的时候,市泽先生拿来了一个白布包着的盒子样的东西。

"这壶是青瓷的,托朋友给烧制的。"

市泽先生把它放在桌子上,打开了白布,露出了一个中段呈弧形、两头渐紧的纺锤形瓷壶,高三十公分左右,上面有个带揪的盖子。这么个青瓷壶拿来当作摆设也蛮不错。

"颜色和形状都很不错。很漂亮啊。"

来栖不禁赞叹道,市泽先生满意地点点头。

"谁都想不到这是骨灰壶吧。"

"是啊,把它摆在壁龛前也没问题的。"

"我要是先走了的话,想让她把骨灰放进去,摆在壁龛前。"

市泽先生这么一说,夫人微笑着说:

"等我死了以后,也让人把骨灰装进这个壶里去,放到寺院去,立个碑一起下葬。"

看来,他们连死后的安排都已经想好了。

不过,他们打算将骨灰装进同一个骨灰壶里,而且还是青瓷这样美丽的瓷器,真是大胆而奇特。由于不是正式的夫妻,夫人不打算进入市泽家的墓地。

即便是夫妻也没有像他们这样相爱的。也许正因为他们不是夫妻,才想得这么远吧。不管怎么说,老来风流也好,婚外恋也好,能够爱到这个地步也称得上是幸福的,来栖不禁由衷地羡慕起来。

但是,问题的关键在于正妻,如果她再一次跑到"Et Alors"来非要见市泽先生可怎么办呢?

"她只不过是一时的心血来潮,折腾两三次就会消停的。"

市泽先生若无其事地说。可是,每次都不得不去应付夫人闹腾的前台值班员可受不了。

"还是请您跟她好好谈一谈,以后不要再找来了。"

听来栖这么说,市泽先生顺从地低了一下头。但是,他去和夫人谈,到底会不会有效果呢?弄不好,会给夫人火上浇油也说不定。

一般夫妻离婚的话,恋恋不舍地纠缠个没完的大多是丈夫。平日里,丈夫虽然对妻子这不满那不满,一副离不离婚都无所谓的样子,一旦动起真格的来,男人立刻就软下来了。东山先生就是一个例子,别看他表面那么威风,最后还是被夫人逼得不得不同意分开过了。

而妻子们呢,她们在离婚之前都好像痛不欲生的,可一旦决定分开的话就不再犹豫了。不仅没有什么留恋,甚至是很干脆地走自己的路。

而丈夫们则不像外表给人的印象那样,一谈到离婚,往往特别脆弱,拖泥带水的。

只有在一种情况下,男人们会潇洒地离婚,即妻子的后继者已经准备好了的时候。妻子的后任具备的话,便会毅然离婚,否则的话,他们一般会犹豫再三,踌躇不前。

这是由于丈夫们不能自立的缘故。从家务事到生活费,他们把家里的一切事情都交给妻子打理,等意识到时,自己已经不能独自生活下去了。加上男人一般都孤独而软弱,剩下一个人的时候,突然感到没着没落的,变得不安起来。

市泽先生的情况的确是他跟妻子毅然分手的,但这种例子比较少见,属于有后任的情人存在这一前提条件。一般来说,无论是分手的时候,还是分手之后,男人都比女人对婚姻更加留恋,更难以下决心。

很明显,市泽先生的生活是玫瑰色的,而原配夫人却整天闷在家里憎恨着丈夫。虽说其背景是丈夫单方面找了个年轻的情人——说是年轻的,也有六十五岁了,还离开了家。尽管如此,她闯到丈夫和情人住的地方来,到底是出于什么心理呢?

夫人不能原谅任性的丈夫的所作所为是可以理解的,但她这样做的话,丈夫的心会离她越来越远的,即便万一回到她身边,也不会再爱她了。

那么,夫人真的只是故意纠缠呢,还是憎恨丈夫身边的情人呢?要说可怜,她也很可怜,但换个角度看的话,到了七十岁还因男女感情之事闹到如此地步也真够了不起的,来栖心里想。

扪心自问,自己能像他们那样活到那么大岁数还这么有精力折腾吗?自己到了那个年纪的时候,和那种事可能已经无缘了,已经成了个枯萎的人了。这么一想,这三个人都很不容易,来栖对他们的精力和魄力不由肃然起敬。

"如果您太太再来的话,前台值班员会请她回去,但是从您这儿也好好跟她谈谈吧。"

来栖说完站了起来,二人施了一礼:"拜托您了。"

送来栖到门口时,"让您见笑了……"市泽先生不好意思地说道,"我们能住在这里,感到很幸福。"

来栖听了,也很高兴,嘱咐道:

"为了这个,你们以后也要尽量减少这样的摩擦。"

离开他们的房间后,来栖一路在想,没想到公寓里住着各式各样的夫妻啊!他们没有好坏之分,组合成一对夫妻本身就富于变化和刺激,虽然伴随着一定的苦恼,但也有着同样多的幸福。

那天晚上,来栖和麻子吃完饭后,又去了西银座商店街二楼的葡萄酒吧。喝着酒,来栖给麻子讲述了市泽先生和大夫人之间的这场闹剧。

"看起来这不是因为爱,而是纠缠啊。"麻子一只手拿着红酒杯,轻声说,"我可理解不了啊。"

"你当然是不会那么做的。"

麻子今天晚上穿着白色套裙,小立领里衬出淡蓝色的丝巾,非常清爽。

"可是,那位夫人也不愿意做让自己那么难堪的事吧?"

"可也管不住自己啊。"

麻子轻轻地叹了口气。

"自己这样做很可怜,她应该也知道的……"

"也许爱太多了,也成问题呢。"

来栖不禁扭头看去,麻子一只胳膊肘支在吧台上,手托着下巴。

来栖凝视着麻子那线条优美的脸型,突然很想要她。

"一会儿去我那儿吧。"

"今天不行啊。"

"为什么?"

"反正今天不行。"

麻子莞尔一笑,站起身来。

第六章 醋海波澜

盛夏刚过,秋老虎又降临了。短短几天之内,气温忽高忽低的,温差有时高达十度。

这样的温度变化必然会对老年人的健康产生种种的影响。

按说气温升高时,只要相应地调低房间里的空调温度就可以了。可是,人的年纪越大,身体越难以适应外界的温差变化。

使身体适应外界的温差变化,即所谓恒温性(体内平衡)的能力一减弱,一些细微的变化都很容易引起感冒或血压升高等,让人感觉身体不舒服。

于是,因为咳嗽、感觉身体乏力等原因来公寓内的诊疗室看病的人多起来了。野村义夫先生就是其中之一。

"我老是觉得特别疲劳……"

他一边脱衬衫让来栖检查,一边诉说着病状。看他这身体这么干瘦,难怪他老觉得累。

他身高170公分,可体重还不到60公斤,瘦得从背后轻轻一推,就能把他推倒似的。

"吃得下饭吗?"

"不太想吃……"

野村先生今年七十三岁,有过一段辉煌的经历。他曾在某大报社工作,后来成了评论家,以其犀利的评论而知名,被冠以政界"抨击人"的头衔。两三年前他开始淡出江湖,一年前,夫人得了癌症去世后,他便一下子衰弱了下来。

来栖大致检查了一下,没有发烧,也没有其他毛病。

"咱们食堂的饭菜不合您的口味儿吗?"

公寓里的食堂早饭和午饭以自助餐居多,而晚饭则包括日式套餐和西式套餐在内,有三套菜品可供用餐者自由选择。

"您不想吃也尽量吃一点好。"

野村先生光着的上半身皮肤松弛,一条条肋骨清晰可见,瞧着都叫人心疼。

"一个人吃饭,就不怎么想吃了……"

以前,他和夫人是一对人人羡慕的鸳鸯夫妻,可能是因为夫人不在了,他心情沮丧,所以吃不下东西了。

越是感情好的老夫妻,一方去世以后,剩下的一方就衰弱得越是迅速。

当然,特别亲近的人死了,一般人都会悲伤难过的,但男人和女人似乎还是有一些差异的。

比如丈夫先死了,剩下的妻子当然也很悲伤:"孩子他爸,孩子他爸,剩下我一个人可怎么活呀?"她们会哭天抹泪地扶着棺材这么哭号。

谁知,半年过后,或者一年过后,妻子居然恢复了精神。两年过后,她就会说"原来一个人生活这么舒服啊",和结交的朋友们在一起过得有滋有味的。

妻子只有在丈夫刚去世的时候才悲痛欲绝,与之成正比,恢复得也相当快,快得令人感觉背叛了死去的丈夫似的。

相比之下,妻子先死了,丈夫都是极力压抑自己,不表现出悲伤来,有时看上去好像不太悲伤似的。

但是,半年过后,一年过后,他们仍在孤零零度日,并且变得越来越寂寞。

就连那种对妻子发号施令的丈夫,妻子活着的时候,他们为所欲为,一旦妻子死了,却立刻变得萎靡不振、软弱不堪起来。越是生前特别贤惠、丈夫的贤内助那样的妻子死了以后,这种情况越是明显。

野村先生就是一个典型。他的夫人是一位很传统的贤妻良母,那么,他现在的衰弱也就在所难免了。

令人担忧的是照这样下去的话,他怎么打发今后孤独的日子呢?

"你得打起精神来,多少喝点酒,没准会好一些。"

来栖给他鼓劲儿,可是没有得到痛快的回答,对方只是含糊地点点头。

看到野村先生的情况,来栖不禁产生了一个怪念头。

比起娶个贤惠的老婆来,或许不贤惠的老婆更能够让丈夫早日振作起来。由于习惯了不贤惠的老婆,丈夫也往往比较独立,更容易掌握一个人生活下去的方法了。

"不过,男人真是软弱啊……"

来栖望着野村先生脸上明显的老年斑,暗自思忖。

虽然他给野村先生开了增进食欲的开胃药,但是,看他这么瘦弱,光靠药物是不行的。最重要的是要想办法让他建立起生活下去的信心,吃好饭。

越是上年纪的人,精神状态的好坏就越至关重要,不能单靠药物治疗。来栖经常给入住者们讲这个道理。

野村先生缺乏食欲的原因是太太去世,剩下孤零零一个人,失去了进食的欲望,所以,调整他的心理状态比看病吃药更要紧。

不过,太太一走,男人就瘦成这个样子,未免也太可怜了。要是大家知道他曾经在政界被誉为"抨击人",肯定都会吃一大惊的。

总的来说,越是坚强的男人越是出乎意料地软弱。一向头脑敏锐、唇枪舌剑地攻击别人的人,一旦处于被动时,就会变得不堪一击。

"可是,野村先生的太太是去年六月去世的吧?一周年忌辰已经过了,应该差不多了呀。"

"他和先生您可不是一个类型啊。"小西咨询员立刻反驳来栖。

来栖听了只好苦笑。

"可是,这么下去的话,他的身体可受不了。"

"野村先生的房间里现在还供着漂亮的佛龛,里面摆着夫人的生活照,每天他都给夫人上香呢。"

来栖觉得,这可真是夫妻恩爱的佳话啊。但是,若因此而食欲不振,不断衰弱下去的话,就不能坐视不管了。

"他有没有什么朋友?"

"他性格古怪,基本上没有。"

一般来说,即使退休之后男人之间也很难交朋友。

像建议放映色情电影的谷口先生和古贺先生那样性情开朗、无拘无束的男人以及像立木先生那样喜欢招蜂惹蝶的好色男人格外少,男人们几乎都把自己封闭起来,不愿意交往。尤其是曾经有一定身份地位的人,更是拘泥于过去的荣耀,即使与人接近也喜欢先探究一番对方的经历,来判断是否适合与自己交往。

在这方面,男人无论到什么时候似乎都摆脱不了论资排辈的毛病。

而女人则不在乎过去的地位,只要觉得愉快、合得来,立刻就能成为好朋友。尤其在什么东西好吃、怎么打扮好看等话题上有着共同语言,只要一涉及这些,马上就会聚到一起,说个没完没了,越聊越起劲。

当然,谈起讨厌的人或者惹她们生气的事情来,也同样无止无休。

不拘泥于过去的地位,对什么事都充满了好奇心,和什么人都能聊到一起,以此来散心解闷,是女性比男性寿命长的原因之一。

来栖猜测,像野村先生这样性格古怪、拘泥于过去的荣耀的人,多半会对沉稳老练而通情达理的女人感兴趣吧。

"他和哪位女士走得比较近呢?"

来栖觉得杏子女士是最佳人选,可是被小西咨询员一口给否决了。

"他是个讨厌女性的人。"

"不会吧?"

"绝对的。前几天,就是演色情电影那次,他还生气地说'真无聊'呢。"

"所以我才说,他不讨厌女性啊。"

"为什么呢?"

"因为他非常爱他的太太,以至于现在连饭都不想吃了。"

小西咨询员似懂非懂地点点头,琢磨起来。

"我觉得他也愿意有女性在自己身边,只是不好意思直说罢了。"

"那么,怎么办好呢?"

"让女性主动去接近他,劝他'打起精神来'。只要有人多去关心他,他就会渐渐地好起来的。"

"这不是跟哄小孩儿一样吗?"

"他可不就是老小孩儿吗?"

来栖见过各种各样的老年人,明白了一个道理,人越上年纪越像个孩子。就是说随着年龄的增长,老爷爷变成了男孩子,老太太变成了女孩子。他们抛弃了年轻时很在乎的做作和伪装,回归到了刚出生时的婴儿状态。

只是在这个过程中,一般分为很顺从地变成孩子和不太顺从两种,野村先生就属于后一种。

"可是,请谁去给他当妈合适呢?"

"这个嘛,得找他特别想要依靠的人才行。"

"这样的人……"

小西咨询员弄不明白来栖的意思。

"还是先等等看吧。"

虽说野村先生因为没有食欲而日渐消瘦,但现在还不用太着急。

"过些天,也许就慢慢好起来了。"

即便没有思念太太的问题,像野村先生这样的男人,也是个很难一个人生活下去的孤独软弱的人吧。

来治疗室就诊的入住者中还有一位特殊的人物,就是住在705室的青木一郎先生。

他今年八十岁,以前是某音乐大学的教授,也是一位钢琴家,现在他也经常在房间里弹钢琴自娱自乐。当然,室内都装有隔音设备,外面几乎听不见。据说那架三角钢琴就摆放在最大的房间里。

公寓里举办过一次他的钢琴独奏会,身材颀长的青木先生身着黑色晚礼服,弹奏了一支肖邦的《小夜曲》,人们都听得如痴如醉。

独奏会结束后,他不无遗憾地说,要是再倒退几年,他就弹贝多芬的《热情》了。不过,《小夜曲》与夜晚的气氛很协调,曲子也不太长,特别适合老年人欣赏。

尽管他本人谦虚地说"年纪大了……",脸上也有了老年斑和皱纹,但身板挺得很直,给人风采依旧的感觉。

事实上,他年轻时相当受女孩子的欢迎,有好几个女学生追求他,现在的夫人就是其中之一。据说他是毅然和前妻离了婚跟她结婚的,所以夫人比他小将近二十岁,不过两人走在一起时,看不出太大的年龄差距。

奇怪的是,音乐家怎么都显得这么年轻呢?像活了94岁的波兰钢琴大师阿图尔·鲁宾斯坦、活了86岁的美国钢琴家弗拉基米尔·霍洛维茨那样的例子不胜枚举,音乐家大多很长寿,上了年纪后依然神采奕奕、精力过人。

人们常说,常常使用手指会刺激大脑,能够有效地防止衰老。

就是这位青木先生对来栖说,感觉尾骨那块儿特别疼。来栖仔细检查了一下,臀部中央凹陷处有点轻微红肿,一摁这个地方,他就喊痛。

据他自己说,是不小心摔的。坐下的时候,以为有椅子,结果一屁股坐到了地上,重重地摔了一下。可是,像他这样的人怎么会犯这种低级错误呢?真是不可思议。

他张嘴说话时,来栖能看见他的腮帮子里有内出血的瘀痕。

来栖原本是内科医生,但现在还要看外科、矫形外科以及眼科、泌尿科的病人。当然,如果病情严重的话会转到其他的医院去,但一般由来栖自己来诊治。

青木先生的情况显然属于矫形外科,来栖给他拍了片子后,告诉他,尾骨尖端稍稍有些弯曲,但这个部位即使骨折了也没什么好办法,只能静养。因为这个部位很难打石膏,又不影响直立和行走,所以只能敷上一块膏药,等待它自己慢慢痊愈了。

可是,他的右腮内出血到底是怎么回事呢?青木先生本人没有说明,但他说话时嘴里好像很痛似的。

来栖忍不住问道:"怎么伤的?"

青木先生小声说:"千万不要告诉别人……"然后便讲了起来。

据他说,昨天晚上,在卡拉OK厅里,他刚唱完自己最拿手的那首《我的路》时,突然被人从背后泼了一盆冷水。

他被泼懵了,回头一瞧,原来是同时在卡拉OK厅里唱歌的703室的宍户先生。青木先生唱歌的时候,他就一直在旁边起哄,嚷嚷什么"烦死人了""歇歇吧"等等。

看样子他是喝醉了,可是对同住一个公寓里的人,他这样做也太过分了。青木先生忍不下这口气,一把揪住他的胸口,就在这时,对方猛地出拳,击中了自己的下颚。

宍户先生个头不高,但很敦实,所以这一拳把青木先生打得仰面朝天地摔倒在了地上。尾骨就是这么摔伤的,右腮里的淤血就是宍户那一拳给打的。

"真是太不像话了……"

来栖吃惊得半天合不上嘴。青木先生心里的那股火儿好像又被勾起来了,晃动着脑袋说:

"简直是无法无天了,当头泼了人家一盆凉水,还打人……"

据总务长说,对青木先生动粗的宍户先生今年七十二岁,以前在东京市郊经营一家纺织品公司。到了七十岁时,他把公司交给儿子去打理,自己退下来舒舒服服养老了。

和瘦高瘦高的青木先生完全相反,他矮墩墩的,不爱说话,给人不容易接近的印象。不过,他曾经给来栖送过短裤,而且是那种特别花哨的运动短裤,来栖觉得很尴尬,他却面无表情地说:"请您穿穿看吧。"

看样子这运动短裤是他的公司经营的东西,不过,一下子给了自己五条运动短裤,足见此人的实在。难不成他觉得来栖平时喜欢穿这个,还是他自己喜欢穿这种花短裤呢?光是想象一下他穿这种短裤时的滑稽样子,来栖就忍俊不禁。

来栖和宍户先生只说过一次话,感觉他虽然冷淡,却不乏出身平民的亲切,可来栖万万没想到,他竟然泼了青木先生一盆凉水,还打了人家。

谁都可以自由出入卡拉 OK 厅,可以自由选歌、唱歌。不巧的是事件发生时,在场的只有宍户先生的儿子和青木先生的妻子,没有其他目击者。

正唱歌的时候,怎么会动起手来了呢?关于这一点,青木先生强调说,因为自己一向觉得那个家伙特别讨厌,所以才会挨揍的。

可是,事实到底是不是像他所说的那样呢?来栖觉得,应该再去跟宍户先生本人了解一下。说起来,这两个人从外表到性格完全不一样。首先,青木先生是音乐大学的教授、钢琴家,艺术家气质十足,而宍户先生却是个白手起家的穷孩子出身的人。其次,青木先生身材修长、高雅脱俗,而宍户先生矮墩墩的,纯朴庸俗。此外,青木先生身边有女弟子做夫人,而宍户先生来这里前太太去世了,现在独身一人。

就连唱歌都体现了他们的个性。青木先生引吭高歌的是《我的路》,而宍户先生的拿手歌曲则是《无法松的一生》。

难道这些差异日积月累就会导致这次冲突的发生吗?

更有甚者,宍户先生竟然会大打出手,哪儿来这么大的仇呢?

幸好挨打的青木先生只受了点轻伤。可是,这么大岁数了,万一失手打到关键部位,还指不定闹出多大麻烦呢。

不管怎么说,还是要听听宍户先生怎么说。于是,来栖等青木先生走后,立刻把宍户先生叫到治疗室来。

宍户先生正在娱乐室下象棋,很随意地穿着开襟衬衫和短裤来了。

简短地问好之后,来栖告诉他刚才青木先生来看病了,宍户先生的表情立刻紧张起来。"幸好没有大碍……",听到这话,宍户先生赶紧低头道歉:"真是对不起,给您添麻烦了。"

看来他自己也知道做错了。

来栖告诫他动手打人是绝对不可以的,然后问道:"青木先生什么地方得罪你了吗?"

"没有……"宍户先生说道,又摇了摇头,嘟囔着,"没什么地方……",然后又说了一遍,"对不起。"

来栖到底也没弄明白他想说什么,但至少可以确认,宍户先生已经深刻地反省自己的过错了。

"请不要再做这样的事。"

来栖严厉地说道。宍户先生更深地弯下腰来道歉,又说了一遍"对不起"之后,就走了。

他本来就不是恶人,也许只是一时冲动才动起手来的吧。

不过,一涉及打架的原因,二人都含糊其词的,让人丈二和尚摸不着头脑。

在卡拉OK厅争夺麦克风的事,来栖倒是听说过,可是这次只有他们两拨人,按说不可能为争麦克风干架呀,会不会有什么别的原因呢?

莫名就里的来栖以为就此告一段落了,谁知两天后,护士长三浦怜子来向来栖报告。

"我听说他们两位是情敌。"

"情敌?"

"他们两个人都追求一个女人,是三角关系……"

青木先生和宍户先生是情敌,这个信息大大出乎来栖的意料之外。而且,他们俩居然在争夺一个女人,更是匪夷所思。

"那个女人是谁？"

"就是718室的那位老板娘。"

这么一说来栖就明白了，她是718室的雪枝女士，以前在银座经营一家酒吧。

"我说呢……"

如果是雪枝女士的话，那是完全有这种可能的。她六十五岁左右，在入住者中算是相当年轻的了。她的皮肤如同她的名字一样雪白，加上多年在银座的熏陶，至今仍打扮得妖娆妩媚，窈窕可人。她长得虽然够不上是美女，但也是面如满月，这就更让她看上去显得年轻了，说她才五十出头绝对有人信。

所以说，青木先生和宍户先生都迷恋上她也是理所当然的。其实，听说还有几个男人对雪枝女士很有好感呢。

"这是听谁说的？"

"冈本杏子女士。"

原来是那位多情女子啊。这话从她嘴里说出来，倒也顺理成章。

"杏子女士和雪枝女士关系很亲密，应该不会有错的。"

"可是，说青木先生和宍户先生是情敌，又是从何说起呢？"

"这不明摆着他们两位都和雪枝女士有关系呗。"

雪枝女士是独身，和谁交往自然没有问题。可是，说她和公寓里的两个男人都有关系，实在无法相信。钢琴家青木先生还说得过去，但说她和矮墩墩的宍户先生也有关系，真是怎么也想不到的爆料。不过，青木先生有妻子，如果真有其事的话，就成了婚外恋了。相比之下，宍户先生是单身，说不定他才是真命天子呢。

"所以，在卡拉OK厅狭路相逢时才会大打出手的吗？"

"反正，杏子女士跟我说了句'还真有其事啊'，就笑起来了。"

来栖没有想到青木先生会和雪枝女士有不一般的关系。他可是经过一番轰轰烈烈的热恋,排除万难,终于再度迎娶娇妻,并且夫妻一直恩爱如初的呀。当然这件事,他的太太好像一直蒙在鼓里,所以,这次事发最生气的就属他太太了。而当事人青木先生大概是心里有愧吧,一直含糊其词的,不得要领。

但另一方面,宍户先生的打人之谜也可以迎刃而解了。

话又说回来,这两个人真是冤家路窄,在卡拉OK厅撞上了,也够不走运的。

宍户先生本来就讨厌青木先生,根本不想见到他时,青木先生却突然出现了,而且带着太太一起来,还洋洋自得地高唱《我的路》,于是,宍户先生平日的积怨便一下子爆发了。

"这个混蛋,有老婆在身边,还到处招惹……"

不知宍户先生是不是这么想的,反正是气不打一处来,所以首先发难,给刚落座的青木先生泼了一身凉水。

估计大致经过就是这样。但是,有一个问题来栖还是没想明白。

"可是,他们两个人怎么会意识到对方是情敌的呢?"

"这可就更神了。"

护士长迫不及待炫耀般地讲了起来。

"听说雪枝女士每次和男人约会时,都是去汤岛的某家情人旅馆开房。"

在上野附近的汤岛,的确至今还保留着古色古香的情人旅馆。

"她一直去那样的地方约会吗?"

"在公寓里约会的话不是太惹眼了吗?还有呢,她和宍户先生也是在同一家旅馆约会的。"

和两个男人约会都选在同一家旅馆,真是色胆包天啊。来栖彻底服了。

"而且,雪枝女士和青木先生进那家旅馆的时候,被宍户先生看见了。"

事情发展得越来越复杂了,来栖都听糊涂了。

据护士长说,雪枝女士和青木先生早就是情人关系了,两人一直在上野附近的汤岛某情人旅馆约会,但同时她和宍户先生也是在那个旅馆约会。

也不知是突发奇想还是什么缘故,宍户先生忽然对雪枝女士是否与别的男人约会产生了怀疑。于是,有一天,看见她出门了,他就尾随而去,结果,亲眼看见了雪枝女士和别的男人走进了自己曾和她一起去过的那家旅馆。

那个男人正是那个风流倜傥的钢琴家青木先生。

"是这么回事吗?"来栖整理了一遍思路后问道。

"没错,没错。"护士长使劲点着头。

"青木先生和宍户先生之间关系开始恶化好像就是从那以后。"

听她这么一说,来栖对这次事件的起因终于搞清楚了。

"可是,宍户先生是怎么知道青木先生和雪枝女士的关系的呢?"

"这就叫作相爱的人的第六感嘛。"

"不过,一直跟到汤岛的情人旅馆,也真有他的啊。"

从"Et Alors"到汤岛的情人旅馆不近呢,打车也得二三十分钟。

"那一带,经常有老男人出没,勾引年轻女性呢。"

"真有这种事?"

"这年头,老先生们可精神着呢。"

老年人集中的地方,以巢鸭的拔刺地藏街最为有名。这么说,汤岛那边也有这样的事吗?

"他是打车跟踪的吗?"

"觉得今天比较可疑,事先到那儿等着她来,也说不定。"

宍户先生都七十二岁了,一直追到约会地点去,这需要相当的执着或耐力才行,或者应该说是敌对心理更合适吧。

"就连小伙子也做不到啊。"

"正因为是老年人,才做得到的。"

说起来,住在"Et Alors"里的人,一天到晚都是非常自由的,想要做什么事,没有人拦得住的。

尽管如此,雪枝女士和同一个公寓里的两个男人有关系,来栖还是觉得不可思议。不知该说雪枝女士足够大胆无畏呢,还是说她风流成性更合适呢?她这样脚踩两只船,早晚有一天会被两个男人发现的呀。

"到底是从什么时候开始变成这样的呢?"

"好像她是先和宍户先生好的。"

"真的吗……"

"真的。是雪枝女士告诉我的。"

雪枝女士以前就和三浦护士长关系很好,所以,两个人很可能无话不谈。

"她觉得宍户先生其实是个很和善的人。"

这一点,来栖也有同感。猛一看他好像很粗鲁,和恋爱无缘似的,其实,这种人对女人说不定极其细心周到、无微不至呢。

"她还说,自己这么大年纪了,他还那么追求自己,真是太难得了。"

这不难理解,女人都愿意被体贴人的男人追求吧。

"不过,她有不少追求者吧?"

如果竞选老年公寓小姐的话,雪枝女士肯定会获得冠军。她才六十五岁,年纪较轻,加上在银座那种风月场的多年打磨,如今依然女人味十足,不减当年。

"后来,青木先生插进来了,是这样吗?"

"青木先生老早就打雪枝女士的主意了。雪枝女士说'他虽然有妻子,不过,长得帅'。"

"所以终于……"

"不是终于,是很容易就俘获了芳心。"

想起青木先生那清高的派头,来栖不禁想笑。

"结果,两个情敌就干上了?"

"其实还不止他们两个人呢。"

"还有其他人呀?"

"我这么说不知合适不合适。"

"没什么不合适的,说吧。"

来栖觉得,人上了岁数后,多少有些丑闻,并不是什么坏事。

"是谁呀?"

"那个,还有立木先生。"

"真是,哪儿都少不了他……"

不愧是花花公子,手就是快,居然伸到了雪枝女士这儿来了。其实来栖倒不怎么惊讶,只是叹服而已。

"可是,他和江波女士很要好,对了,还有桥本夫人吧?"

"所以,据说他很快就退出了呀。"

不错,桥本夫人和雪枝女士很要好,当然会避开和朋友有关系的男人了。

"不过,真是甘拜下风啊。"

雪枝女士除了宍户先生外,还和青木先生交往,同时和立木先生关系也很亲近,虽然时间并不长。而这位立木先生又和桥本夫人及江波女士有关系。如果画一张"Et Alors"男女关系网的话,确实需要很大的版面呢。

"原来是这样……"

来栖感叹着,三浦护士长担心地说:

"我说得太多了,请千万不要告诉别人。"

"放心吧。"

是自己刨根问底问出来的,如果说出去的话,就没有资格当这个院长了。

"不过,我想问您一个事……"

既然说到这儿了,也不必再顾忌了。三浦护士长五十岁左右,又有孩子,比起小西咨询员来要老成,所以,来栖经过一再考虑才提出这个问题。

"那些男人,他们都那么有精力吗?"

"什么精力?"

"就是,那个方面……"

三浦护士长诡异地微微一笑。

"挺精神的呀。尤其是宍户先生,超强的。青木先生也在服用万艾可,别看他瘦,也挺那个的……"

以前来栖和青木先生谈及过这方面的事,他说过"我已经完全不行了",那么他的意思是说跟夫人的时候不行吗?

"不过,雪枝女士到底喜欢谁呢?"

"她好像无所谓喜欢不喜欢。"

"那么,为什么……"

"因为她觉得性爱对身体有好处,或者说,爱情使人美丽吧。"

"嗯,有道理。"

的确,爱一个人,发生性行为,肯定会给身体带来刺激。特别是女性,往往会因此而变得漂亮起来。从这个意义上,可以说,如果把化妆或去美容院作为由外而内的化妆水,那么,爱情或性爱便是由内而外的化妆水了。

人到了老年，这种由内而外的化妆水变得尤为重要，比实际年龄看起来年轻或显老的原因之一，也在于此吧。

"可是，无论再怎么对身体好，也不能和谁都上床啊。"

"您说的没错，但是，只要不是特别古怪的人或令人讨厌的人，都可以呀。也许我这么说不大合适，女人对于赞美自己和追求自己的人，很难拒绝的。"

这一点男人也差不多，但问题是，让人想要拼命追求的对象是否存在。

宍户先生和青木先生尽管属于两个类型，但同样一发现喜欢的女性便穷追不舍，这一点大概是让女人喜欢的原因吧。

"被人追求毕竟是值得高兴的事啊。"

听这话音，三浦护士长现在已经完全被雪枝女士同化了。

虽说女人被男人追求时，心情激动，会变得更漂亮，但因此就和两个男人交往，合适不合适呢？如果真心相爱的话，和一个人交往才正常啊。于是，来栖便问三浦护士长：

"她自己喜欢谁呢？"

"如果说喜欢的话，大概是青木先生吧。这么说可能有点那个，她跟我说过，一想到被他那纤细柔软的手指爱抚，就激动得不能自已。"

正如钢琴家的手指能弹奏出种种美妙的音色那样，它们也会让女性发出各种喜悦的声音吧。

"这么说，宍户先生排名第二，或者说是老二喽？"

"可能是吧。我觉得宍户先生有宍户先生的长处。有的男人不是也同时和几个女人交往吗？"

有的男人确实同时和几个女人交往，来栖自己也是这样，有妻子的时候也和其他女性交往过。

"不过，我以为喜欢一个人的话，对别人就不太上心了……"

"也不一定,在她看来,追求她的男人个个都很可爱,都值得珍惜。"

这种包容性的确是年轻而挑剔的女人所不具备的。

"这么说,凡是追求她的男人,她都一视同仁了?"

"毕竟是人哪,总会有好恶的呀。不过,也许她觉得有可能的话,尽量和他们都保持关系吧……"

"那么,她对于男人来说就像是菩萨之类的存在了。"

"是啊,她可能就是那样的心态吧。"

说到这个地步,来栖也没有什么好说的了。"Et Alors"里住着这么一位女菩萨,对于老年男人们来说是件值得庆幸的事。

"她说,性爱还是上了年纪后感觉更好。不用再担心怀孕了,可以尽情地享受。"

上了年纪后的性爱感觉更好,雪枝女士的这一论调有一定的说服力。因为,老年人没有月经了,不用担心会怀孕,而男性也用不着套那个多余的东西了。

在这种场合,她们唯一要担心的就是自己的裸体了。来栖看过一本面向老年人的杂志,里面有这样一段文字:"自己不想将已经不再年轻的、皮肤松弛的肉体展示给别人看。与其让男人看这样丑陋的肉体,不如一开始就不要和男人发生这种关系。"

这位女性的心情可以理解,这种担心是使老年女性远离性爱的原因之一。

但是,仔细想想看,老年男性也同样失去了年轻时身体的弹性,增加了皱纹和色斑。关键是,男女同样在衰老,并不只是女性不好意思。既然对方知道自己的年龄还追求自己,就没有必要觉得自卑。

当然,雪枝女士在这些女性中年纪轻,皮肤白,对自己的肉体有相当的自信,加上她对于这方面的事可以说门儿清,所以,与男人做爱时根本没什么顾忌。

"她这个人还挺有意思的。"

三浦护士长说着扑哧一笑。

"您可一定要保密啊。"

"当然了,我不会说的。"

来栖作为医生,只是想要了解老年人千姿百态的生活实态。

"她的手包里总是带着那个东西。"

"什么东西?"

"就是卫生巾。"

"不是没有了吗?"

"是没有了。她可能是抱着还有的心情这么做的吧。"

来栖想象着雪枝女士腋下夹着手包时的飒爽英姿。她把那种东西放在手包里,以使自己不至于松懈下来,当自己现在还是个风华正茂的女人。

"真令人钦佩啊。"

来栖感叹道。三浦护士长长出了一口气。

"院长也这么想吗?"

"当然了。这是告诉人们我还没老呢,她就是这种气势吧。"

"和她聊天时,我经常受到激励,学到很多东西。"

三浦护士长做护士工作多年,专业经验很丰富,但平时表现得特别沉静,像个老大妈似的。

大概是这个缘故,她对于上了岁数却不失妩媚的雪枝女士的生活方式很感兴趣。

"那么,这件事情就拜托你去跟南田女士说说吧。"

"我吗?"

"我正式跟她谈的话,显得太夸张了。从你的角度告诉她以后注意一些,不要让男人之间发生冲突,恐怕比较好吧。"

护士长点点头,突然想起了什么,

"可是,不用找男人那边吗?"

"他们各自都在反省呢,这次就算了吧。"

"知道了。"

第二天,护士长向来栖汇报了跟雪枝女士谈话的结果。

"我按照您交代的跟她谈了话,但是,她说要见院长。"

"见我?"

"她说想直接跟您表示歉意,另外还有其他的事要跟您说。"

雪枝女士找自己有什么事情呢?来栖有些心神不定了,可是没有理由不让她来。

她希望尽快见面,所以,来栖就让她在下午四点左右来自己的办公室,这个时间段比较空闲。

雪枝女士四点准时来了。

她穿着藏蓝色连衣裙,腰间松松地绕着一条银链,肩头随意搭了一条淡蓝色丝巾,领口开得低低的,连臂膀都裸露了出来,她那引以为豪的白皙皮肤的确很性感。

据护士长说,雪枝女士每个星期去两次美容院,每天还用搓澡刷摩擦全身,每天必吃两三个柑橘,为保持皮肤年轻不遗余力。

本来她的皮肤就白,她这些保养皮肤的方法从医学角度看也是没有错的,这使来栖很佩服。首先,用搓澡刷之类的东西摩擦身体,和从前的人用干布摩擦是一个道理,可以刺激皮肤的毛细血管,使皮肤保持年轻,而酸味的柑橘类富含维生素,有美白皮肤的效果。

看来就是用这些方法保养出来的柔嫩皮肤把青木先生和宍户先生给招惹来的。

来栖不由看得入了神,这时,雪枝女士表情乖巧地说道:

"先生，这次发生的事情，真是很抱歉。"

来栖从一开始就不打算介入属于入住者隐私的恋爱问题。

"他们喜欢你没有关系，但还是不要发生这样的冲突为好。"

"以后一定小心。"

雪枝女士又道了一次歉。

"可是，男人怎么会那么较真呢？"

"那是因为他们两个人都喜欢雪枝女士啊。"

"可是他们都年纪大了，难道不能活得轻松一些吗？"

在雪枝女士看来，两个男人为了自己打架简直莫名其妙。

"大概都想要独占你吧。"

"我跟您说实话吧，他们两个人都是好人，我对他们都一样好。"

"这可不大容易做到啊。"

尤其是宍户先生那样的淳朴男人，恐怕难以忍受这种共享的关系。

"我听说你和他们去的是同一个旅馆？"

"实在是不好意思，那家旅馆比较方便，所以常常去那里，结果就……"

"你可能不知道，男人比女人爱吃醋的。"

"这次我真的领教了。"

在银座待了那么多年，对于男人的心理应该是了如指掌，但她却佯作不知，这也是她的魅力之一吧。

"以后请稍微注意一下，就……"

当然来栖不是想说"就可以了"，他打算就此结束谈话。

这时，雪枝女士突然说道：

"我有个事想问问您，可以吗？"说着，她调侃似的瞟了来栖一眼，"你打算把冈本女士怎么办呢？"

"什么怎么办……"

"她喜欢先生，一天二十四小时都在思念您呢。"

她说的好像是710室的冈本杏子女士。她现在夜里还偶尔会打电话来，说起来就没个完。所以，来栖总是估摸着差不多就给她挂断。

"我没什么想法……"

"那她就太可怜了。"

听说雪枝女士和杏子女士关系很好，她要找我谈的就是这个事吗？

"因为先生太冷淡了，她才开始放纵的。"

一听她突然说起冈本杏子女士变成这样，都要算到自己头上，来栖不知该怎么回答才好。其实，杏子女士才是始作俑者。她喜欢理疗师藤谷青年，腿都已经好了，还去按摩，还送各种礼物给藤谷，弄得年轻人很为难。

当来栖叫她不要这样时，她又说一直喜欢的是来栖，只是把藤谷青年当作自己亲儿子看待的。

当来栖得知自己才是她的真正目标时，虽说是一种荣幸，但不能因此就接受其好意啊。作为公寓负责人，要是被入住者喜欢就和对方亲近的话，还怎么管理职员和其他入住者呢？

"刚才你说她开始放纵了，是怎么回事？"

"她经常光顾六本木的牛郎店。"

牛郎店就是男服务员为女性服务的地方，客人多是有钱的太太或女实业家等。

"她去那种地方……"

杏子女士的丈夫曾经是商界大腕，留下了相当可观的遗产，所以钱是足够她花的，但是，听到这位太太竟然会出入那种地方，来栖还是很意外。

"开始是江波女士带她去的。"

原空姐江波玲香女士去牛郎店并不奇怪。

"在银座的时候,我陪着别人去过,同性恋酒吧就不说了,那种牛郎店我也不喜欢。因为女人掏钱找男人太惨了点吧。"

长年经营银座的俱乐部,魅力依旧的雪枝女士,不愿意去牛郎店那种地方是在情理之中的,可是杏子女士真的喜欢那样的地方吗?

来栖想象着玲香女士和杏子女士待在牛郎店里的样子。

来栖当然没有去过那样的地方。听说那里流淌着软绵绵的靡靡之音,一对对男女坐在灯光昏暗的包厢里,年轻的男人一边给女宾倒酒,一边东拉西扯地闲聊,媚态十足地伺候着客人。光是这些,就不像个正经地方,但对于被立木先生抛弃的玲香女士和长期服侍老古板丈夫的杏子女士来说,这里很可能是个新鲜而舒坦的温柔乡了。

只是玲香女士和杏子女士都是七十多岁的人了,两人加起来超过一百四十岁。这样的老女人喝着鸡尾酒和年轻的牛郎聊天的情形,用雪枝女士的话来说,也的确太惨了点。

"我没有去过,不太清楚。你说那种地方的男性,如果客人要求的话,会进一步发展吗?"

"当然了。但是得花不少钱的。"

"那么,她们俩都……"

"没有,她们只是喜欢那个地方被人亲热对待的感觉,不过,杏子女士曾经被牛郎逼迫得差点没逃出来。"

"有这事?"

"也许对方以为她有钱吧。打那以后,她就害怕了,再没去了。"

听她这么一说,来栖想起来,那天深夜,杏子女士突然哭哭啼啼地打电话来,说"我是个坏透了的女人"等莫名其妙的话,难道跟她去牛郎店有关系吗?

"不过,她是喜欢那种地方才去的吧?"

"不是的。先生真的不明白吗？"

来栖还是不明白。

"因为先生太冷淡了呀。"

"冷淡？"

"是啊。杏子是真心地爱先生的。"

"怎么会……"

"我没有骗您。先生，您就尽量帮帮她吧。"

雪枝女士突然说起要他尽量帮帮她，可是来栖根本没有那个意思，怎么帮啊？

"这件事，可不好办……"

来栖为难地说。雪枝女士窥探着他的表情，问道：

"不过，您也并不特别讨厌她吧？"

"那是当然……"

虽然并不讨厌，但这和喜欢、迷恋完全是两回事。来栖对于任何一个入住者都没有产生过这种情感。

"她不是喜欢更年轻的男性吗？"

来栖问道，他没有提及理疗师。

"她是在江波女士怂恿下去的牛郎店，但她讨厌那种地方的年轻男人，还是像先生这样的最理想……"

虽然这话听起来让人愉快，可是，再怎么说自己也不能随其心愿啊。

"她好像知道先生身边有年轻的女人。"

关于这件事她确实直接问过自己一次，当时自己挺慌的。

"她说她不在乎。"

"什么意思啊？"

来栖问道。雪枝女士凑近他，像说悄悄话似的。

"她想让您抱抱她……"

在院长室里听到有人跟自己说这种话,这还是第一次。

"我已经说过好几次了,我没有那个意思……"

"这个我知道。先生才五十多岁,比杏子女士年轻得多,又是这里的院长,喜欢您的人自然多了去了。"

这算是赞美还是讥讽呢？来栖觉得差不多该结束谈话了,可是,雪枝女士探过身子来,问:

"先生不是已经抱过她一次了吗？"

"抱过？"

"她高兴地跟我说,您在她房间里很温柔地抱过她呢。"

的确有这回事,在杏子女士的房间里,来栖抱过她一次。

可是,那次是她请自己去她的房间的。本来是和理疗部长一起去,结果部长被轰走,只剩下自己一个人。谈完事要走的时候,对方突然抱住自己的。

来栖吓了一跳,又不好硬推开她,只好把手放在她的后背,僵硬地站着。其间,她把脸埋在来栖的胸前,他正不知该怎么办时,幸亏手机响了,救了他一命。事情的经过就是这样。

所有这一切都是被她牵着走的,与来栖的意愿无关。可是,说成在房间里温柔地搂抱了她,会引起误会的。

"我只是,冈本女士突然靠过来,所以……"

"我明白。先生想说什么,我都很明白。"

既然如此,就不要这么说了,来栖心里想。雪枝女士嫣然一笑:

"不过,女人心就是这样。被女人瞄上了,男人很难办哪。让女人迷恋得神魂颠倒,就得负责任噢。"

真是岂有此理。来栖很不服气,雪枝女士仍旧自顾自地往下说:

"先生也不简单啊,没有冷淡地推开她。"

这次谈话不能再继续了,来栖正要站起来,雪枝女士依然冷静地说:

"总之,我这次来,就是为了给她传一句话。您只要知道,她实在是太喜欢您了,一天到晚地在思念您,就够了。"

"可是……"

"她说,在她死之前,哪怕一次也好,希望您能抱抱她。"

说完这句话,雪枝女士终于走了,可是她的话在来栖的脑子里盘桓不去。

首先,他知道冈本杏子女士对自己抱有好感,可是,因此就必须给予回应,雪枝女士这么说太强人所难了。而且,听她的话音,好像这都要怪被追求的一方似的,真是倒打一耙,上哪儿说理去呀。

当然,她也知道这样说蛮不讲理,换句话说,她是明知蛮不讲理还来找他的,这就更不好对付了。

不过,杏子女士所说的"死之前,哪怕一次也好……"的话,确实语出惊人,也只有她才说得出来。

说实话,从来没有人对来栖说过这样的话。不止来栖,其他男人肯定也没有经历过。

有女人对自己这么说,对于男人来说算是三生有幸了。可对方是一位七十一岁的女性,如果对方是年轻女性或者至少是四五十岁的女性的话另当别论,可七十多岁的女性这么表达实在太出乎意外了,所以来栖才特别为难的。

不过换个角度来看,正因为是老年女性说的话,才更有震撼力。年轻女性是绝对不会想出"死之前,哪怕一次也好"这样的话来的。

这么想着想着,某种豪迈或崇高的情感从来栖心底油然而生。

"死之前,哪怕一次也好,希望您能抱抱我。"

来栖这么自言自语的时候,渐渐品味到这句话里所隐藏的女人的执着或曰罪孽。

男人被女人疯狂追求的情况本来就不多见,更何况以生命作赌注来追求,实在太罕见了。

想到这儿,来栖慌忙摇起头来。

"慌什么……"

来栖对自己说道。可是,无论是雪枝女士还是杏子女士,她们都能够把自己的想法坦诚相告,这使他不得不钦佩女人所具有的这种可怕的能量。

见过雪枝女士后的第二天,来栖和麻子见了面。

麻子刚刚校对完稿子,显得有些疲惫。

在校对过程中,她只吃了一点从便利店买的便当,所以想吃些有营养的东西,来栖便带她去了"Et Alors"附近位于京桥的法式餐馆。

麻子一边说着"终于缓过来了",一边大口地啃着羊肘棒。

以前,来栖也带她去公寓里的食堂吃过,她也说很好吃。

在食堂里,可以自由选择日餐和西餐,八成的人吃日餐,剩下的两成人吃西餐。

上了岁数的人,吃日餐的占绝大多数,其中也包括日餐西餐交替的和稍微吃一点西餐的人。

一般来说,年纪大了,高脂肪高卡路里的西餐对身体不好,但来栖并不这么想。日餐的确脂肪含量低,但碳水化合物较多,容易导致肥胖。七十岁以后,倒是吃肉类和火腿的人显得比光吃日餐的人皮肤光泽好,身体健康。

不过,男性几乎都是日餐派,吃西餐以女性居多。当然男性中也有像钢琴家青木先生那样的西餐爱好者。有一点可以肯定,就是西餐派的人对于美食更加有兴趣。

日餐和西餐孰优孰劣的问题先放在一边,但人老了以后,偶尔想吃吃西餐的人往往心态会更年轻,更精神一些。

当然,麻子还年轻,有时候想吃肉是很自然的。

好久没来这样高级的餐馆了,麻子心情很愉快。来栖对麻子大致说了一遍昨天雪枝女士跟他说的话。

"真是令人吃惊啊。"来栖说着,轻轻叹了口气,"被七十多岁女性追求,我是第一次啊。"

这时,麻子拿着刀叉轻声说道:

"你就跟她睡好了。"

来栖不禁瞧了她一眼,她若无其事地用刀叉切割着盘子里的牛肉。

"你说跟她睡好了,你真的无所谓吗?"

尽管对方已经七十一岁了,但毕竟是女性,和她发生肉体关系也没关系吗?麻子到底是怎么想的呢?

"她不是希望你这么做吗?"

是这么回事,可是,一般的女性肯定会说"别干这种事"的。麻子却很平静地说"你跟她睡好了"。

来栖非常吃惊,但转念一想,麻子一向头脑清醒,凡事不钻牛角尖。她并不是不爱他,但遇事总是淡然处之,从不黏黏糊糊的,这一点正是麻子的魅力所在。

"可是……"见麻子并不反对,来栖觉得有些可恶,就故意说道,"你的意思是,因为对方是七十一岁的女性,所以没关系吗?"

"不是这个意思啊。"麻子反驳道,"可是,这不是第一次有人对你说'死之前,哪怕一次也好'吗?"

的确,从没有人这么对他说过,来栖的确被这句话感动了。

"那你就跟她睡好了。"

麻子淡淡地说道。也许她有自信,即使来栖这么做了,也不会离开她,才这么说的。想到这儿,来栖感到有点不是滋味,遗憾的是他现在不得不承认这一点。

"那就试试看吧。"

来栖反唇相讥地说道。麻子扑哧一笑。

"不过,能干得像个样吗?"

"当然了。"

说完,来栖感到不安起来。

"要是不像样,反而不礼貌啊。"

听了这话,来栖只好苦笑。

"还是算了吧。"

老年人就不必说了,来栖这一代以及再年轻一些的年龄段,基本上都是女性精力旺盛,男性恐怕很难轻易地战胜女人吧。

第七章　自娱自乐

"Et Alors"的卡拉OK大赛是在十月初的星期六晚上举行的。

入住者差不多都是退了休的人,按说不一定非要在周末举办,但是,对于来看演出的入住者的家属或朋友来说,周五或周六的晚上会比较放松,所以,安排在这个时间对大家都比较合适。

考虑到平时唱歌的卡拉OK厅太狭小,所以,此次大赛的会场临时改在八层的食堂。晚饭后,把餐桌都靠墙边摆放,空出来的地方除作为观众席外,正中央还搭了一个舞台。

卡拉OK大赛一年两次,分别在春季和秋季举办。由于大家积极参与,每次比赛都搞得比上一次更加热闹。此次计划三十人左右出场,也很有规模。出场者演唱的虽然都是怀旧歌曲,但老年人放声高唱他们喜欢的歌曲对健康很有益处。这次大家也都摩拳擦掌,准备大显身手。

按照惯例,评审组长由来栖担任,评审委员是总务长和护士长,而一直作为入住者代表的评委青木先生此次自己辞了职。

因为有人写来匿名信,认为尽管青木先生曾经是音乐大学的教授,但为了评审的公正性,入住者不应该参加评审工作。所以,从这次起,就不再请他担任评委了。

风传写这封匿名信的很可能是因为吃雪枝女士的醋,和青木先生干架的宍户先生。不过,不管怎么说,保证评审的透明度总是应该的。

这样一来,评委就全由职员担任了。说实话,来栖在唱歌上没有自信,好在总务长和护士长都是卡拉OK迷,所以,拿不定主意的时候就推给他们好了。

因此,来栖的主要任务是颁发奖品。与各名次相应的贵重奖品都已准备就绪。一等奖是高清电视,二等奖是手提电脑,三等奖是按摩椅。

评选的标准当然首先要唱得好,其次演出服装和舞台表演是否新颖有趣,以及调动观众气氛的人气程度也在参考之列。

总之,这个活动也是根据来栖的一贯宗旨开展起来的。人越是上年纪,越要使用脑子,心情愉悦地生活,而入住者们也是从这点出发,都在绞尽脑汁,准备一展风采。

为了这次秋季大赛,大家都在暗地里谋划着,最终谁能拔得头筹,只有等到最后揭晓的一刻了。

卡拉OK大赛就是在这样的背景下,于星期六晚上八点隆重开唱了。

舞台左边安放了一组卡拉OK音响设备,演唱者要走到音响前拿起麦克风唱歌。舞台右侧,坐着来栖以及另外两位评委。

主持人是心理咨询员小畑先生,他首先请来栖上台讲话。来栖简短地说道:"请各位亮出不输给年轻人的动听歌喉,争取优异成绩。"然后宣布卡拉OK大赛开始。一瞬间,舞台中央彩灯旋转,令人眼花缭乱,第一首歌曲的前奏随之响起。

第一个登场的是502室的八十五岁的中野优美女士。她肥胖的身躯裹着色彩鲜艳的连衣裙,手拿麦克风,笑容可掬地朝观众微笑着。

"第一位出场的是中野优美,歌曲是《离别布鲁斯》。"

掌声立刻响了起来。从正中央靠后的席位传来"加油,淡谷法子"的喊声。

这首歌的确是淡谷法子的主打歌曲,她直到八十岁以后还在唱。优美女士也模仿着偶像,大胆地袒露着胸口,脸上酷酷的表情也很像淡谷纪子,遗憾的是最关键的歌喉跟人家歌手比差了一大截。

唱到"打开窗户,眺望海港……"为止还算说得过去,随着音调逐渐升高,她就越来越吃力了,等唱到"夜风吹拂海浪,我的爱随风飘去……"时,歌声时断时续起来。这时候,远处飞来一声女人尖尖的叫喊"阿优",在观众的声援下,优美女士好歹唱到了最后,获得了一片叫好声。

满分是5分,先不管她唱功怎么样,仅从长相和外形打扮都跟淡谷纪子很相像这一点,来栖就给打了4分。

第二个出场的是原空姐江波玲香女士,她身材高挑,穿着黑色晚礼服,一只手拿着礼帽,一身男装行头,帅气十足地唱起了《恋爱的季节》。站在前面主唱的玲香女士当然就是"小指",她身后站成一排的三位七十到八十岁的男性自然充当"杀手"的角色了。

虽然三个男人只需要随着玲香女士唱的"我爱上了他……"左右摇动双手就可以了,可是,总有人合不上她的拍子,于是慌忙学着旁边的人调整自己的节拍,逗得大家直笑。

三位男士之一就是差点儿和玲香女士结婚的立木先生,他拼命地挥动着双手,仿佛在表示歉意似的。

主持人宣布的下一位参赛者刚一登台,台下就发出了"噢——"的欢呼声。

穿着红色超短裙,站在舞台中央的是今年七十七岁的中村绫子女士。卡拉OK音响中流淌出来的前奏曲是美空云雀的《火红的太阳》。

绫子女士不愧是当过百货商店推销员,大红的裙子简直非她莫属。而且裙摆超短,在膝盖以上20公分,下面再配上网眼连裤袜,当她搔首弄姿、扭来扭去唱歌的时候,淡蓝色的内裤隐约可见。她充满活力地唱起了"火红的太阳……"

服装满分,歌声也很响亮,只是脸上尽管浓妆艳抹,也还是没法和美空云雀相媲美。

不料,这种不协调感反而获得了大家伙儿的狂热追捧,甚至有人高喊着"走光了耶,太棒了"。因其超强人气和大胆造型,来栖给了5分。

下一个出场的是市泽先生和情人的男女对唱,他们选此歌乃人们意料之中,或者说是理所当然。他们唱的是《银座爱情物语》。

当唱到"发自内心,战栗般断断续续诉说着……",两人互相贴着脸,亲密地依偎在一起,台下顿时响起了喝彩声"好样的",同时也有人喊"太过了啊"。于是,大家又哄堂大笑起来。

接下来出现在舞台上的是原银座老板娘南田雪枝女士。她身着黑色长裙,胸口戴着闪闪发光的珍珠项链,尽显当年驰骋风月场的风采。她唱的是藤圭子的《梦在夜里绽放》。

"十五、十六、十七,我的人生多暗淡……"她的嗓音韵味十足,大家都被迷住了。唱到第三段时,她突然猛一侧身,从长裙开衩处露出了她一向引以为自豪的白晃晃的大腿,与此同时,她的眼睛缓缓扫视着台下。

"昨天是武广,今天是一郎,明天是重雄还是幸平?"这样挨个点起了男人的名字,全场顿时骚动起来。

坐在来栖旁边的总务长嘿嘿地笑着。第一个武广是指宍户先生，一郎是指青木一郎先生，二人都是和她去情人旅馆的绯闻男主角。第三个重雄应该是有绯闻嫌疑的立木重雄先生，而最后那位幸平，则是在看色情片时因士兵被上司责骂，不由得站起来敬了个军礼的松尾幸平先生。

这几个男人都低下头去，全场因此而沸腾了。对于前三个男人，大家都有所耳闻，然而，在他们任后面加上了一个毫无关系的松尾先生，则变得滑稽而巧妙。

从调动观众情绪的程度和创意出类拔萃角度考虑，来栖给她打了5分。

到此为止，出场者基本上全是女性，演唱水准等方面女性阵容也占据了优势。

原本女性就喜欢在舞台上展示自己，因而充分发挥了她们的水平，但男人们却有些腼腆而内向，不能够充分放开。

然而，进行到了一半的时候，男性阵容那边也开始恢复了一些活力，起到领头羊作用的是宍户先生。

他一改拿手的怀旧风格，穿上了俏皮的条纹衬衫，摇身一变成了小伙子，唱起了冰川清志的《箱根八里的半次郎》。歌曲很有节奏感，大家随着他拍着手，唱到高潮的"讨厌，真讨厌呀"的时候，他用手指着雪枝女士所在的方向，仿佛要报复雪枝女士刚才点他的名似的。

这又引起了全场爆笑。然后他又指坐在前排、绷着脸听歌的青木先生，反复唱着"讨厌，真讨厌呀"。

凡是知道前几天两个人干架的人都使劲地拍手，当事人青木先生只好瞧着别处苦笑。

下一位男士阵容里的健将是605室的今原清吉先生。他原来在大银行任职，今年八十岁，有爱摸年轻女看护屁股和胸部的嗜好。他选择的歌曲是《夜雾里的蓝调》。

他本来就又瘦又高,再戴上一副墨镜,酷似年轻时的花花公子狄克三根。他一边唱着"是梦中的四马路,还是虹口路……",还一边颤动着歪斜的身子,愈加惟妙惟肖了。其实,两年前他得了脑血栓,留下了右腿轻微运动障碍的后遗症,所以在唱歌时,一晃动右腿,就会颤动得特别厉害。来栖忽然冒出一个念头,如果让他一边唱歌,一边进行这样的锻炼,说不定更有助于身体的康复呢。

就好像对男性阵容不服气似的,桥本夫人开始演唱都春美的《来自北国的旅馆》。

她是个性格内向的人,所以当她唱到"我含着热泪,织着你再也穿不上的毛衣……"时,大概是想起了已故的丈夫,充满了激情,热泪盈眶,从而赢得了满场的喝彩。

卡拉OK大赛渐渐进入了尾声,人们开始猜测起前几名入选者是谁了。从来栖截止到现在的打分来看,唱《恋爱的季节》的江波女士排在第一位。点了四个男人的名字,使台下沸腾的雪枝女士和穿超短裙唱《火红的太阳》的中野绫子女士也是有力的竞争者。男歌手方面,利用身体颤抖模仿狄克的今原先生比较突出。

然而,目前还很难分出高下来。这时,以舍我其谁的架势登场的是大家公认的花花公子立木先生,他居然选了一首《有时如娼妇》。

虽然他早已谢了顶,几乎没几根头发,却把嘴唇涂得血红,穿着不知是跟谁借来的黑色吊带裙和黑色长筒袜,装扮成一个娼妓的模样。他袒胸露背,肚子还有点凸起,显得更加搞笑,一边怪声怪气地唱着"你要做个淫荡的女人……"。

他唱歌的时候,眼睛直勾勾盯着雪枝女士,大家发现后都大笑起来。他一边唱着"分开你的腿,闭上一只眼……",一边叉开腿,闭上了一只眼睛,惹得全场笑个不停。

就这样,男士阵容也恢复了活力,胜负的走向依旧处于不明朗状态。但最后一位登场者是俨然要一锤定音的冈本杏子女士。她素有唱歌好的口碑,这回她会向大家奉献一首什么歌儿呢?大家都屏息等待着,这时,只听见播放出来的前奏曲是森昌子的《先生》。

她穿着中学女生穿的水兵服,拿着学生书包,头发编成小辫子,估计是戴的假发,整个一个七十一岁女学生打扮。只是脸上妆化得过浓,像个猴屁股,加上微微有些驼背和内罗圈腿,让人有点扫兴,不过,歌儿唱得真没得说。

为了表现出女学生的纯真可爱,她故意一上一下地伸缩着身体,唱起了"淡淡的初恋消失那天,小雨淅沥沥下个不停……"。

听着这熟悉的歌曲,大概是想起了自己的学生时代,女人们一齐跟着她唱起来,于是,杏子女士唱得更起劲了。唱到"一直焚烧着我年轻的心,无时无刻不在思念的人是……",她突然一侧身,指向来栖,激情澎湃地唱道:

"先生,先生,那就是先生。"

与此同时,全场的女人们也都一齐朝来栖看去,齐声合唱"先生,先生"。

这到底是从何说起呀。来栖被这突如其来的场面给惊呆了。

来栖看见拿着麦克风的杏子女士直勾勾地盯着自己,全场的人都在拍着巴掌声援她,也不能不做出回应了。

他不得已轻轻举起一只手,摆了摆,表示了"谢谢"的意思。这时,杏子女士发出了一声高八度的绝唱"先生,先生啊",终于结束了这首歌,来栖这才松了一口气。

卡拉OK大赛以最后这出滑稽表演宣告顺利结束了。那么,评分的结果怎么样呢?

评委们在隔壁房间里热烈讨论起来,还没有唱够的人们一边唱歌一边等着评审结果。

来栖一边擦汗一边和总务长、护士长商量着。排在前几名的依然是演唱《恋爱的季节》的玲香女士，演唱《火红的太阳》的绫子女士，演唱《梦在夜里绽放》的雪枝女士和激情演唱"先生，先生"的杏子女士。男性阵容则集中在演唱《有时如娼妇》的立木先生，演唱《箱根八里的半次郎》的宍户先生和演唱《夜雾里的蓝调》的今原先生几个人。

选择第一名时，三个评委的意见不太统一。总务长和护士长认为应该选冈本杏子女士。理由是她的歌儿唱得好，还打扮成女学生模样，演唱时全身心地投入，这一点尤其可爱。可是，来栖觉得大家一齐冲着自己大合唱有些没面子，但其他两位评委毫不退让，认定这个第一名了，来栖也只得赞成了。

第二名是表演《恋爱的季节》的江波玲香女士。第三名是唱"真讨厌"的宍户先生。特别奖是穿超短裙的泼辣的绫子女士，一个接一个地指名点姓、让男人们出洋相的雪枝女士，不畏惧脑梗死后遗症、浑身颤抖地唱歌的今原先生，以及穿黑色吊带裙、装扮娼妇的立木先生这四个人。

给获得特别奖的四个人颁发的是轻柔松软的羽绒被，向其他所有参赛者赠送了护膝小毛毯。

商量停当后，三个人返回了大厅，开始由主持人宣布成绩，并由来栖颁发奖品。

"第一名，演唱《先生》的冈本杏子女士。"

话音刚落，全场发出了"噢——"的喊叫声。

在欢呼声中，杏子女士从观众席的最右边站了起来。她还穿着水兵服，妆也没有卸，不好意思地上了台。

无论多大年纪的人，获奖总是一件让他们高兴的事。

来栖首先宣读了获奖评语。"你在'Et Alors'的卡拉OK大赛上，以出类拔萃的演唱水平和魅力四射的服装使全场观众沸腾……"并把高清电视的奖品单递到她手里。

"我太高兴了。"杏子女士耸了耸肩，突然间抱住了来栖。

由于来得太突然，来栖不由踉跄了一下，他慌忙站稳脚跟，调整好自己的站姿。在二人这一番推搡的过程中，杏子女士的假发辫歪到了脑袋右边，逗得台下的人又哄笑起来。

费了好大劲让杏子女士松开了手后，来栖请第二名获奖者上台领奖。玲香女士率领三位伴舞的男士走到了台上，接受了奖状后，被问及"奖品打算怎么安排"时，她回答说："他们仨不会用电脑，所以归我，回头请他们吃饭。"这时，台下有人喊："也请我吃饭啊……"

第三名是宍户先生。他高高地举起按摩椅的奖品单，说："真解气啊。"看来跟青木先生打架那件事，他还耿耿于怀呢。

接下来，来栖给雪枝女士、绫子女士、今原先生、立木先生四人颁发了特别奖后，获奖者一起合影留念。然后是全体参赛者合影，大赛到此结束。

比赛结束后，大多数人还沉浸在兴奋之中，于是，又转移到旁边的酒吧去，一边热烈地议论着，一边喝酒、跳舞。

来栖也算完成了自己今天担当的任务，跟大家告辞后，正要回院长室去，杏子女士紧紧地贴上来问道：

"先生，和我们一起喝一杯吧。"

"今天不行……"

面对着女学生扮相的七十一岁老太太乞求的目光，来栖虽然有些不忍心拒绝，可一想到要是答应了她，跟她去喝酒的话，指不定会发生什么事呢？他感到不寒而栗。

"我还有点儿事……"

"您是想躲我吧？"

"不是，今天真的有事……"

"反正我是不会放弃的。"

打扮成女学生模样的外表下，掩藏着的是个具有丰富人生阅历的女人。

那天晚上，八层的酒吧里热闹非常，挤满了从卡拉OK赛场蜂拥而来的人。

他们在这里继续唱歌、喝酒、跳舞，有的人喝得醉醺醺的。听说杏子女士也去了，来栖觉得早早回家是个正确的选择。不过，后来听说大家临离开酒吧的时候，发生了一件不愉快的事情。

据第二天向来栖报告的护士长说，唱《箱根八里的半次郎》的宍户先生和510室的庄司先生吵起来了。

来栖觉得很奇怪，这两个人平时并不怎么来往，怎么会吵起来的呢？据护士长告诉他，是为了雪枝女士。

"我也没留意他们是怎么吵起来的。好像起初是庄司先生和雪枝女士在争执什么，宍户先生看见就插了进去，结果，庄司先生便和宍户先生吵起来了。"

宍户先生一直很喜欢雪枝女士，为了她还和钢琴家青木先生干过架。他出身低微，自然动不动就喜欢吵架。

"这么说，宍户先生是为雪枝女士打抱不平了？"

"是这么回事。宍户先生自封是雪枝女士的卫兵。"

这个人性格真够鲁莽的，他没准真把自己当成雪枝女士的保镖了呢。

"可是，庄司先生为什么和雪枝女士吵起来的呢？"

庄司先生今年七十八岁，单身，曾当过文部省的局长，是个很干练的官员,一向很稳重,看外表不像是跟女人吵架的人。

"我也说不清到底是怎么回事。"

这时,护士长看了看四周,压低声音说:

"庄司先生好像对雪枝女士说了很过分的话。"

"很过分的话?"

"是的。骂她是个婊子。"

"婊子……"

这种老词儿听着已经很生疏了,不用说,肯定是妓女的意思。

身为原文部省高级官员,怎么会这样口不择言呢?

"婊子"这个词儿是对妓女一种非常轻蔑的称呼,现在这个词已经不太使用了。被人这么骂,雪枝女士当然会生气了。

"这可太过分了。"

来栖感到这事很蹊跷,问道:"可是他为什么这么骂人家呢?"

"我也觉得很过分,但是,好像事出有因似的……"

"事出有因?"

"这个嘛,以前我就听说过有关雪枝女士的传闻……"

一向快人快语的护士长,今天却好像很为难似的,磨磨唧唧地说道:

"那位雪枝女士,好像跟好几位男士都有关系,这个您知道吧。"

这个来栖的确听说过,宍户先生和青木先生打架,也是因为他亲眼看见雪枝女士和青木先生进了同一个情人旅馆。此外,还有和立木先生有染的传闻。不过,雪枝女士对这些传闻也没有刻意掩饰。

实际上,在昨天的卡拉OK大赛时,她还唱着"昨天是武广,今天是一郎,明天是重雄还是幸平",连着点了四个男人的名字,还用手指着他们。

"是她唱歌时点的那四个男人吧?"

"并不止那四个人呢。"

"还有其他人?"

"听说她比较开放……"

"开放?"

来栖觉得挺新鲜。

"她和庄司先生好像也有关系,据说她还收钱呢。"

"真的……"

雪枝女士和好几个男人有关系,而且还收费,怎么可能?果真如此的话,其行为和卖淫没什么不同。

"可以肯定。就是因为这个和庄司先生吵起来的呀。"

"因为这个……"

"庄司先生听说了雪枝女士开放,就想花钱跟她上床,可是,雪枝女士拒绝了他。"

既然是卖淫,只要给钱就行,可她为什么拒绝呢?

"他们俩以前好像有过关系,后来雪枝女士讨厌庄司先生,所以拒绝了他。"

卖淫还对客人挑挑拣拣的,太不上路了吧。

"真难以置信啊……"

其实来栖直到现在还是半信半疑的。

雪枝女士在入住者中的确是绝对年轻的,而且特别多情。至今,还有不少银座时期的崇拜者来找她叙旧呢。反正她的男人缘是有目共睹的。

不过,她一直做到了银座酒吧的老板娘,现在过着衣食无忧的日子,何至于作践自己去卖淫呢?

如果真有此事的话,现在她已经六十五岁了,在日本也是数得着的高龄妓女了。来栖越琢磨越觉得不可思议。

"她不至于靠这个挣钱吧？"

"我也这么想。"

护士长点点头。来栖下决心问道：

"她每次收取多少钱？"

"说起来很可笑，据说是一千日元。"

"一千日元？"

来栖不相信自己的耳朵，又问了一遍。

一千日元就肯卖身，她到底哪根筋不对了？来栖还从来没有见过，也没有听说过一千日元这么低价位的妓女呢。

"不会吧……"

"是真的。宍户先生亲口说的。"

"那么，宍户先生每次和她发生关系，也都付她一千日元吗？"

"好像是的。他还说过她是个女菩萨呢。"

这话一点不假，一千日元就跟他上床，不是女菩萨就是女神了。这么心地善良的女人上哪儿去找啊。

"才一千日元啊……"

来栖念叨着，护士长问他："先生也想加入吗？"

"不是，不是。"

被护士长钻了个空子，来栖慌忙加以否定。不过，一千日元这个价格究竟是根据什么来定的呢？因为自己已经六十五岁了，才这么便宜的吗？但是，凭着她的外貌和女人味，只要雪枝女士不说出自己真实年龄的话，说她才五十岁肯定有人信。

如果男人们都知道她一千日元就卖身的话，恐怕不只是公寓里的人，就连外面的人也会一窝蜂跑来的吧。

"她是不是对宍户先生一个人这样呢？"

"哪里，对所有人都一样的，这是立木先生说的。"

真是越来越邪乎了。护士长接着说道：

"青木先生也说过，大家一律一千日元，只是去旅馆的开房费由男人出。"

这是很自然的。即便如此，一千日元也便宜得让人费解。

"理解不了……"

"我也不太理解，所以悄悄问过雪枝女士。她笑着跟我说，'这是自尊哪'……"

"自尊？"

"是啊。无论怎么说，免费的话显得也太傻帽儿了，就要一千日元吧。"

"这意思就是说，她不只是为了玩喽。"

"大概吧。雪枝女士可能想做个有品位的妓女吧。"

"有品位的妓女……"

卖淫也有品位，来栖从来没听说过，更何况有品位的妓女，这个词也是第一次听说。

卖淫，在所有人的眼里都被看作是肮脏可耻的行为。

然而仔细一想，卖淫这种行为只有女性才能够做到。不论是否是上天安排的，这毕竟是美丽的女人被赋予的能力。

如此说来，卖淫是一个最大限度利用女性魅力的行当，而最受欢迎的妓女则是女性中最可爱的女性了。

这些论调听起来像是胡说八道，但换个思维方式来想想的话，似乎也不无道理。

其实，来栖年轻的时候，看到美丽的女性，他曾经想过，女人长得这么漂亮的话，肯定会将追求她的男人随心所欲地玩弄于股掌之中。他曾经梦想，如果自己生为那么漂亮的女人，就打算这么做。

女人也同样有这种想法。一看到美男子，就会想，要是自己投生为一个长得这么帅的男人的话,要让世上的女人都被自己迷得神魂颠倒,尽情地享受人生。

看来,无论男人还是女人,都怀着一个梦想,希望能够随心所欲地操控异性。

说不定能够使女人实现这一梦想的正是当一名妓女呢。卖身给素不相识的男人,的确是件令人羞耻的事,但是只要能够迈过这条界线,做好足够的精神准备,可能没有比做妓女更能够充分展示自己魅力的职业了。

更何况像雪枝女士这样已经六十五岁了,还能够从拜倒在自己石榴裙下的男人们那里得到金钱,给他们带来快乐,这不能不说是做女人的幸运啊。

想到这儿,来栖渐渐感觉能够理解雪枝女士了。

来栖虽然并没有听她亲口对自己这么说,但她做着和卖淫一样的事,却坦然地说这样做有品位,收钱是为了自尊,可见她很可能真是这么想的。

刚一听说她跟男人睡觉还收钱时,来栖大惑不解,但仔细一想,这无聊的大人游戏却因此而增色。

雪枝女士要男人钱也不过区区一千日元,并没有人因此受到伤害,她自己当然也不会受伤害。既然对她本人是一种享受,与她发生关系的男人无不感到愉快,将她奉为女菩萨的话,又何必小题大做呢?

来栖之所以会这么想,是因为以前他曾经看过一本有关描写荷兰养老院里的老年人性生活的书。

在荷兰的养老院里,公然允许身体残疾者和老年人召妓。

理由是,因他们年老或身体有残疾,去那种地方找女人的话,多半会被人家糊弄一通,要不就是被坑骗钱财后赶出来。

如果将卖淫女招到老人院来的话,身体不方便的人也能够放心地享受性的快乐了。

基于这样的理由,由地方自治团体来介绍或派遣这种女性,甚至在费用方面还给予一定的补贴。

有了自治团体的保驾,身体不方便的人就不用专门去那些有危险的场所找女人了,也就不会被人坑骗钱财了。

根据这篇报告,每次支付一百五到二百荷兰盾,约一万日元,老人们就可以享受性的快乐。

初次看到这样的报告时,来栖很惊讶,同时也很钦佩他们能够采取这种措施。

这样的措施也只有在对性很宽容的荷兰才行得通,如果在日本这种认定性是肮脏下贱的东西的国家里可就捅了马蜂窝了。

一旦有人提出这样的建议,肯定会受到那些正统的大叔大妈们的围攻。

"用我们纳的税去帮他们嫖娼,真是岂有此理!"

可是换个角度考虑一下,应该说这种援助远比把税金用于某些无聊的事情上更有意义。

来栖心里的天平渐渐向认可雪枝女士的行为一边倾斜了。

即使不举荷兰福利设施的例子,享受性的愉悦也是所有人共同的心愿,是人情味儿的基点。因此,不能因为是老年人和残疾人,就被拒之门外。

来栖虽然这么想,但荷兰的情况和"Et Alors"还是不能相提并论。

因为,在荷兰接受自治团体援助的只限于上年纪的穷人和身体有残疾的人,而住在"Et Alors"里的人大多身体健康,经济上也比较宽裕。自治团体是没有必要动用国家的税收援助他们这些人的。

然而,来栖考虑的并不是钱的问题,而是对于性的看法。

迄今为止,在日本一直把性看成可耻的事,老年人是与性无缘的存在。即便本人不那么想,周围的人也认为必须这样。

荷兰人的想法与此完全相反,无论是老年人还是残疾人都有享受性快乐的欲望,全社会有责任共同努力帮助他们实现这样的愿望。

来栖真希望这种对于性的宽容态度也能够在日本得到广泛推广,至少要使"Et Alors"在性方面也成为自由愉快的解放区。

从这个观点来看,不必对雪枝女士的所作所为加以谴责。再说,她让许多男人分享她的爱,使他们感受到幸福,不正是一个出色的妓女吗?

实际上,如果没有像她这样的女人去付出的话,上年纪的男人很难品味到性的愉悦。

其实,男人到了七十或八十岁时,即便有喜欢的女性,也很难鼓起勇气或没有自信向对方求婚。即便能够表达爱慕之情,也得不到回应或受到拒绝。

对于这些男人来说,可能只有像雪枝这样的女性才能给予他们安慰和勇气。

还有一个问题是,即便能够给予老年男性以性的满足,但是怎样做才能给予老年女性以性的满足呢?很可能会有人提出这样的质疑,只是设法让男性得到满足而置女性于不顾的话是不公平的。

其实,在荷兰也面临着同样的问题,他们也探讨过种种方案,却没有得到根本的解决。

关于这一点,来栖想起了在日本老人院进行的有关老年人性生活情况的调查。

根据这个调查显示,男性九成以上、女性八成以上回答有性欲,但性欲的含义男女各有不同。

首先,男性几乎都以性交为中心,追求的是性行为,而大多数女性寻求的主要是与异性之间的心灵交流或精神安慰。即使渴望肉体接触,也不过是肌肤接触或握握手的程度,追求性交本身的只是极少数人。

由此可清楚地知道,与男性追求单纯明快相反,女性的追求要复杂而丰富得多。但越是这样,就越难以使她们得到满足了。

例如,有的老年女性出于精神需求,提出"想找个能陪我喝茶的男人",给她找来这样的男性后,她们往往表示不满意,借口谈不来,要求派一个更年轻的男性来。幸亏老人福利机构里年轻和蔼的男性很多,派个年轻人去,老太太立刻眉开眼笑,于是乎,又不愿意放人走了。

而被派去的男性都以为只需要陪老太太一两个小时就行,所以时间一到,他们就打算走人。可是,雇主不想放行,结果双方便发生了争执。有的老太太想方设法不让其离开,自己把钱包藏起来,却谎称钱包不见了,使年轻男人走不成。

相对来说,光是提供肉体服务的话则比较简单痛快,只要脱了衣服,进行性交就行了。所以,妓女们都是以此为目的,按时间收费的。

然而,若提供精神服务,就没有时间概念了。说是只陪着喝喝茶,可是,刚陪着聊了一个小时,也不好马上说声"好了,拜拜"抬腿就走。当然,也有叫作speaker的专门陪聊的人,但是没有心灵的交流,总是不可能持久。

总之,心灵的护理是难之又难的,必须是具有能够为对方着想的侠骨柔肠的人才能胜任,而那些被派去陪着喝茶的年轻男性很难达到这个高度。

可能有的男人会说,与其陪女人聊天,宁可给她做一个小时的按摩或指压。或者,从某种意义上说,还不如性交更痛快呢。可是,从所谓的牛郎店找陪聊的男人太贵,所以只能从一般的男性里招募。但是，这样招募来的男性，到底能否成功进行性交就成了问题。

因为男人为了性交，首先要有勃起这个预备阶段。可麻烦的是，男人那东西并非完全依靠自己的意志行动，往往因对象不同，或者强硬或者萎靡。更何况面对跟自己的祖母年龄差不多的老妪，能够有自信勃起的男人就屈指可数了。

如此看来，没有比满足女性的欲望更难的事了。如果对方只是寻求性交还好说，若加入了感情的因素，甚至寻求精神安慰的话，就是件相当困难的事了。

在荷兰，之所以没有找到适合女性的援助方法，恐怕也是出于上述原因吧。

雪枝女士的情况是否可以断言是卖淫还有待商榷。尽管和男人性交了，但作为其代价的区区一千日元实在少得可怜。而且，她还对男人挑挑拣拣的，缺乏职业精神。

光听护士长介绍，来栖感觉雪枝女士不过是多情或放浪而已。但像这次这样，男人们为了她争风吃醋却是个问题。

已经有过一次宍户先生和青木先生的争执了，这回又是庄司先生骂她"婊子"，因雪枝女士而起的纠纷也太多了。

是不是应该找她来谈谈呢？按说前几天自己刚刚跟她谈过的，可是，还是提醒她一下为好，不要做得太过火了。

来栖想到这儿，叫护士长告诉雪枝女士到院长室来一趟。

第二天下午四点刚过，雪枝女士来到院长室。听见敲门后，来栖说了声"请进"，只见她缩着脖子像只偷嘴猫似的钻了进来。上次她穿的是领口开得很低的深蓝色长裙，肩头搭了条天蓝色丝巾，可今天却是半身长裙，外套酒红色毛衣，领口依旧开得很低，戴着一条细细的金项链，熠熠闪光。她本来肤色就白，加上精心保养，更是光艳照人,难怪男人们都对她着迷。

"您找我,真高兴。"

"请坐吧。"

来栖示意了一下面前的沙发。

"这个送给您。"雪枝女士说着,从手提包里拿出一个一眼就看得出是爱马仕牌的包装盒。

"不用这么客气……"

来栖没有理由接受她的礼物,可是,雪枝女士说:

"老给您添麻烦,挺过意不去的,早就想表示一下我的歉意了。"

她说着将礼物硬塞给了来栖,他也不好再推辞了。

"不好意思。"来栖觉得不打开看一下不礼貌,就边说边打开包装,里面是一条领带。橘黄色衬底上交错排列着淡黄色和灰色的小蘑菇,这明快的图案很适合秋天佩戴。

"这是我好不容易才买到的,绝对适合先生戴。请您一定要戴啊。"

既然都说到这个程度了,也只好收下了。"那我就收下了。"来栖轻轻低头道了谢,就把领带放回了盒子里,不由有些出师不利之感。

他重新调整了一下心情,开口道:"今天特意把你请来,是为了……"

雪枝女士立刻摆了摆右手,说:"我知道,是关于宍户先生和庄司先生的事吧?您说,男人怎么那么孩子气啊。"

听她这么说,来栖一时无言以对,含含糊糊地说道:"这个嘛……"

"这话我只跟您说,他们都这么大岁数了,也该成熟点才对呀。"

还没谈上两句,来栖就开始被雪枝女士牵着鼻子走了。

不过,他也想先听听雪枝女士怎么说,就抛给她一句:"听说宍户先生又和庄司先生打起来了……"于是,她迫不及待地说了起来。

"就是啊。那位庄司先生又是死缠烂打又是狂妄自大,自以为比谁都了不起呢。"

庄司先生是原文部省官员,有些自命不凡不假,难道说在男女之事上也这么霸道吗?

"所以,我就不想搭理他,他恼羞成怒,就和宍户先生吵起来,真够无聊的。"

听到现在为止,确实够无聊的。不过,就因为这点事,两个大男人会吵起来吗?

"庄司先生对你说了什么失礼的话了吗?"

据护士长说,他骂雪枝女士"婊子",来栖想了解一下这方面的情况。雪枝女士很坦率地点点头,说道:

"我这么说,您听了可能会吃惊,其实我并没有特别喜欢谁或不喜欢谁。在这一点上,庄司先生和宍户先生都是一样的。只是大家都对我有好感,所以……"

说到这儿,雪枝女士问了句:"我可以吸支烟吗?"然后她从手提包里拿出一盒高级香烟,抽出一支含薄荷的女士香烟来,抽了一口,接着说道,"跟您说实话,在我这个年纪,还有男士追求我是很难得的,所以我是尽可能地回应他们的美意。"

"每次约会的时候,你没有从他们那里得到什么吗?"

来栖尖锐地问道。雪枝女士微笑着回答:

"先生,您真是无所不知啊。我确实每次跟他们要一千日元,所以说,也就是玩玩。"

"玩玩?"

"没错。正像立木先生所唱的那样'有时要像个娼妇'。我只不过想要体会一下当娼妇的感觉罢了。"

雪枝女士的话真是令人瞠目结舌。自己做着和妓女一样的事,却丝毫没有反省或顾忌。如果卖淫是犯罪的话,雪枝女士也够得上格了。

"这么说你是以玩玩的心态和他们亲近的了？"

"是的。才要一千日元，一般人觉得不可思议，不过，这样就不必担心和谁远和谁近的问题了。这么大年纪，还什么情呀爱呀的，怪麻烦的。"

来栖点点头，觉得也不无道理。

"我只跟您说实话，我现在不想和谁怎么样，不想陷进那种关系里去。"

来栖以为人老了以后，都会担忧以后的生活，想要和特定的人亲近，现在才知道也有像雪枝女士这样嫌麻烦的人。

"我一直是这么想的。"

"从什么时候？"

"从在银座开店的时候开始，我就觉得一个人自在。大多数人也许希望有一个固定的恋人，因爱而结婚，但是我不能够这样。因为，一旦老板娘传出和某个男人关系不一般的话，立刻就会被客人疏远的。在那种地方工作的老板娘，就要表现得似有非有才行，给客人雾里看花的感觉才能吸引客人啊。要是被他们知道我是某某的女人的话，谁还特意花大把的钱来喝酒呢？"

她说的也是。即便并没有追求老板娘的野心，恐怕谁也不想去有男朋友的老板娘的店里喝酒吧。

"渐渐习惯了这样的生活方式后，就觉得还是一个人生活要舒服得多。现在要让我和谁生活在一起根本不可想象了。"

"是这样啊……"

"我这辈子都是一个人随心所欲地生活过来的，所以特别任性。像我这种女人怎么可能嫁给一个正儿八经的男人呢？"

雪枝女士似乎非常了解自己的个性。仔细想想，她的生活方式对于老年人说不定会成为一种参考。

首先,她不寻求伴侣或配偶,自己一个人生活。

这种生活方式面临的问题是寂寞的时候或生病的时候怎么办?好在她性格开朗,朋友也多。其实,女人就算结了婚也有可能成为遗孀,剩下自己孤身一人的。既然这样,从一开始就一个人生活的话,精神上没有负担,可以趁着身体好的时候优哉游哉地享受人生。在这方面,每个人都有自己的想法,他人不应横加指责,作为老年人的生活方式,雪枝女士的选择具有一定的参考价值。

这些先放到一边,当务之急是解决围绕她而起的争端。

"可以的话,我希望以后不要闹到这个程度……"

来栖这么一说,雪枝女士把烟熄灭,说:

"这一点非常抱歉。都是我的疏忽,我没想到庄司先生是那样的人。"

"哪样的人……"

"我不知道该不该这么说,我和那个人就是合不来……"

她指的是不是性交呢? 来栖来了兴致。

"我很厌烦他,可是他还来找我,我就拒绝了他,所以他就对我说了很多难听的话。宍户先生听到后,就揍了他一拳。"

和上次一样,宍户先生依然把自己当作雪枝女士的保镖了。

"不过,男人真是可爱啊。怎么都那么认真、那么较劲呀。而且他们都认为自己是最棒的……"

雪枝女士不知是来的时候喝了一杯红酒,还是越说越兴奋的缘故,脸颊微微泛红。

"应该好好享受人生才对呀……"

来栖的眼前浮现出了互相较劲的宍户、立木、庄司先生的样子。

他们都迷恋于雪枝女士雪白的肌肤。想到这儿,来栖突然想问问她有关老年人的性生活方面的情况。

当然,以前他也看过不少单纯的统计数据,但是性交本身的实际情况是怎样的呢？至今他还没有看到过触及具体情况的调查。

这方面,由于她和不止一个男性交往,应该知道不少情况。

"你交往的人好像都超过七十岁了,那方面还行吗？"

来栖以为雪枝女士会不高兴,没想到她微笑着说:

"当然行啦。他们都跟小伙子似的……"

"不会是吃了什么特效药了吧？"

"宍户先生好像吃万艾可了,其他人没有说过,但我猜他们都吃壮阳药了。我一夸他们,都特别得意……"

来栖记得他曾经看到过这样的数据,七十多岁回答"能够勃起"的人为23%,八十多岁是9%,九十多岁是3%。尽管有个体差异,但这个数据还是令他很吃惊,这说明不少老年人具有性能力,如果再加上服用壮阳药的话,老年人也很可能有性行为的。

"不过,大家都是老王卖瓜,自卖自夸的。"

"自卖自夸不好吗？"

"也不是说不好,但是,这并不是人生的全部啊。"

尽管天还没黑,来栖感觉谈话已经有些异样了。

"我觉得在那前后制造某种属于二人世界的温柔感觉或氛围也是很重要的。"

正如雪枝女士所说的那样,男人可能过于拘泥于自我的感觉,一心只想性交的事。比起性交来,爱抚和情调也是必要的。

"在这方面,男人也有各种类型吧。"

来栖打算听听雪枝女士的男性观,就提了这样一个问题。

"您说的很对,每个人都有各自的特点。有非常温柔体贴、处处为我着想的人,也有特别性急的人……"

温柔的人大概是指钢琴家青木先生和花花公子立木先生,性急

的人应该是宍户先生吧,来栖正琢磨的时候,雪枝女士接着说道:

"对于女人来说,那个东西大小都无所谓,只是男人自己喜欢这么幻想。比起这个来,温柔的拥抱、接吻等就能让女人满足的。"

"不过,没有那个也不行吧?"

"当然。我是为了这个的,所以光有它也行,只是那位……"

"庄司先生吗?"

雪枝女士等不及似的点点头说道:

"那位太差劲了。简直把女人当成使唤丫头了,老是命令干这干那的,难怪他夫人跑掉了呢。"

庄司先生退休后,他的夫人就提出了离婚,现在他是一个人生活。难道说,这背后还隐藏着这个原因吗?

"反正我是打定主意,不管那家伙怎么求我,都甭想碰我。"

说着说着想起了这样不愉快的事,雪枝女士使劲皱起了眉头。

"我不愿意理他,他还纠缠不休的。明确拒绝他后,他就骂我是'婊子',您不觉得太过分了吗?"

这样做确实太过分了。不过,她自己的所作所为也是以五十步笑百步啊。

"真是可笑。"雪枝女士扑哧一笑,决然说道,"他那个特别小。"

这正是女人的可怕之处。说到最后,居然用"那个特别小"来嘲笑对自己出言不逊的男人。这可谓魔女的致命一击,不知使多少男人从此丧失了自信。

来栖暗自对自己说,以后要多多提防女人。

"你和其他人没有摩擦吧?"

来栖问道。雪枝女士对厌恶的男人报了一箭之仇后,从容地答道:

"其他的人都是绅士,就连宍户先生也是一样。他看起来粗野,其实心肠很好,老是不住口地夸我好看呢……"

看来她对宍户先生确实并不讨厌。

"立木先生不愧是花花公子,懂得如何取悦女人。而青木先生毕竟是钢琴家,尽管体力不济,手指却很灵活……"

来栖差点笑出来。作为女人能够这样挨个品味和点评男人,即便被说成是"婊子"也值了。

"看样子,你很快乐啊。"

"我的确感到很快乐。接触各种各样的男士,教给他们很多东西,也跟他们学到很多东西。这种事老不做的话,就生了。长时间不做的话,突然间干一次,男的女的都很生硬的。您说呢?"

也许吧,来栖想着点了点头。

"说实话,这也是一种美容法。"

"接触男性吗?"

"每次和他们上床时,都会得到他们的赞美。'你真美呀''你真显年轻''你太好看了'等。我喜欢听这些赞美的话,说心里话,就是为了听这些才这么做的。每次听到这些恭维话都感到无比幸福,精神倍增了。"

性交是为了美容,乍一听觉得很可笑,但如果这样做感到幸福,的确对美容有效果吧。

"你们也不要太死心眼了,尽情地玩玩吧。"

雪枝女士说得很轻松,但对一般人来说,跟谁都上床毕竟是不可能的。

"玩儿也是件难事啊。"

"没错,日本的男人根本不会玩儿。"

听雪枝女士说了这些话后,来栖又产生了新的兴趣。

他想知道,老年人之间发生性行为时,男性即使勃起了,也很难射精,这种时候该怎么办呢?还有,据说老年女性的私处是干涩的,那么能够顺利进行吗?

来栖觉得问这么深入的问题似乎不太妥当,但又觉得今天的雪枝女士有可能说明一二。

"要是你不想谈,也没关系……"

来栖先垫了这么一句后,提出了这个问题。

"当然,上了年纪后肯定没有年轻人那么顺畅了。有的人费了好长时间也射不出来,不过,他们还是高兴地说,只要身体结合了就好,能够进去一点就感到十分满足了。也有的人要求看这看那,只要能抚摸抚摸就行。每个人都很可爱。"

在雪枝女士眼里,迷恋她的男人们似乎都是天真可爱的男孩子。

关于女性的干涩问题,她先声明"我还没问题"之后,说道:

"的确,上了年纪后,这种情况是很常见的。不过,不是有润滑液吗?抹上就行了。其实,比起这个来,女人更担心的应该是年老的身体吧。乳房下垂了,皮肤干燥了,皱纹也增加了。不愿意让别人看到这样的身体,可是却要袒露无遗,许多女人就是担忧这个才无法投入的。"

雪枝女士说到这儿,眼睛里闪过一道亮光。

"不过,男人也一样上了年纪,彼此彼此,我觉得用不着不好意思。"

她说的在理,来栖想。

"而且,上了年纪后,也不用担心怀孕了,没有比这更开心的了。所以,不论男女都应该更加放开地享乐才对啊。这种事跟年纪大不大有什么关系呀。"

"当然……只是不要过度,注意不要心肌梗死什么的就行。"

"哎哟,那不是更好吗?能在那一瞬间死去,我还求之不得呢。"

她这样的女人，可算是彻头彻尾的玩家吧，来栖又是惊讶又是佩服。对于像雪枝女士这样的女性，男人们到底是怎么看的呢？

比如说觉得她什么地方有魅力？被她身体的哪个部位所吸引？付给和其他男人也上床的女人一千日元时是怎么想的？尽管来栖对这些问题也很感兴趣，可是很难问出口。

一般来说，和女性相比，上岁数的男性较为腼腆，不爱说话。加上比女性胆小，干什么都比较消极，至少像雪枝女士这样性开放的达人是凤毛麟角。尽管他们早已退休多年，无论干什么都没有人会说三道四了，可是，他们还是对周围人的看法心存顾忌。

在老年公寓里，来栖接触了各种各样的老年人，越来越感到女性是强势的物种，男性是弱势的物种。

老太太们一向是无所顾忌、毫不犹豫地做自己想做的事，而老先生们却总是顾虑重重、优柔寡断。即使喜欢某位女性，也只是稍微接近一下对方，或者在人家门口转悠转悠，不敢主动进攻。不知是因为没有勇气，还是教养作祟或自尊心太强，几乎没有人主动大胆去追求的。

与之相比，女性追求喜欢的男性的攻势则锐不可当，宛如热带草原上的猎豹追逐瞪羚一般。只要看准了，就对喜欢的男性发起攻势。她们或堂而皇之地敲敲门，自己走进去，打扫起卫生来。或者不请自来地一边说着"我给你拿来了一个护膝"等，关怀体贴得无微不至，等男人回过味儿来的时候，人早已待在自己房间里了。

要是被这样狂热的老太太瞄上了，哪怕再不好对付的老爷爷都会束手就擒。

来栖正走神的时候，雪枝女士突然轻声问道：

"先生，那件事您没忘吧？"

"什么事？"

"就是杏子的事啊。"

"那个呀,嗯……"

来栖照样接到杏子女士打来的电话,不过,最近写给他的信要比电话多了。而且是两三天一封的频率,写一些她每天的感受,在结尾必定毫无顾忌地加上一句"我喜欢您"。此外,还送他这个那个的,这几个月来,从领带、衬衫、毛衣到圆珠笔,什么都有。

当然,来栖每次都要说"以后不要送东西了",可是,对方总是说"是我自己愿意送的,不要介意"。

说是不要介意,收了人家的东西自然会放在心上,或许这正是杏子女士的目的呢。总之,来栖感觉自己一点点被缠绕进了她编织的网里了。

"她真的喜欢先生啊。"

也许是这么回事,可是,自己又不可能给予任何回应。

"先生讨厌她吗?"

"也不是……"

"那不挺好吗?她说了,一次就行。"

女人说话和男人最大的区别就是语言的明晰度或暧昧度。女人平时说话很模糊,但一遇到重大的事情时,就会令人意想不到地干脆直白,包括喜好或厌恶的表达也很明快。而男人在关键的时候,总是非常暧昧,很不坚决。

"您老是这样不理不睬的话,杏子女士就会病倒的。当医生的还让人得病,可不应该吧。"

这叫什么歪理啊。可是,来栖却不知道该怎么反驳。

"只有先生才能拯救她。赶快救救她吧。"

"可是,那也……"

"这可不行。男人怎么能拒绝送上门来的呢……"

再让她待在这里,还不知道会说出什么来呢。于是,来栖请雪枝女士先回去了。

上次谈话也是这样,反正每次和雪枝女士单独谈话都让来栖感觉特别疲惫。

也许是被她的气势或者个性压倒的同时,又被其支离破碎的逻辑搞得晕头转向的缘故吧。而且,每次到最后她都要提起杏子女士,逼迫自己接受她的提议。又不是她自己的事,却这么热心,她这是喜欢多管闲事呢,还是就为了看热闹呢?

这天晚上,为了换换心情,来栖想约麻子一起吃个饭,可是她说晚上要校对稿子,实在没时间赴约。

没办法,只好作罢。近来他和麻子见面的机会越来越少了。

以前,两人一到周五或周六就见面,已经成了习惯,可最近麻子经常因为工作忙或参加朋友婚礼等不能赴约。来栖又不好另外找时间,结果,每个月只能见上两三次,见面也感觉淡淡的,不像以前那么兴奋了。

十天前见面的时候,她自言自语地说:"我是不是该生个孩子呢?"

年过三十岁的女性,偶尔会产生这样的念头,这可以理解,但是,她以前一直说不想结婚的,还说被男人束缚的妻子的宝座对她没有任何吸引力。所以麻子突然说这句话,来栖觉得很意外。

说不定,最近麻子的心境起了什么变化? 来栖感到有些不安,回想起过去和她的交往来。

算了一下,来栖和麻子认识已经六个年头了。

这不是一般的六年,对麻子来说是从二十六岁到三十二岁作为女性最美好的时期。来栖偶然咨询麻子负责编辑的健康杂志的报道,成为相识的契机,从那以后,来栖就全身心地爱上了麻子,对麻子的爱超过了迄今交往的所有女性。

麻子跨越二十二年的年龄差距爱着来栖,在这个意义上,完全可以说他们是相亲相爱的。

尽管如此也没有到达结婚的程度,是因为麻子自己不愿意结婚,而来栖也由于以前失败的婚姻知道自己不适合结婚,所以也不打算结婚。在希望不受婚姻的约束、自由地相爱、自由地生活这一点上,两人的想法是一致的。来栖一直觉得这样也挺好。

当然,既然是恋爱关系,来栖希望为麻子做一些力所能及的事。如果她生活有困难的话,就支援一些,但据说麻子的娘家在新潟从事海产业,生活并不拮据。

所以,来栖只好在麻子生日或换季时,给麻子买些她喜欢的服装或包等送给她。休息日有时候两人一起出去旅行。

但是,这样的机会也因为老年公寓事务繁忙而逐渐减少了。最近,他们只是在附近吃吃饭或喝喝咖啡了。

这并非因为爱情变得淡漠了,而是随着交往年头的增加,来栖自认为互相之间有了默契,一直依赖这种感觉,对麻子的细心体贴似乎欠缺了一些。

在这一点上,麻子也是一样,有时因为特别忙或者太累了等会推掉约会。来栖只是单纯地认为麻子在杂志社独挑一摊,实在没有时间也是不得已的。

难道说从那时开始,厌倦的虫子就已经开始侵蚀两人之间的关系了吗?

就在这个时候,麻子偶尔自言自语地说的那句"我是不是该生个孩子呢"对来栖来说,就像是晴天霹雳一般。

可是,想要生个孩子,这是从何说起呢?

要生的话也应该是来栖的孩子才对呀。可说实话,来栖到现在也根本没有再生个孩子的打算。

来栖和前妻已经有一个男孩了,正在大学医学系学习,和前妻住在一起。来栖每个月和孩子见一次面。

　　虽然来栖和前妻的关系没处好,但也不至于跟仇敌似的,孩子也很清楚这一点,所以即使没住在一起,父子关系也还算说得过去。

　　不管怎么说,这种状态下,目前来栖没有再要一个孩子的打算。

　　麻子是在银座吃完饭后去熟悉的酒吧喝酒时说的这句话。来栖小声地追问麻子:

　　"你真这么想?"

　　"没有啊。"麻子摇摇头说,"跟你开玩笑呢。"

　　来栖听了放下心来,这时,麻子很爽快地说:

　　"跟先生您我张不开这个口。"

　　来栖刚点了一下头,忽然又产生了新的不安。

　　她说向我提不出这样的要求,那么是不是遇到别的男人就会这样要求呢?

　　"你另外有喜欢的人吗?"

　　"没有啊。"

　　"可是……"

　　"所以说是开玩笑啊。"

　　来栖又看了看麻子,只见她穿着白色高翻领毛衣,外套驼色短外衣,温柔地微笑着。这笑容后面,难道隐藏着什么难舍的秘密吗?

　　说不定,除自己之外,她还和别的男人来往吧。她嘴上说不想结婚,可要是和别的男人的话或许也可以结婚的吧。

　　来栖罕见地对麻子感到了嫉妒,可是再追问下去的话又显得自己太孩子气,而且即使问她,恐怕也未必会说实话的。

　　来栖只好闭上了嘴。他觉得和"Et Alors"里的男男女女一样,自己和麻子之间的关系似乎也来到了岔路口。

第八章　狂想曲

随着秋色渐深，"Et Alors"里也开始出现了各种各样的新动态。

震惊所有人的第一炮就是野村义夫先生和江波玲香女士宣布订婚这件事。

野村先生在某大报社当过评论员，之后又当过自由撰稿人，曾经作为攻击政界的抨击者而闻名。

但是，七十岁过后，由于工作范围日渐狭窄，加上去年夫人去世，他的精神状态迅速衰颓下来，近来一直没怎么抛头露面了。而且，他表面上倡导革新，骨子里却是个非常保守的人，据说在家里都是他一个人说了算。妻子走了以后，他茶不思饭不想，眼看着一天天瘦弱下去，来栖曾经给他诊断过好几次，提醒他要注意身体。

来栖还通过小西咨询员去开导他，"你这么瘦弱，没有精神，就是因为身边没个人的关系"，劝他考虑一下再婚。没想到却挨了他一顿骂："我怎么可能考虑这事呢？"小西咨询员当时惊讶万分，真没看出来他还是个这么爱妻子的人。

玲香女士曾经当过空姐，是个性格开朗、个子高高的美女。初夏的时候，差点儿就和花花公子立木先生结婚了，然而，不幸的是由于立木先生和桥本夫人藕断丝连而导致恋情告吹。后来,传说她看上了银座的一家酒吧的帅哥调酒师,一度有空就往那儿跑。

从他们两位过去的经历来看,似乎根本不可能成为情侣的。谁知居然进展到了订婚的程度,可见男女感情之事,谁也说不准哪。

不过,现在来栖才发觉,这两个人还真是一对挺般配的夫妇。

首先从年龄来看,玲香女士最近刚过七十四岁,而野村先生才七十三岁,所以玲香女士是年长一岁的妻子。这正是俗话所说的"穿破金草鞋,也要去寻觅"的理想婚姻。此外,性格开朗、长相富态的玲香女士和干巴消瘦、寡言少语的野村先生形成鲜明的对照,这样互补的前景也让人看好。

大多数人都觉得,野村先生配不上玲香女士,但是,玲香女士三十年前就离婚了,后来一直独身,她大概觉得现在是自己最后的结婚机会了。当然,也有一部分人认为,她这么做是想要报复一下多情的立木先生。

不管怎么说,订婚是可喜可贺的事。

不过,虽说是订婚,其实也只是两个人一起到总务长那儿去报告一声"我们订婚了"而已。

也有人觉得根本用不着这么正式宣布。不过,他们可能是考虑到,宣布订婚的话,两人一起吃饭或者到对方的房间里去就不会被人指指点点了。

他们说打算明年开春去夏威夷举行婚礼,顺便度蜜月。

不过,他们即使举行了婚礼,也不打算办理结婚手续,玲香女士也不会更改姓名。双方七十岁以后结婚的话,往往会因为财产继承等问题和子女或亲属发生矛盾纠纷。虽说野村先生并没有那么多财产,但玲香女士也不愿意卷进那些麻烦事里去,入不入野村先生的户籍也无所谓。

总之,他们是不要名分要实惠。近来老年人结婚,这种现象越来越普遍了。

可是,野村先生和玲香女士到底是从什么时候好起来的呢?

大家回想了一下,首先是卡拉 OK 大赛时,玲香女士扮成"小指"唱歌时,并排站在她身后的"杀手"中就有野村先生。尽管他拼命地随着节奏摇晃双手,却总是合不上节拍,惹得大家笑个不停。

之后是去那须高原看红叶那次。在旅游大巴里,他们两个人一直是挨着坐的。现在往回一想,的确有这个苗头,不过那只是一个星期之前,而卡拉 OK 大赛也只不过是一个月之前的事啊。

在那之前的迹象大家一直没有察觉,是因为二人掩饰得非常巧妙呢,还是因为这对组合太让人意想不到了,大家才忽略了呢?

不管怎么说,日日夜夜思念亡妻还表示过决不再婚的野村先生,突然之间笑嘻嘻地来报告订婚了。这说明了男人心和女人心一样,也并不是那么牢靠的。

大概是因为有前面这档子事,所以野村先生显得有些不好意思。跟来栖报喜的时候,辩解说:

"我觉得还是小西女士说的有道理,这样对健康有好处……"

居然将再婚的原因归结到咨询员身上,不过,这毕竟是一件值得高兴的事。

"恭喜您了。"

来栖说着伸出了手,脸上有了点肉的野村先生跟他握了手,旁边的玲香女士也是笑容满面,俨然相伴多年的妻子一般。

"大家都挺纳闷的,不知道你们俩是从什么时候好起来的。"

来栖跟他们开了句玩笑,两个人互相对视了一眼,玲香女士答道"就在两三个月前",然后看了看野村先生,他用力点了点头。

七十四岁和七十三岁,两个人加起来快一百五十岁了,可看上去真是相亲相爱的一对儿。

"结婚以后,房间打算怎么住呢?"

来栖问道。玲香女士说,暂时先保持原样,等蜜月旅行回来后,她就搬出自己现在的房间和野村先生住在一起。

野村先生的房间是三室一厅,足够两个人住的。这时,来栖忽然想起了野村先生房间里安放的亡妻牌位。不知道他再婚后,是保持原状呢,还是把它移到别处去呢?虽说不干自己的事,来栖多少也有些担心。

"这么说,江波女士的房间就退掉了吗?"

"我本不想退的,但是,东山夫人说想要借住,就打算借给她住,不知是否可以。"

房间的居住权虽然不能买卖,但如果只是把自己名下的房间出租,没有什么问题。

"没有关系的。"

如此说来,和丈夫住在一起而痛苦不堪的东山夫人就要搬到玲香女士现在居住的房间去,自己一个人住了。

一边是有情人终成眷属,一边是老夫妻劳燕分飞,住在"Et Alors"里的居民也随着日渐萧瑟的秋季不断发生着变化。

虽说不到"喜事之后办丧事"的程度,但就在野村先生和玲香女士宣布订婚后的第三天,住在508室的古贺先生来到院长室,说有要紧事找院长谈谈。

古贺先生原是东京某大学的名誉教授,最近刚刚过完七十一岁生日。他给人感觉很温厚持重,老绅士派头十足。考虑到他专攻心理学,所以请他出任《Et Alors通信》月刊的编委。不过,他是和原来在出版社工作的谷口先生等人一起负责的,并不显得很突出。

来栖只记得初夏放映色情电影那次,他和谷口先生等人一起提过具体的实施意见。放映《四铺席半拉门那边》之前,还临时被推上台给大家介绍剧情,那样子可是狼狈不堪呢。

这位古贺先生,到底为了什么事专门来找自己呢?来栖觉得很纳闷。到了下午四点,古贺先生西装革履,按时来到了院长室,朝来栖深深地鞠了个躬,说道:"耽误您的时间,非常抱歉。"

见他这么毕恭毕敬的,来栖为了缓和一下气氛,笑着说了句"我正等着您呢",请他在沙发上坐下。古贺先生缓慢地将瘦高的身体嵌入沙发,双手拘谨地放在腿上,一副欲言又止的样子。

"有什么事,您尽管说吧。"

这时,女秘书端茶进来,把茶盘放在二人面前,轻施一礼就出去了。古贺先生终于下了决心,抬起头来。

"这件事,实在是太难以启齿了,请先生不要告诉其他人……"

"当然,这一点尽管放心。"

古贺先生似乎放心了,顿了顿,问道:

"先生,我想请您告诉我,男人大概到多大岁数为止还能具有使女人受孕的能力呢?"

突然被这么一问,来栖一下子没有答上来。

"和我交往的女性说她怀孕了。"

这一连串意想不到的事,从古贺先生嘴里一口气说出来,听得来栖直犯晕。

"请等一下。"来栖换了一口气,问道,"您的意思是说,您现在和年轻女性在交往,那位女性说她怀孕了,是吗?"

古贺先生双手放在膝盖上,使劲点点头。

这件事的确非同小可。

古贺先生有太太,是一位很文静的女人。在外人眼里,他们是一对很般配的夫妻。这位先生在外面偷情，还让女人怀了孕，而且，他应该有七十一岁了。在这样的高龄，却使女性怀了孕，连他自己都感到震惊，狼狈不堪。

"先生，您说这种事可能吗？"

可能不可能另说，来栖觉得有必要先搞清楚他怎么会落到这一步的。

"是那个女人亲口对您这么说的吗？"

"是的……"

"那么，她是否真的怀孕并已经确诊了吗？"

"她说是用什么试纸试过的，绝对没错……"

现在药店里的确都有这种能够通过尿液判定是否怀孕的试纸，一般人都可以用它来检测。

"请问，那位女性是什么人？"

"她，是在……六本木的酒吧工作的……"

六本木是年轻人或外国人常去的地方，老教授去那种地方干什么呢？

"那么，您和她已经交往很长时间了……"

"时间不长，刚一年左右。"

古贺先生的回答前后不搭界，含含糊糊的。

"多大年龄？"

"二十五六岁吧。"

来栖万万没想到这么持重的老教授会和年轻女性交往，如果对方二十五六岁的话，和老教授之间就相差了四十多岁。

古贺先生看样子不像是有这方面嗜好的人，那么，这件事对他的打击也就更沉重吧。他想要尽快解决此事，可自己一个人又对付不了，才跑来找自己解救他的吧。

来栖想要尽力帮助他,但是有必要先听听他到底是怎么想的。

"冒昧地问一句,那位女性的事,您夫人知道吗?"

古贺先生赶忙摆了摆手。

"这事,她一点儿都不知道……"

"您是一个人去那个地方的?"

"不,最开始是我以前的学生带我去的。那是个只有吧台的小酒吧,让人感觉很放松,所以后来我就常去那儿散散心……"

光是喝喝酒,也不至于和那个店里的年轻女子发生肉体关系呀。

"后来您喜欢上了那个女性?"

"她说小时候死了父亲,很孤独,所以,我有时候请她一起吃吃饭,她轮休时见个面,时间长了终于……"

古贺先生挠着稀疏的头发,拼命地辩解着。

"您给了她什么帮助吗?"

"她说生活很困难,所以我每个月给她贴补一些,就算是帮她交房租吧。"

听到这儿为止,来栖不能不想到古贺先生有可能是被那个女人哄骗了。

"看来,你找我是想谈谈怎么解决眼前那位女性怀孕的事情吧?"

古贺先生使劲点点头,说:"我是万万没有想到哇。"

的确,从他的年龄来看,这种情况是不多见的。

"那么,那位女性怎么说?"

"她说,她想要生下这个孩子……"

"真的吗?"

"所以,我不知道该怎么办……"

果真是这样的话,的确很难办,但对方是真心想要生下来吗?有必要先确认一下那位女性的真实想法。

从一般常识来看,一个二十多岁的年轻女人说她想要给七十多岁的男人生孩子,是不太可能的。当然,不排除两个人已经结婚的情况,或者男人很有经济实力,孩子生下后,抚养费以及将来的生活保障都不成问题的情况。而古贺先生呢,说句难听的话,他又有夫人,又没有足够的经济实力。再看看年龄,古贺先生已七十一岁,而女方才二十五六岁,相差了四十多岁。

　　这么年轻的女人想要给古贺先生生孩子,图的是什么呢? 若说是因为爱他,也说得通,可是事情有那么简单吗?

　　这里面一定有问题。不止来栖,一般的人都会打个问号的,可要是对古贺先生这么直说的话,就有些残忍了。

　　"那么,您对她说了不希望把孩子生下来了吗?"

　　"大概意思跟她说了,可是,她说,可能的话还是想要生下来……"

　　"可是,您根本不想要这个孩子的吧?"

　　来栖又追问了一遍。

　　"我都这把年纪了……"

　　听他的语气不无遗憾似的,言外之意好像是——要是再年轻一些就要这个孩子了。来栖琢磨着他到底怎么想时,他又认真地问道:

　　"不过,在我这个岁数,真有这个可能吗?"

　　关于这一点,即使古贺先生不问,来栖也一直在思考。

　　古贺先生现在七十一岁,到底男人到多大年纪为止还具有使女性受孕的能力呢? 在这一点上,人与人之间的差异是很大的。

　　使女性受孕的前提是,首先需要有合适的女性以及对其产生欲望并发生关系的过程。而且,女方不采取避孕措施也是不可或缺的。

　　老年男性具备这所有的条件很难,不过,也曾经有过一些具备上述条件使女性怀孕生子的先例。

　　来栖最先想到的是英国著名演员卓别林。他一生结过四次婚,生了十一个孩子。最后一任妻子乌娜·奥尼尔十八岁时与五十四岁的卓别林结婚,两人相差三十六岁。但这位奥尼尔生了八个孩子,第四个女儿简出生的时候,卓别林已六十八岁,五女儿安娜特出生的时候,卓别林已七十岁,而最小的儿子克里斯托弗出生的时候,卓别林已经七十三岁了。

想不到这位看上去其貌不扬、个子矮小的卓别林,竟然有如此旺盛的精力。如此众多的子女,也许可以说明这无与伦比的精力正是天才卓别林得以名垂青史的原动力。

其他如毕加索,自三十七岁结婚以后,一直与年轻的玛丽·德雷莎等好几位情人保持着交往。六十七岁时,与情人弗朗索瓦兹·吉洛生下孩子,八十岁时又与三十五岁的杰奎琳结了最后一次婚。由此可见,天才人物多彩的女性关系及旺盛精力确实令人叹为观止。

我们再来看看日本,尽管远不及上述人物,但可以数得着的有上原谦。这位代表昭和时代的美男影星在七十一岁的时候,与小他三十七岁的女性结婚生子。

但最具有震撼力的还要数有净土真宗中兴之祖之称的莲如上人。他一生共生子十三人,生女十四人,八十二岁时让第五任妻子生了第二十六子,八十三岁时生第二十七子。其业绩自不待言,仅生子的数量以及过人的精力就超越了外国的名人们。

总而言之,似乎在天才人物中,性欲旺盛的人比较多,以此推论的话,古贺先生也算是具有天才特质吧。

天才们的过人之处就在于,他们任凭女性怀孕,对于生下的孩子均予以承认、抚养,只有做得这样彻底,才能谓之天才。如此推论,非常遗憾,古贺先生离天才还差了一步。

何止是差了一步,他连自己是不是具有这样的能力都怀疑,只能说是差之千里了。不过,也不能因此就断言他不具有这种能力。

"根据以往的例子来看,您也不是没有使女方怀孕的可能。"

"是这样……"

古贺先生似乎仍然感到困惑,来栖问道:

"在发生关系的时候,您没有戴上那个东西吗?"

"这个,这把年纪了,还戴那玩意的话,还不如不干呢……"

古贺先生的意思来栖自然明白。

人在年轻的时候还好说,岁数大了以后,局部感觉就迟钝起来,尽管比年轻时能够忍耐和控制火候了,但也正因为这样,越来越懒得先戴上保护装置了。

来栖听一位当妇产科医生的朋友说,实际上,到妇产科来做人工流产的女性,已婚妇女比独身女性要多。

其原因大多是,丈夫在和常年伴随身边的妻子做爱时,往往不愿意戴那多余的东西,而妻子也放松了警惕,从而导致怀孕。当然,还包含着另一层意思,即外面的情人与妻子有所不同,对情人是不得不采取预防措施的。

当然,对古贺先生而言,虽说对方是情人,但自己都七十多岁了,不想戴那东西也是可以理解的,因为他觉得自己根本不可能使对方怀孕。

但是,古贺先生依然对于女子怀孕一事百思不得其解。

"这事说起来很可笑……"古贺先生降低了一个声调,说道,"那个,就是那个,到了那个时候,也没有多少……"

尽管说了一大堆代名词,但古贺先生想要说什么来栖基本上能明白。他的意思是说,在和她发生关系的时候,尽管没有戴避孕套,可即便射了精,也没有多少精液,所以根本不可能怀孕的。

"您说的是。"

随着年纪增大,精液的数量在不断减少,这是毫无疑问的,但并不能因此就说一点也没有。

一般来说,日本人每次的平均射精量是 3.5 毫升,而 1 毫升的精子数量有 2000 万左右。与受孕能力直接相关的是精子的浓度,而非精液的数量。1 毫升中有五千万个以上的话,就可以使女方受孕。

拿古贺先生来说,虽然随着年纪增大,精液的数量减少了,但是,即便只有 1 毫升,若具有所需的浓度,也可能使女方怀孕。

"所以说,不能绝对地说您不可能让她怀孕。"

来栖讲解完,古贺先生仰起脸,闭上了眼睛。看他还是有些想不通,来栖便就女性的年龄问题继续讲解下去。

"怀孕并不只是男性单方面的事,还要看女方的情况。如果是健康的女性,越年轻就越容易受孕。事实上,以往老年男性得子,几乎都是和二三十岁的女性生的,四十岁以后的女性,受孕能力就大大下降了。"

这时,来栖想起了雪枝女士说的"上了年纪,就不用担心怀孕的事了,感觉特别放松"的话来。

古贺先生如果和雪枝女士那样的女性发生关系的话,肯定不会出现这类问题的。

"最好还是去医院看看,确诊一下是否怀了孕。"

听了来栖的建议,古贺先生点点头:"我也跟她这么说的,可她说没有月经了,可以肯定……"

"那就更有必要去一趟医院,跟医生商量一下下一步该怎么办了。"

"我也是这么想。可她说要我陪她一起去……"

做人工流产有人陪同的话,自然心里更踏实一些,但一个七十多岁的男人陪着二十多岁的女人去妇产科就有些滑稽了。

"只是做个妇科检查,她自己一个人去也没关系的。"

"我也这么说的……"

也许古贺先生一方面为陪不陪她去而为难,同时又觉得央求他陪着一起去的女子很可爱吧。

"我再问您一遍,如果她确实怀孕了的话,您是想让她做掉吧?"

"是的……"

"那么,您的想法已经清楚地告诉她了吧?"

古贺先生就像被老师呵斥的学生那样点了点头。

"既然这样,如果不说服她赶紧去医院做流产的话,以后会很麻烦的。"

低垂着头的古贺先生突然抬起头来,用哀求的眼神,对来栖说:

"能不能请先生跟她说一下呢?"

"我吗?跟那个女性说?"

"先生说的话,她一定会听的。"

"可是,我是内科医生,还是给她介绍妇产科吧,是我一个朋友开的。"

"那太感谢了。"

看起来,古贺先生的真正目的在这儿呢。

来栖感到很无奈,自己居然要为入住者的女性关系收拾残局。在创建"Et Alors"之初,自己根本想不到会摊上这样的事情,干了之后才知道,他还必须为入住者们排解各种各样的忧烦。

不过,入住者们不仅把来栖当作公寓之长,还因为他的医生身份才来找他商量的,所以他也很难拒绝。

"好吧,我给你介绍一家医院,让她去检查一下吧。"

来栖想起了朋友白井是妇产科医生。他们是同届的同学,从学生时代关系就一直很好。他毕业后在某门诊部实习之后,去了国立医院工作,现在自己在目黑区开了一家妇产科医院。

他在医生中的口碑不错,请他帮忙可以让人放心。

来栖拿出了同学通讯录,找出了白井医生的电话和住址,又写了一封简短的介绍信。

"兹介绍入住本公寓的古贺先生的朋友前去就诊,请亲诊为盼。"

来栖在介绍信末尾签上了自己的名字后,忽然意识到以前他也给入住者介绍过各种医院,但介绍妇产科还是头一次,感觉有些奇特,大概是因为老年公寓住的都是老年人的关系吧。

"您就拿这个去找他吧。"

来栖把介绍信递给他,古贺先生恭敬地接了过来,问:

"我不去也没关系吧?"

"当然,我在信里写清楚了,把它交给挂号处的人就可以了。"

古贺先生把介绍信非常小心地放进西服内衣口袋里。

要小心收好,可别让夫人发现。来栖担心地想,不过,要是提醒他的话就有点多管闲事了。

古贺先生深深地鞠了个躬,来栖反而更加担起心来,难办的还在后头呢。

两天过去了,无论是古贺先生本人,还是白井医生那头都没有什么回音。

当然,给古贺先生介绍信后的第二天,来栖就在走廊上遇见了和夫人一起散步的古贺先生。但古贺先生只是心事重重朝来栖点了一下头,默默地走了过去。可能是夫人在旁边,他也不好说什么。此时,来栖忽然想起了"男人的友情"这个词。这么说或许有些夸张,可以说是一种相互知道对方秘密的同志式的沉默。

不过,那个怀孕的女人到底去没去医院呢? 从古贺先生本人没有回音来看,说明还没有去吧? 也说不定女人闹着不愿意做人流吧?

来栖有些担心,又过了两天,白井医生给他打来了电话。

自去年同学会之后,一直没有什么联系,这还是两人一年以来第一次通话。相互简单寒暄了一下后,白井医生提起了那件事。

"你介绍的那个女人,不会是跟你有什么瓜葛吧?"

突然被他这么一问,来栖慌忙加以否认。

"开什么玩笑啊。她是我们这儿古贺先生的女人。"

"这么说男方岁数不小了?"

"是啊,大概有七十一岁了。她真的怀孕了?"

"是的。现在已经三个月了,快进入第四个月了。"

"那……"

要是做人流的话,最迟不能超过四个月。一进入第五个月就不好做了,法律上也不允许了。

"那个女人同意做人流吗?"

"同意是同意,不过,她怀的真是你们公寓的人的孩子吗?"

"你这话是什么意思呢?"

来栖反问道。白井医生说:

"据挂号处的护士说,有个年轻的男人陪她来的。"

这说明了什么呢?来栖还是不明白。

"那个年轻的男人也许只是她的一个普通朋友,开车送她来而已吧。"

"我本来也是这么想的,可是,据说两个人在候诊室里商量了半天呢。后来,挂号的护士跟我说,那个黄头发的年轻人要是当了父亲,可得准备受累了。"

也难怪,他陪着女人到妇产医院来,俩人还商量来商量去的,给人这样的印象也很自然。

"不过,孩子的父亲是你们公寓里的老年人吧?"

"那还用说,所以才拜托你呢……"

古贺先生到底知道不知道那女人有个年轻男人呢?来栖越来越担心了。

"她虽然基本上同意做人流,不过,我觉得说不定那位老人受了骗。"

"就是说,孩子的父亲是那个年轻人了?"

"我没有直接听到,不好下结论,反正确实有这么个男人……"

看来白井医生很担心,所以才特意打电话来的。

"多谢了。"

来栖拿着话筒,鞠了一躬。

"请问手术定在哪天了?"

"一般都是星期四做手术,所以就定在那天上午了……"

星期四也就是大后天,古贺先生知道这些情况吗?

无论如何,她同意手术了,古贺先生可以暂时放心了。

"你告诉我这些,太好了。有什么情况请随时跟我联系。"

"知道了。"

电话虽然挂断了,但来栖的心情却平静不下来。

最让他担心的就是那个年轻的男人和那个女人之间的关系。如果像那个护士所说的那样,是她的男友的话,说明她是在那个男人和古贺先生之间脚踩两只船了。

尽管不关自己的事,但来栖越来越对那个未曾见面的女人感到愤怒。

不过,这件事是告诉古贺先生好呢,还是不告诉他好呢?

如果正像白井医生所说的那样,有一个像是她男友的黄头发年轻人陪着她去的话,古贺先生要是知道了,会怎么说呢?

他会怒不可遏地说"岂有此理,不可饶恕"呢,还是固执地认定年轻人只不过是她的一般朋友呢,或受了刺激而浑身颤抖呢?他虽说上了岁数,本质上却是个特别本分的人,这就更让人担忧了。

看来,暂时还是不要把白井医生的话告诉他,装作若无其事地跟他打听那个女人的情况比较妥当。

来栖这么决定后,当天下午,再次请古贺先生到自己的办公室来。

跟以往一样,古贺先生照样是穿着西服、打着领带来了。来栖跟他寒暄了几句天气如何如何之后,立刻问道:

"我介绍的那位女性怎么样了?"

古贺先生赶紧点点头说:

"她去了先生介绍的医院后,医生说她确实怀孕了,要是不打算要的话,就要尽早做手术。"

古贺先生从女人那儿听来的,跟白井医生说的差不多。

"那么,她还是决定做手术了吧?"

"我现在的情况,也只能这样……"

古贺先生不无遗憾地垂下眼睑。

"定在大后天做手术。手术大概要用多长时间?"

"大约三十分钟就够了。只是因为打麻药的关系,手术后还要在医院休息两三个小时,然后就可以回去了。"

"她自己一个人去行吗?"

"只要麻醉劲儿一过去,就请护士帮着叫一辆出租车,坐车回去的话一点问题也没有。"

"我想在酒店订个房间,让她手术后在安静的地方休息一下。"

古贺先生简直是无时无刻不为她着想。

七十多岁的人还和年轻女性发生关系的确很成问题,但若是古贺先生受了那个女人的骗,就太可怜了。这不就等于是小姑娘和小伙子联合起来戏弄老教授吗?

来栖克制着愤怒,又问:

"冒昧地问一句,手术费等是谁付的呢?"

"因为是我的责任,所以给了她五十万,不知够不够?"

"足够了。"

来栖虽然不是特别清楚这方面的情况,但光是堕胎费用的话,十万日元应该够了,古贺先生却给了她五十万,不知是怎么算出来的。

"是她说需要这么多吗?"

"她说大概需要三十万,我想,那就再给加一点……"

古贺先生好像还被蒙在鼓里呢。看这情形,他肯定是被那对男女给忽悠了。

"说句让您见笑的话,我能做的也只有这些了。啊,反正这些是我的私房钱……"

"您放心。"

来栖一边点头,一边越加同情起古贺先生来了。如果那女人怀的是那个年轻男人的孩子的话,古贺先生算什么呢?来栖越想越生气,禁不住问道:

"请问,那个孩子肯定是您的吗?"

"您这话是什么意思啊?"

"这个……有没有可能是别人的孩子呢?"

一瞬间,稳重的古贺先生眼里闪烁着异样的光,不容置疑地说道:

"请不要瞎说。那个姑娘不是那种人,绝不可能干出这种荒唐事的。要是那样,岂不等于说我跟傻瓜一样吗?"

来栖本想说"没错,就是这么回事",可又怕自己这么一说,连声音都在颤抖的古贺先生会晕过去。

"我只是有些担心……"

事到如今,自己也只好保持沉默了。况且,即便是古贺先生被骗了,但只要他本人不那么想,感到满足,别人又何必多嘴多舌呢?

来栖便不再说什么了,决定静观几天。

两天后,古贺先生突然跑进院长室来。

已经是傍晚六点多了,来栖正准备回家的时候,古贺先生连外衣也没脱,就气愤地说起来:

"先生,出了个大事。太气人了,我真是不知该说什么好了……"

古贺先生没头没脑地说了半天,来栖还是不明白他在说什么,就请他在沙发上坐下来,问道:

"到底发生什么事了?"

"是这么回事,今天她做完手术后去酒店休息,我就去酒店预订的房间看她。"

不错,今天是星期四,应该是古贺先生的女友去白井妇产科医院做人工流产手术的日子。

"那么,手术很顺利吧?"

"据说是上午做完的,她两点左右离开医院,去了酒店。我赶到酒店后,前台服务员说,客人拒绝探视,不让我进去。"

"拒绝探视?"

"奇怪吧。可房间是我订的呀。自己订的房间自己却不能进。我就给她打电话,接线员也不给接到房间。没办法,我只好自己去房间敲门,她也不给我开。等了一会儿,我又去敲门,结果……"

大概是说话太急了,古贺先生调整了一下急促的呼吸后,继续说道:

"结果呢,先生,从房间里出来一个男人,还是个黄头发的年轻人……"

听他这么描绘,多半是白井医生说的那个男人。

"我正觉得奇怪呢,那个男的居然张口就跟我说什么,'以后,不许你再碰我的女人……'"

由于过于激动,古贺先生的眼睛都充血了。

"先生,您说说,有这样不讲道理的人吗?"

古贺先生说的基本上在来栖预料之中,他所担心的事情终于发生了。

"没想到她有个男人,真是太可恨、太可恨了。"

要说可恨确实是可恨,然而,没预料到这种可能性的古贺先生也太幼稚了一些。

"这么说那个男人是她的男朋友了?"

"是啊。他早就知道我和她交往的事情,还说什么这回绝不再宽容了……"

"不再宽容?"

"就是说,我让她怀了孕,还做了手术,该怎么给他们补偿等等。"

"可是,那不是……"

这不是倒打一耙吗?原本是他自己的孩子呀。

"你就说'那不是你的孩子吗?'不就行了。"

"说是那家伙的孩子吗?"

"其实在两天前,医院方面就跟我联系了……"来栖干脆直说了,"她去检查的时候,那个年轻人陪她一起去的。医院里的人都以为那个男的是孩子的父亲呢。"

"真的?"

古贺先生神情漠然地盯着半空中。

也许是打击太沉重了,一下子没有反应过来吧,他沉默了好一会儿,才慢慢嗫嚅道:

"这就是说,我上当受骗了?"

"说不定是……"

"怎么可能……"古贺先生慢慢地摇着头,"也没有证据,怎么能这么说呢?"

古贺先生敢于这么反驳,可见直到现在他还认为那女人怀的是自己的孩子。老教授如果还执迷不悟的话,就不好办了。

"他自己的孩子却赖在别人头上,甚至还要别人出钱,实在太可恶了。"

到了现在,来栖再也克制不住自己的愤怒了。

"总之,您没有必要听那个男的胡说八道。"

古贺先生如果还没有退休,还在大学里当教授或在大公司里工作的话另当别论。现在他已经是没有归属的自由之身了,在这种情况下反倒无所顾忌了。

"如果他再来找您,最好跟警察联系一下。"

"不过,他好像也觉得自己做得过分了点,只说'不要再碰我的女人',后来也没有怎么……"

"不管怎么说,那对男女是一伙的,从一开始就打上您的主意了吧?"

"我还没有问过那个女孩到底是怎么想的……"

古贺先生好像还对她很留恋,七十多岁才体味到恋爱感觉,使他难以割舍。

"其实,问不问她都一样的。"

如果她讨厌那个男人的话,就不会两个人一起去医院,表现得那么亲密了。手术后也不会让他进入酒店的房间了。

"还是把她忘掉为好。"

来栖觉得现在该让他清醒了,可是,古贺先生还是耷拉着脑袋,不吭气。

这会儿,古贺先生也许正心乱如麻,悔恨和愤怒以及自怨自艾交织在一起,无法控制自己。

"总之,这件事就到此为止……"

来栖说到这儿,发现古贺先生眼睛里浮出了泪花。

不知是因为心爱的女人的背叛而伤心呢,还是为那个年轻男子的言语和行为感到屈辱。

自己爱的女人有别的男人对古贺先生确实是个巨大的打击,但古贺先生自己有家室还和年轻女人交往也很不对。应该说各人有各人的问题。

"她一定也觉得对不住您。"来栖安慰道。

古贺先生轻轻点了点头,小声说道:

"上了年纪真是件可悲的事啊。"

他想说什么,来栖很明白,可要是挑明了,只能更让人伤感。

"不过,这样也挺好。您也度过了一段愉快的时光啊。"

来栖回想起古贺先生听说对方怀孕,狼狈不堪地跑来找自己商量做人工流产手术的事,现在结束这段恋爱冒险的话,他的损失也不算太大。

"估计那个年轻人不会再来找您了。"

古贺先生终于想通了似的,轻轻擦拭着泪水润湿的眼睛:"都这把年纪了,真是太丢人了……"

"别这么说,喜欢一个人是件美好的事。"

"可是,我糊里糊涂的……"

说起来,古贺先生是学心理学的。可这位名誉教授却被一个年轻姑娘耍弄了,那么他所学的心理学究竟是些什么学问呢?

学问和恋爱毫无关系,并不值得大惊小怪。无论多么聪明,学习成绩多好的人,也未必懂得男女之情,而即使没有上过学的人,也可以精通恋爱之道的。

去学校学习可以学到学问,但恋爱是需要实际体验,以各自的悟性去理解和积累的。有学问有教养的人,不一定对恋爱具有丰富的悟性。

从这个角度来看,古贺先生虽然天资聪颖,毕业于名牌大学,在学识方面或许是出类拔萃的,但是对于情爱方面虽然不至于那么幼稚,可也并不擅长。所以事到如今,他才深深懂得还存在着仅凭学问和道理所无法处理的事情,在现实面前碰了壁,一筹莫展。

不过,虽说他年过七十,却得以窥见这世界的一个侧面,对于他今后的生活一定大有裨益的。看人也会更全面了,不只看外表,也会看其内心了。

"请不必太介意那些无聊的事,就当作是一次难得的经历吧。"来栖说道。

"的确学到了不少东西……"古贺先生听了,点了下头,接着又咕哝了一句,"真是的,上了年纪,心却不老……"

"心不老?"

"是啊,身体虽然衰老了,心还那么年轻……"古贺先生自嘲道,"衰老的肉体里寄居着年轻的灵魂,也许这就是我的悲剧,不,应该说是喜剧……"

"衰老的肉体里寄居着衰老的灵魂的话,那只不过是行尸走肉。心理年轻是非常难得的啊。"

来栖补充道。这时,古贺先生终于抬起了头,满是老年斑的脸上露出了一丝腼腆的微笑。

这天晚上,来栖和麻子见了面。

前几次是因为麻子推说工作忙或者和朋友去夏威夷等,一直拖到现在,两人大约一个月没见面了。

这次还是来栖硬把她约出来的。晚上八点多时,他们终于在银座某大厦地下街上的一家意大利餐厅见了面。

很久没见的麻子,有点晒黑了,但很健康。

"看你的气色很好啊。"

来栖说道。麻子一边说着"我最近食欲特别好,好像还胖了点",一边夹了一块鲜鱼放进小碟里。健康是件好事,但原来麻子身上特有的洒脱而略显倦怠的感觉变得稀薄了,这使来栖有些失望。

"我在夏威夷参观了老年之家,那边真不错,很令人愉快。"

麻子拍了很多照片,给他一一讲解着。不过,来栖对那边的情况也很了解。

"那边的人退休以后也不会老住在一个地方,有的人是去年刚从佛罗里达搬来的,有的人说在洛杉矶住了两年等,他们四处挑选自己喜欢的老年之家,不断变换着住处。为迎合这些喜欢搬来搬去的人,还有按月包租的房间呢。"

麻子不愧是健康杂志的编辑,看问题的确很尖锐。

"日本人退休后也应该不要住在一个固定的地方,经常走出去,到各种地方住一住为好啊。所谓退休就等于是得到了这样的自由吧。"

在这个问题上,正如麻子所说的那样,来栖也在考虑要为退休的人们建设能够月付的那种可以短时间租住的老人院。

"那边的人们都特别有精神,特别快乐。"

来栖点着头,忽然想对变得很有朝气的麻子发点牢骚。

"咱们一个多月都没见面了。"

麻子默默地吃着。

"我知道你很忙,可是,见面也太少了……"

这还叫什么恋人呢?来栖把这话咽了下去。

"咱们一起去旅行吧。"

麻子还是没有回答。来栖禁不住问道:

"你是不是有其他喜欢的人呢?"

麻子突然停下了手里的叉子,低着头,说道:

"没有啊。"

话虽然是否定的,语气却很无力。

"可是……"

突然间,来栖对面前的麻子感到嫉妒了。

她刚才千真万确地否定了,然而,果真如此吗?近来和麻子之间感觉不大和谐,这样下去的话,两人之间的感情会越来越疏远的。

即便这样,又能立刻拿出什么行之有效的办法呢?来栖有些迷茫地望着微微低着头的麻子,内心产生了某种欲望。

他真想拥抱麻子。

说起来和麻子已经两个月没有亲近了。以前每个星期肯定会同床共枕一次,这么长时间的空白还是第一次。

来栖压抑着自己的激情,尽量平静地试探着问:

"今天晚上不回去了吧?"

麻子稍稍歪了下头想了想,然后,缓缓地摇摇头。

"不行啊。"

"为什么?"

"反正现在不行。"

不行,是来了月经的意思吗?来栖琢磨着,感觉自己现在已经克制不住了。

"没关系的,一起去我那儿坐坐就行。"

"还是下次吧。"

"下次是什么时候呢?"

"我跟你联系吧。"

来栖装作很冷静地喝着葡萄酒,心里却在想,就是拽也要把麻子拽到家里去。

他之所以能够克制住自己的冲动,是因为自己比麻子年纪大呢,还是因为考虑到院长的身份呢?但是,这种出于体面的忍耐是有限度的。

"无论如何,今天晚上得再忍耐一次……"

来栖心里对自己说着,又慢慢喝了一口鲜红的葡萄酒。

和麻子分手后,来栖一个人回到了"Et Alors"的院长室,只见桌子上放着一个长方形的盒子。

他觉得奇怪,打开包装一看,盒子上写着"古贺赠",里面装的是威士忌。

好像是来栖不在的时候,古贺先生送来的。

尽管时间有点晚了,来栖觉得还是应该向人家表示一下感谢,就给古贺先生的房间拨了个电话,夫人接了电话。

"我收到了估计是你们送来的贵重的礼物……"

因为接电话的是夫人,所以来栖说得比较含糊,只听对方说道:"给您添麻烦了。"

"我也没帮什么忙……"

来栖装糊涂,夫人立刻说道:

"您不用瞒着这件事了。多亏了先生才没出大乱子,真是太谢谢您了。"

夫人好像说的是古贺先生和年轻女人的事情,可夫人是怎么知道的呢?来栖很吃惊,夫人的声音很年轻,一点不像七十岁的人。

"反正事情已经过去了,跟您说实话吧,其实我什么都知道。他被那种女人给迷住了,再加上受到那个男人的威胁。那个男人还打电话给我,说什么'拿钱来,不给钱就让所有的人都知道',我毫不客气地回绝了他。我告诉他,想让大家知道尽管去说,我们还要起诉你恐吓罪呢。这么一说,他立刻就老实了……"

平时看上去很沉静的夫人,竟然口齿伶俐地一口气说了这么多。来栖担心古贺先生在她旁边听着呢,夫人好像觉察到了,说道:

"他已经睡了。总之现在已经没事了。我想他也接受了这次的教训,这也是件好事。"

真没想到女人能这么坚强而又稳重,来栖感慨不已。

"这只是我们的一点心意,请您一定要收下。"

"好吧,多谢了……"

来栖不由自主地对着话筒低头致谢,这时,他想起刚才竟没有跟麻子提起这件事,这可是从来没有过的。

第九章　安魂曲

　　转眼从十一月到了十二月，一年又接近了尾声。随着天气变冷，健康状况出问题的老年人一天天多起来了，这是来栖最担心的。

　　公寓里的温度虽然经常保持在24℃左右，但外面温度很低，除了外出时容易感冒外，在房间里打盹的时候没有注意调节室温等也会导致感冒。最容易出问题的是单身男性。因为当他们迷迷糊糊打盹的时候，身边没有叫醒他或给他盖上条毛毯的人。同样上了年纪，女性能够照顾好自己的起居，而男性往往比较懒惰或粗心大意。

　　因此，来诊疗室看病的大多是男性。来栖尽量把针剂和药剂的量控制到最低限度，更多的是提醒他们要注意保持室温，用加湿器增加湿度，还有多休息等。

　　有的医院一次就给老年人开好几种药，开药量很大，来栖很反对这种做法。尤其是失眠或高血压等慢性病，如果长期服用好几种药物，反而会带来副作用，使得病情恶化。有的人总是昏睡或浑身无力，有的甚至会变得跟废人差不多。

　　是药三分毒。至少来栖不想让住在"Et Alors"的人们遭这份罪。

　　可是，有的情况无论来栖怎么努力也无济于事。

例如住在601室的大田庆子女士就是其中之一。

她在年初的身体检查中发现肝功能异常,转到大学医院复查,结果是患上了肝癌,于是,就直接住院治疗了。

她才七十五岁,但据说癌细胞已经转移到了其他内脏,不能做手术了。也就是说在医学上已经没有办法治疗了。

她给来栖打来电话,想要跟他见个面,说是有事要拜托他。

大田庆子女士是在"Et Alors"刚开张的时候就入住的老住户了,所以来栖更是挂念她。

以前听庆子女士说过,她曾经结过一次婚,但不久就离婚了。后来,她在某商贸公司工作期间认识了一位男士,二人一起创办了一家经销绿色食品的公司,并取得了成功。七十岁的时候,她退了休,住进了"Et Alors",打算悠闲地度过余生。

她给来栖的印象是一位个头不高、衣着简朴的女性,是一位说话快人快语、头脑灵活的老太太。像她这样的女性曾经作为企业家而驰骋商海也没什么可奇怪的。

这位庆子女士突然提出要见来栖,所为何事呢？前一段时间,就她的病情以及住院条件等等,来栖跟她通过电话,但已经有半年没有和她见面了。

平时她是个做事很有条理的人,很少求人帮忙,这次突然提出想见来栖,很可能跟她的病情有关吧。

第二天,来栖结束了一天的工作后,就去了庆子女士住院治疗的离新宿不远的那家大学医院。

这家医院拥有在全国也算得上是顶级的高消费病房,一般都是大企业家或文艺界明星才会入住的,庆子女士住的就是这样的特殊病房。据说,这种病房的档次相当于饭店里的豪华套房,对一般人来说是可望而不可即的,而她已经在这里住了半年多了,可见她很富有。

来栖又是吃惊又是感慨,同时想起了曾经护理过她的一个叫古川的看护说的话。

据古川说,记得去年这个时候,庆子女士还没得病时,就连去弹子房打弹子都是专门从租赁公司包车去的。

"而且,她在里面玩儿的时候,一直让车等在店门外。打完弹子回来,还叹息道,这趟才花掉了五六万。"

有钱人就是不同凡响啊,来栖为之惊叹不已,同时也窥见了有钱女人不为人知的烦恼。

如果是男人的话,或者在年轻女人身上大把地花钱,或者去赌博等,可让他们挥霍的地方很多;而女性则不可能像男人这样去消费,她们有钱也没有地方花。在没有钱的人看来,简直是羡慕死了,然而,对于有钱人来说或许就成了让她们烦恼的事了。

公寓里有各种各样的人,但大致可分为两类,一类是能够很快与周围的人熟悉起来,亲密交往的人,还有一类是不轻易与人亲近,很难交到朋友的人。

总的来说,女性喜欢互相来往,容易交上朋友,而男性与他人熟悉得很慢,很难与人结交。换句话说,女性喜欢合群,男性多数比较清高。

但是,女性中也有对人际交往特别发怵的人,眼前这位庆子女士就属于这一类人。据看护说,她和公寓里住的女士们只限于见面点个头,寒暄两句,好像没有一个深交。人们常说,多年来一直创业打拼,凭一己之力生存过来的人,有很多人是像她这样的性格。如此说来,也有些道理。

当然并不是说她们不好交往或不通人情,只是她们做不到像一般女性那样与大家融为一体而已。

这样一位孤高的女士,每天住在高级病房里会想什么呢?一个月前她在电话里说,她已经放弃了手术,只依靠药物治疗了,但是抗癌药副作用很大,她也不想采用。

来栖去医院途中想给她买点礼物。送鲜花的话香气太刺鼻,而水果或点心她也未必吃得下,于是便买了有熏香效果的蜡烛。

来栖带着礼物到达医院时是晚上七点,晚饭时间已过,医院里很安静。他穿过没有一个人影的走廊,走到挂着"大田庆子"名牌的病房外,摁了一下门铃,一个系着围裙的女看护来开门。

"您来了。请进。"

她好像知道来栖要来,立刻把他领到卧室里面的病床旁边。

庆子女士躺在床上,但她立刻认出了来栖,高兴地点着头。

"百忙之中,特意来看我,太谢谢了……"

她的声音虽然很沉静,但两腮已经凹陷下去,眼睛显得很突出,和以前相比,瘦弱了很多。

已经到了癌症晚期,没有别的办法。由于庆子女士得病以前来栖就认识她了,看她现在病成这个样子,非常伤感。

"现在抗癌药已经停用了吧?"

"是的。什么都不用了,只想老老实实等着走人了。"

"别这么说,再加把劲儿。"

来栖鼓励道,但对于病情,患者自己是最清楚不过了。

"阿民,给先生倒茶。"

庆子女士朝大门旁边的厨房说道,被叫作阿民的女看护答应着"好的,马上来"。

"请不用客气。"

来栖说着,把带来的礼物递给了她。庆子女士说:"谢谢!真好看。"看了一会儿,突然想起什么似的,说,"先生,能跟我握握手吗?"

"当然可以。"

来栖伸出了右手,庆子女士双手紧紧握住了它,喃喃自语道:"您的手真大,真温暖。"

来栖不知怎么回答,没有说话,她又说:

"这么紧紧地握住男人的手,还是第一次。"

庆子女士曾经结过婚,所以不应该是第一次啊,可能她的意思是这十年来第一次吧。

"我的手上都是皱纹吧?"

"哪有啊。"

比起皱纹来,病人特有的潮乎乎的感觉更多一些。

这样握了差不多有一分钟,她才松开了手。

"谢谢您,我感觉精神多了。"

这时女看护端来了茶,放在来栖旁边的桌子上。趁着这工夫,来栖和她聊起了"Et Alors"。

"Et Alors"毕竟是她住了五年的地方,有很多值得回忆的往事。她问了几个人的近况以及公寓的情况后,突然用郑重的语气说道:

"先生,我有个最后的请求。"

来栖点点头,她继续说道:

"我想请您接受我的遗产。"

"您是说,您的遗产吗?"

"像我这样孤零零的人,上了年纪就只剩下寂寞了。幸好住进了'Et Alors',度过了一段非常幸福的时光。这全都托了先生和员工们的福啊。"

自己只是做了应该做的事,她却这么郑重地道谢,来栖倒觉得不好意思了。

"跟您说实话,我这个人生平只知道工作,多亏您让我住进了'Et

Alors'，我才知道还有这样的活法，只是，已经晚了……"庆子消瘦的脸上露出了微笑，"正如先生所知道的，我已经没有多少时间了。"

"您千万不要这么想。"

来栖慌忙否定道。但这不过是一句安慰话，她心里比谁都清楚。

"我知道的，可能年底都过不去了……"

来栖进来的时候就注意到，在右边的架子上放着《圣经》以及和宗教有关的书籍，看来庆子已经做好死的准备了。

"所以，我有件事要拜托您。"

看见她噙着泪水的眼睛，来栖像被牵引着似的点点头。

"是这样，虽说钱不太多，我想把我现在所有的钱都捐献给先生的老年公寓。"

"这怎么可以……"

"您是知道的，我没有一个亲人，所以，我无论给谁都没有关系的。"

"但是……"

"有关纳税的事我不大了解，但务必请您将它用于公寓的建设。"

来栖还是第一次听到入住者这样的表态。

"我想问一下，大概有多少？"

"我没有仔细点过，应该有一个亿左右吧……"

来栖不由倒吸了一口凉气。

一亿日元，这可是个庞大的数额啊。

虽然她说要把这么多钱捐给公寓，但是，自己可不可以就这样接受下来呢？

"您没有什么亲戚吗？"

来栖问道。庆子女士躺在床上，缓缓地摇摇头。

"我只有一个哥哥，十年前就死了。要说有亲戚的话，那就是哥哥的孩子了,但自从哥哥去世后,根本没有来往,跟没有也差不多。"

听她这么一说,确实没有合适的财产继承人。

"可是,这么多钱……"

"不管有多少钱,也不可能带到那个世界去……"

庆子女士寂寞地微微一笑,接着说道:

"我早就有这个打算了,哪天我有了什么不测的话,就把它们都捐给咱们公寓。我真心希望先生去自由支配这笔钱。"

她的好意真是很难得,不过,这么多钱用在什么地方好呢?由于事情太突然,来栖还没来得及考虑。

"有关确切的金额和捐赠方式,我回头跟律师商量一下再说……"

既然她已经找过律师了,说明她的决心已定了。

"您肯定会收下吧?"

既然说到这个份上,来栖觉得如果再推辞就不礼貌了。

"如果可以接受的话,我一定会好好使用它……"

"真是太好了。"

庆子女士放了心,使劲点着头:"这样的话,我就能放心地走了。"

"您别这么说,要好好活下去。"

"不行,不行,那样的话,又得请您把钱还给我了。"

"当然会还给您的。"

"跟您开个玩笑。我什么也不需要了。"

说完,庆子女士微微闭上了眼睛。

或许是一切欲望都已丧失之故吧,她那安详的面容显得异常明朗,犹如一尊菩萨。

第二天,来栖召集总务长、看护长、护士长、咨询部主任等各部门负责人开会,向他们报告了探望大田庆子女士以及她提出的捐款一事。

大家都没想到她有那么多钱,而且都很钦佩她做出的这个决定。

"既然她诚心诚意提出来了,我就打算接受下来,而且,还要把钱用在能让大田女士满意的地方。今天开会,就是想听听你们的意见。"

来栖说完,大家都点头,纷纷思索起来。

首先提出来的建议是购进一批图书并配齐录像带和CD、DVD光盘等,进一步充实现有的阅览室。由此又引出了增设"视听室"的建议。即广泛收集与视听相关的资料,将这些都放在"视听室"里,并隔离出一些能够一个人看录像的单间。还有人建议给这个"视听室"命名为"大田视听室"等等。

"有了这个地方,先生们就可以不必顾忌太太们,安心地看色情录像了吧。"

护士长这句话逗得大家笑起来,但这确实是个很不错的主意。

其他提议还有建造屋顶花园或游泳池,以及安放长椅和望远镜,以便欣赏隅田川和东京湾的景色等等。

这些建议都很有参考价值,但是,入住者方面的意见也要听一听。最后来栖决定,在听取大家意见的基础上,下周一再开会讨论一次。

会议结束了,护士长还一个劲儿感叹着:"真没想到啊,竟然有一亿呀。"

这也是参加会议的所有人的真实感受。

"一个亿左右吧",庆子女士说得很轻松,但对于一般人来说却是想都不敢想的天文数字。

这么多的钱,她到底是怎么挣来的,又是怎么保管的呢?当然,这是她直到五年前为止开公司挣来的资产,然而,能把这么多钱一直保存到现在,并在自己即将死去之前捐献出来,实在令人惊叹。

这件事的确可钦可敬,但在旁人看来,多少会为她感到惋惜。

"难道她自己不能再花掉一些吗?"

总务长问道。不过,据看护长说,庆子女士平时生活还是相当讲究的。虽说算不上特别奢侈,但从大衣到皮包、装饰品等,她用的全是高档名牌。

"不过,光是这些花不了多少……"

一个女人就是再奢侈,一亿日元的巨款毕竟是花不完的。

总而言之一句话——羡煞人也。不过,留下那么大一笔钱撒手而去,不能不使人体味到虚无之感,这已经不仅仅是遗憾了。

"有钱还是得趁活着的时候给花掉啊。"对护士长这句话,大家都点头称是,来栖也有同感。

在这个公寓里,虽说赶不上庆子女士,但也有不少相当有钱的人,来栖希望他们也最好在活着的时候花掉这些钱。

可是,日本的老年人总是担心晚年的生活,所以总是考虑如何存钱而非花钱。就连经常在各种电视节目里露面的百岁双胞胎姐妹"阿金""阿银"也是这样,当有人问及"演出费打算怎么花"的时候,她们也是回答"留着养老用"。

为了养老适当储蓄一些是必要的,可是,人往往一旦有了闲钱想要享乐的时候,身体却不听使唤了。

既然如此,存钱又为了什么呢?所以说,若是钱有盈余的话,就应该趁着身体健康的时候花掉。

可见,花钱也需要相当的智慧和精力啊。

关于大田庆子女士捐赠的钱款用途,经过一番讨论后,最有说服力的要数在"Et Alors"里增设一间屋子作为"大田阅览室",将广泛收集的图书以及录像带、CD、DVD等放在里面供大家阅览的建议。这个提议只等在下周一的会议上通过后,就告知庆子女士。

不用说,这件事当天就在公寓里传开了,自然是众说纷纭。

庆子女士的捐款也成为一些人重新安排晚年生活、怎样合理使用金钱的契机。

第二天,来栖正在治疗室的时候,古贺先生来要感冒药,顺便聊了起来。

"我听说大田女士捐款的事了,会花钱也不是件容易的事啊。"

突然提起这件事,来栖不明白他要说什么。

"我那档子事,说起来也怪难为情的,不过,那样也挺好的。"

他指的好像是给那个年轻女人一笔钱的事,前几天他刚跟她分了手。

"是啊,怎么说也是给自己喜欢的人花的……"

来栖赶紧帮腔道。老教授像是找到了知音似的,摩挲了一下稀薄的头发。

"我想那个姑娘也有她的难处,确实也需要钱。"

与庆子女士给公寓捐出巨款的行为相比,他这点事儿的确不值得夸耀,但他对自己的花费感到满足的话,也是用得其所。想到这儿,来栖不由得苦笑了一下。

但是,与衰老一起日益临近的病魔和死亡,该如何去面对、去超越呢?不言而喻,这些都会在一个人的生活状态中反映出来。

同一天,古贺先生走后,到治疗室来看病的612室的涩谷圣子,也为女性特有的疾病陷入了深深的苦恼。

半个月前,她发现乳房上有肿块,经来栖介绍,去大学医院检查后被确诊为乳腺癌。

"七十五岁还会得乳腺癌吗?"她无法接受这个结论,坚决不做手术。

"做手术的话,乳房就保不住了。"

她捂着自己的胸脯,坚决地摇头。

七十多岁还得乳腺癌,的确有点匪夷所思,不过,癌症是困扰老年人的多发病,所以圣子女士得了癌症也不奇怪。

"幸亏我自己经常摸摸,所以发现得还不算太晚。"

得知患上了乳腺癌后,圣子女士曾经这么说过。原来七十多岁的女性还经常对着镜子观察自己的胸部并抚摸乳房啊。来栖想象着这幅情景,有点儿不敢相信。

"要是有个男人在身边的话,可能会早点发现……"

性格爽快的圣子女士平时就喜欢开这种玩笑。自从她的丈夫三年前去世以后,她一直是一个人。所以,来栖以为,医生告诉她最好尽早摘除时,她会同意的。

没想到,她死活不愿意做手术。

医生告诉她摘除病灶后就没事了,可她为什么就是不听呢?来栖觉得很纳闷。

"这话我只跟您一个人说。"圣子女士说了起来,"要是做那个手术的话,乳房就会被整个切除吧?"

她对手术后胸部的状态好像特别在乎。

"我有个朋友就是这样。她得的也是乳腺癌,结果胸部斜着留下了一个刀口,跟披着袈裟似的,胸也变得瘪瘪的。要是变成那样,我还不如死了算了。"

她的心情可以理解,可是如果不切除的话,癌细胞还会继续扩散的。

"如果刀口尽可能小一些,不留什么疤痕的话,你可以做吧?"

"先生,求您了,帮我找找这样的医院吧。"

"我听说最近有人在研究再造乳房的手术呢。"

"可是,大学医院的大夫说,做了手术的话,乳房差不多就没有了。他的口气好像理所当然似的。"

圣子女士的眼眶湿润了。

来栖不知道是哪位大夫对圣子女士这么说的,不过,那位大夫也并没有胡说八道。

从来栖所了解的医学知识来说,他跟那位教授的意见是一致的。不切除乳房的癌细胞,病就治不好,因此可以肯定,做手术的话乳房会被切除一大块的。

问题是这话怎么说。如果大夫稍微考虑一下她的心情,告诉她即使做手术也会想办法保留胸部肌肉,以及可以考虑乳房再造手术等,这样她也会感到一些安慰的。

如果只是例行公事般简单地告诉她不做手术不行的话,她就慌了神。

这样不体谅患者心情的医生并不是个别人,可是,他的话却使圣子女士受了很大的刺激。身为医生应该切记一句老话:"医生不是治病的,而是治病人的。"

来栖虽然这么想,可事到如今,对那位医生再说什么也于事无补。况且,倘若站在那位医生的立场,恐怕他根本不会想到一位七十五岁的女性还如此在意手术后乳房什么样吧。

对于这一点,来栖也有些忽略了,可是,现在看起来这是关乎圣子女士性命的大事。

"那位大夫对于手术后的情况什么也没有说明吗?"

来栖又问道。圣子女士肯定地摇摇头。

"他光说要先做手术,有关手术后的事情什么也没有说。先生,乳房真的可以再造吗?"

"这类手术一般应该属于矫形外科。"

"不属于胸外科吗？"

"虽然都是外科,但近年矫形外科开始研究保留胸部的肌肉,再造乳房的手术呢。"

"我想去那样的医院看看,您帮我介绍一下好吗？"

来栖望着圣子女士的胸部,试探地问道：

"没有乳房真的不行吗？"

"当然了。我还不算太老,再说,还想去泡温泉……"

"还不算太老,这可以理解。想去泡温泉,跟乳房有什么关系呢？"

"这还用说吗？胸部瘪瘪的,多难为情啊。"

说的也是。不过,圣子女士去泡温泉的地方都是女宾,即使只有她一个人缺少乳房也不必太在意吧。但是她可不像来栖这么想,对以后的生活质量好像很担心。

"大家一看见我这样子,肯定会问东问西的,或者同情地说'真可怜'什么的,这不就跟展览品似的吗？我可受不了。"圣子女士的语调突然变得很伤感,"反正,没有了乳房就不是女人了。这不就等于告诉我,'你别想再当女人了'一样吗？"

来栖又看了一眼激动地诉说着的圣子女士。

她的头发染成了时下流行的茶色,穿着驼色毛衣,脖子上绕了一条花丝巾,看上去比实际年龄年轻,但眼角和脖子已出现了皱纹,声音也开始沙哑了。胸部不算太丰满,但它毕竟是女人的命根子啊。

"先生,求求您了。帮我介绍一家做完切除手术后还能做再造乳房手术的医院吧。"

"好的。我尽量找找看。"

"您千万得帮我找啊。"

圣子女士又叮嘱了一句。她怜惜地用手按压着长了肿块的右侧乳房，明知这个乳房里癌细胞正在扩散，但对它却怀着更深的不舍之情。

"医院的事，越快越好，拜托您了。"

"一有消息，我就跟您联系。"

圣子女士这才站起来："先生，我全靠您了。"说着，鞠了一躬，走了出去。

望着圣子女士的背影，来栖再次感慨起来。

女人无论多大年纪终究是女人。无论外观多么衰老，内心还是充满了女人味儿。正是因为女人非常实际，才总是这样富有生气，精神饱满啊。

有人因为病痛而苦恼，也有人因为相思而备受煎熬。眼下，冈本杏子女士即是一个范例。

很长时间以来，她又是给来栖打电话，又是送礼物，非常热情。而最近，越是接近年底，她越显得有点无精打采起来。

她前一阵几乎每天都给来栖的手机打电话，弄得他挺烦的，心情有些郁闷，可现在忽然不来电话了，反倒令人担心起她来了。

这种状态持续了一个星期，到了十二月中旬，杏子女士通过看护转告来栖，说她身体倦怠得下不了床，请来栖去给她看一看。

来栖回复她诊疗室就在公寓里面，还是直接来诊疗室看吧。可是，她说不想出房间，来栖只好去出诊了。

杏子女士躺在床上，显得有些消瘦，但脸色没有什么变化，表达也很清楚。

据她说，一个星期前开始食欲不振、身体倦怠，除此之外，好像并没有觉得特别不舒服的地方。来栖给她量了一下血压，舒张压160，有点偏高，但也不需要立刻进行治疗，体温和脉搏都很正常。

来栖让护士采血样和尿样,化验结果一出来,就通知他。

"可能是由于天气突然变冷,身体不适应的关系,不用担心。老是待在房间里,就越来越不爱动了,试着在公寓里运动运动,怎么样?"

听来栖这么说,杏子女士听话地点点头,突然想起什么似的说道:

"可是,一到夜里,有时候胸口憋闷得喘不上气来。"

"什么部位?"

来栖一问,杏子女士把来栖的手引导到左胸上。

"就是这里面……"

正好是心脏的位置,但是,来栖用手触摸了一下没有发现什么问题。

"还是测测心电图吧。"

来栖正要缩回手时,杏子女士汗津津的手紧紧抓住了他的手。

第二天,杏子女士的化验结果出来了。血、尿、心电图基本上都正常,心电图略有轻微心律不齐,但并不需要进行治疗。

结论是,从客观上看并没有什么异常,可是,她老是说没有食欲、没有精神,这到底是怎么回事呢?

在这种情况下,首先要考虑的是心理方面的原因。精神上是否有什么令她不安或担忧的事,这些烦心事会导致她食欲下降,身体状况不佳。

但是,对于这一点,她本人什么也没有说,看护也没发现什么问题。按说,她丈夫虽然去世了,但孩子已经培养成人,多年来,她一直是一个人自由自在地生活的。

可是,最近怎么会没有精神了呢?来栖正在琢磨的时候,负责她的古川看护小声说道:

"先生,是不是因为那个啊?"

"那个?"

"就是那个,草津汤药也治不好的……"

"相思病吗?"

看护不怀好意地嘿嘿笑着,来栖问道:

"为了谁呀?"

"当然是先生了,还能有谁呀。"

这么一说,倒让来栖想起前几天去给杏子女士出诊时,她说胸口难受,当来栖用手触摸的时候,自己的手被杏子女士紧紧抓住时那汗津津的感触。

"杏子女士很喜欢先生。老是问我们:'先生现在在干什么呢?'还在房间里摆着和先生一起照的照片呢。"

"我没有看见啊。"

"前几天,她觉得不好意思给收起来了。不过,经常拿出来看呢。"

杏子女士对自己有好感,来栖是知道的,却没想到这么痴情。

"先生,要是不给她治一治这个病啊,怪可怜的。"

"我可治不了……"

"您是医生啊。先生是病因,所以除了先生外,谁也治不了。"

这叫什么逻辑啊。

不过,看护的话从医学上讲也有一定的道理。凡是治疗疾病,首先都要找出病因,而杏子女士的病若是相思病的话,满足她的相思就是最好的治疗方法。

可是,要采取这个方法的话,来栖就必须要接近和亲近杏子女士才行。

即便说是为了治疗,医生也不能够这么做。况且,自己作为负有管理责任的公寓之长,和入住的女性亲密交往更是个问题了。

而且,虽说是为了治疗,但仅仅因对方对自己抱有好感,就和对方亲近,自己实在难以做到。要进一步发展关系,男人这方面也要怀有相应的爱情或好感才行。

"不行,不行。"来栖慌忙摇头。

说实话,来栖对杏子女士感觉很亲切,希望她尽快恢复健康,但是,对她并不抱有任何爱恋之情。

这种情况下,如果故意表现得很温柔或有好感的话,弄不好反而会伤害她。现在只能尽量安慰鼓励她,同时观察她的反应。再说又没有其他值得担心的病症,慢慢就会好起来的。

来栖打算先静观一段时间再说。

可是,才过了两天,晚上十点钟左右,来栖突然接到公寓打来的电话。当时他和朋友在外面吃完晚饭回到家,刚换上家居服。

"701室的冈本女士,突然颤抖个不停,还摁着胸部,一个劲儿说难受呢。"

"意识清醒吗?"

"清醒,我们打算给她做人工呼吸的时候,她不让做……"

既然她脑子这么清醒,暂时不至于有什么生命危险。

"好的。我马上过去。"

来栖赶紧又换上外衣,开车直奔"Et Alors"。

来栖开车驶过隅田川的时候,想起了前些日子发生过的一次和今天晚上如出一辙的出诊。

那还是在四月初,樱花刚刚谢落的时节,住在七层的堀内先生突然发生异样,一接到报告,来栖就立刻赶到了"Et Alors"。

可是由于心肌梗死,他已经停止了呼吸,没能被抢救过来。

那个叫丽卡的按摩女在堀内先生的房间里吓得直打哆嗦的情景,来栖至今还记忆犹新。

她以为自己做了不可饶恕的坏事,胆战心惊的,其实也不能怪她。来栖安慰她说,不用这么自责,堀内先生倒应该感谢她呢,是她让堀内先生最后愉快地升了天。来栖还把服务费如数付给了她。她心怀歉疚地接过了钱,在堀内先生面前合掌祈祷后回去了。

堀内先生去世到现在已经过去八个多月了。杏子女士应该不会和他的情况一样的。

那时候,四处飘散着春天倦怠的温暖气息,而现在,清冷的街灯伫立在前方的夜色里。

还有,那时候来栖刚和麻子上床休息,接到紧急电话必须马上出门时,麻子只好点头同意,但来栖处置完老人回来后,她还在等着他。

但是现在,自己和麻子之间的关系也和外面的空气一样寒冷。从春到夏,从秋到冬,随着季节的转换,无论自然还是人事似乎无时无刻不在变换着。

来栖不由一阵伤感,这时,汽车已经开过了京桥路口,停在了霓虹灯闪烁的"Et Alors"门口。

他在侧面的公寓专用入口前下了车,坐上电梯直奔七层。

杏子女士的房门是开着的,他从门口一直走进了最里面的卧室,只见杏子女士半俯卧在床上,值班护士正弯着腰给她按摩着后背。

她大概是胸口不舒服吧,看样子意识还清醒。

"感觉怎么样?"

来栖问道。护士刚说了一句"先生来了",正在呻吟着的杏子女士就猛地翻过身来。其动作之敏捷,就连正给她揉搓后背的护士也吓了一跳。

杏子女士瞪大眼睛盯着来栖:"先生,"她低低叫道,"把您的手给我……"

来栖顺从地伸出了手,她立刻把来栖的手拽到自己的胸脯上,大口地喘息着,闭上了眼睛。

"太好了……"

不知这太好了是指什么。直到刚才她还在嚷嚷难受死了,而现在,攥着来栖的手,露出十分陶醉的神情,护士不明白怎么回事,但来栖心里能猜个八九不离十。

上了岁数的孤寡老人,夜里一个人睡觉时,有时候会感到特别寂寞,严重的就会感觉胸闷气短,以致难受得忍不住叫起来。

这种情况并不完全因为心脏或呼吸系统有问题,多半是精神上的忧郁不安引起的。但是,如果医生对此掉以轻心的话,老人就会越来越陷入孤独,甚至会反复发作的。

"已经没事了。你放心吧。"

来栖一边安慰她,一边慢慢地抽回手,把她的两只手放回到被子里去。然后,轻轻地把手按在她的额头上。

"只是脉搏稍微有点快,不发烧,过一会儿就好了。"

医生治病就是要对症下药,找对了病根,患者心神就会安宁下来,恢复精神了。

"你很坚强。不简单啊。"

来栖又是鼓励,又是表扬,杏子女士像个小孩子似的点着头。

"先生,谢谢您!"

来栖点点头。回头一看,护士已经不在房间里了,也许是护士觉得自己在这儿多余,就出去了吧。

这护士根本用不着这么有眼力见儿,来栖心里怪罪着,回头一看,杏子女士正慢慢地坐起来。

"先生,您先不要走。"

"这个……"

"求您了。"

她已经端坐在床上,把睡衣的领口严严实实合上,恳求道。

看她这一百八十度的转变,来栖简直目瞪口呆。这就是得了相思病的上年纪女性常耍的小把戏吧。

当然,她本人并没有丝毫恶意,完全是出于真心,但是,被乞求的一方就会有些为难了。

可是,如果来栖表现出不耐烦的话,她的病情说不定会再度发作的。

现在,只好按照她的希望,再陪她待一会儿。来栖看了下表,已经十一点了。虽说是医生,但这么晚了还待在单身女性的房间里,还是不大合适。

"看样子你已经平静下来了,没事了。"

来栖这么一说,杏子女士不愿意地使劲摇头。

"求求您了。先生不在的话,说不定又要难受了。"

这口气简直就像是威胁,但看她那认真的表情,扔下她一个人又挺可怜的。

怎么办好呢?来栖正犹豫呢,她又诉说道:

"从两三天前开始,我就老做噩梦。特别是今天,还梦见有人让我赶快走呢……"

"赶快走?"

"是啊。老是觉得周围的人都在对我说'你赶快死了吧,去那个世界吧'似的……"

"哪有人这么说啊。"

"其实,昨天是我丈夫的忌日。他去世的时候是七十一岁,刚好和我现在的年龄一样,所以就……"

原来是这么回事,来栖点了点头。杏子女士双手伏在床上,低头请求道:

"先生,真的求您了……"

"求我什么?"

"我想请您抱抱我。"

"可是……"

"求求您了。只是紧紧抱着我就行,求您了……"

来栖不知该如何回答的时候,杏子女士已经躺倒在床上,闭上了眼睛。

在来栖面前,一位女性闭着眼睛静静地躺在床上。虽说她已经七十一岁,却把头发染得雪白,仔细一看,脸上还化了淡妆,嘴唇上涂着淡淡的口红。她个子矮小,却不失风韵,穿着花睡衣,腰间松松地缠着粉红色的伊达腰带。刚刚她还诉说胸口难受,喘不上气来,现在却不见一丝难受的影子,表情很安详。

来栖暗想,说不定杏子女士早已预料到会这样发展,事先化好了妆吧。

就在来栖左右为难之际,杏子女士闭着眼睛,嗫嚅着:

"先生,您是不愿意吧?"

"不是……"

面对女性这么一心相求,来栖实在说不出不愿意这种话来。可是,到底该怎么办呢?来栖正不知如何是好的时候,杏子女士的声音飘然入耳:

"先生,请把灯关上吧。"

来栖一回头,看见卧室门边有个开关。他不知是不是这个开关,试着摁了一下,灯关上了,窗外的夜景立刻浮现出来。

虽然远处的繁华街道依然灯光璀璨,但公寓这边一过十一点,四周已是寂静一片。公寓里的人也差不多都睡了,在这寂静之中,只听见杏子女士轻声细气地说道:

"先生,求您了。"

既然她这么祈求自己,就不好坚持要走了。这时,来栖想起了刚才离开的护士和看护——公寓每天晚上都有两个人在五层值班。她们会怎么想呢?

她们让来栖有些不安,但杏子女士的情况她们很了解,即便自己和杏子女士多待一会儿,她们也不至于说什么吧。

再说,这对于杏子女士也是最好的治疗。就在这时,杏子女士又轻轻说了一句:

"求求您了……"

事到如今,如果再置之不理就太说不过去了。在黑暗中,来栖做出了决断,慢慢脱起衣服来。

他先脱去上衣,思考了一下,又解开了裤子的皮带。尽管只是搂抱一下,但系着皮带总归不太合适。

而且,上身的衬衫还穿着,不知这样行不行。他犹豫不决地瞧了床上的杏子女士一眼,她等不及地说道:

"先生,快过来……"

来栖觉得这话以前在哪儿听过。可怎么也想不起来是一个什么样的女人,更甭说名字和长相了,难道说是自己在某个小说里,或是在某个电视剧里看到的情节吗?

总之,现在来栖正被对方召唤着,走到床边,伸手去掀开被子的一角。

到了这个地步,就没有退路了,只能硬着头皮走下去了,来栖暗自对自己这么说,同时也意识到自己的动作很僵硬。

到底杏子女士是病人,是入住者,还是女朋友? 可以说都是,又可以说都不是。来栖就这么稀里糊涂地靠近了她。

他先将左手伸进被子,在床边坐了下来。突然他发觉床单异常温暖,床铺比自己想象的要硬一些。

然后他慢慢地把腿也放了进去,上身刚一挨上,杏子女士就急不可待地紧紧贴了上来。

她的全身宛如吸盘一般紧紧贴住了来栖,连续不断地挤压他。被这种感触诱使着,来栖伸手搂住了杏子女士的后背。

"啊……"

她发出一声轻轻的呻吟或呜咽般的声音,晃动着头,钻进来栖的怀里,把脸埋在他的胸前。

从头到脚,她的整个身体都紧紧贴在了来栖的身上。伴随着这紧密的触感,一股不知是沉香还是白檀的强烈香气像麻药一样渐渐缠绕住了来栖。

难道说杏子女士估计到了会这样在床上拥抱,连香水都事先洒在身上了吗?

来栖这么想着又重新看了看杏子女士,从纯白色染发到可爱的花睡衣、腰间系的粉红色伊达腰带,以至从睡衣领口露出来的白色贴身内衣,这一切越看越像是为了这一刻而精心准备的。

还不止这些。很可能今天晚上,她是算计好时间才犯病的。她不停地喊着胸口憋闷,把护士吓得慌了神,所以就打电话把自己给叫来了,这一切都像是杏子女士一手导演的。

现在才明白,自己彻底被她的演技给蒙骗了。

即便是这样,来栖现在也没有责备杏子女士的意思。

如果真是这样的话,杏子女士的确有点做过了头,但是,这一连串的行为背后掩藏着的是一个女人对爱的渴求。而且,她所做的这一切都是为了自己,这使他不禁有些感动。

说实在的,像这样的拥抱,来栖还是头一回。两个人躺在床上,女人穿着睡衣,自己穿着衬衫和裤子拥抱在一起。

不过,来栖在感受到杏子女士体温的同时,也深切感受到了她的执着。

是只有自己才这样想呢,还是其他男性都会这样想呢?来栖感受着杏子女士的体温,渐渐觉得她可爱起来。

　被她如此疯狂地追求,自己不但不觉得讨厌,反而觉得她有些可爱了。

　现在,来栖比刚才镇定多了,也开始热情地紧紧搂抱起杏子女士来。这是对她如此依赖信任自己的感谢和欣喜,也是一份谢礼。

　来栖的内心活动仿佛传达给了对方似的,杏子女士轻声说:

　"我太高兴了……"

　她仿佛变成了一个小女孩,声音甜甜的。

　"谢谢您……"

　如此坦率地、毫无戒备地吐露自己心声的女性,来栖还是第一次遇到。

　躺在来栖怀里的杏子女士那柔软的白发碰到了他的下颚。

　在这寂静无声的房间里,来栖就这么和杏子女士搂抱着,望着夜色中的窗户。

　由于床的位置低,只能看见外面的夜空,右边的一部分夜空发红,那一带也许是霓虹灯闪烁的银座。

　虽说已经十一点多了,但银座现在是最热闹的时候,对于公寓这边来说,简直就是另一个天地。

　来栖轻轻地挪动了一下搂着杏子女士后背的手,杏子女士更使劲地抱住了他,大概以为他想要离开吧。

　来栖又重新抱住她,思考起来。

　照这样子待多长时间为好呢?

　说实话,这样抱着杏子女士并非痛苦的事。虽然谈不上喜欢她,但是,对于这么爱慕自己的女性,自己是怀着好意搂抱她的。

　由于身体贴得太紧了,她的体温透过衬衫传导过来,除了香水的气味太刺鼻外,对搂抱本身他并不感到厌烦。至少,这样做可以使她心情平静,恢复精神,何乐而不为呢?

但是,也不能一直这么下去。两个人单独在一起已经过了多长时间了?十分钟还是二十分钟?感觉好像是过了三十分钟。

时间差不多了,是撤退的时候了。这个时候出去,护士们也不会觉得蹊跷,杏子女士也能够接受。

想到这儿,来栖轻轻移动了一下身体,杏子女士在他的胸前小声问:

"您想要回去了吧?"

杏子女士的头埋在来栖的胸前,似乎洞悉了他的内心。

"不是……"

他只是想说,并不是想要回去,而是不能一直这样待下去。

这样沉默了片刻后,她慢慢地从他胸前抬起头来。

"您回去吧,没关系……"

来栖不知该如何回答,正琢磨的工夫,黑暗中,她又说道:

"咱们起来吧。"

说实话,这倒让来栖吃了一惊。

刚才她还贴得紧紧的,来栖以为很难让她松手呢。万万没想到,她却很干脆地松开了手,还说"起来吧"。

不知道她这话是真心还是假意,来栖犹豫着的时候,杏子女士慢慢掀开了被子,坐了起来。

来栖也跟着掀开了被子。杏子女士用手整理着散乱的头发,轻声道:

"先生,谢谢您了。"

在以往和女性的交往中,还从没有人这样对他说过,来栖不知该怎么回答。他提好裤子,系皮带的时候,杏子女士扑哧一笑,说:

"吓您一大跳吧？"

被她恳求上床拥抱她时，来栖确实不知所措，但她居然能一下子回到现实中来，又让来栖吃了一惊。

"多亏了您，我做了个好梦。"

"做梦？"

"对呀。刚才在先生怀里的时候，我做了好多梦呢。"

女人真的会这样吗？来栖觉得不可思议。她望着窗外的夜空，喃喃道：

"什么时候死，我都无所谓了。"

"您怎么能这么想……"

"真的。我的愿望已经满足了，真的无所谓了。"

杏子女士像唱歌似的边说边下了床，自己打开了灯。

刚才一直寂静无声的房间，在灯光的照耀下立刻增添了活力，刚才他们躺着的床铺顿时黯然失色了。

"您要不要喝杯咖啡？"

"不了，太晚了。"

"也是。还是赶快回她那儿去好啊。"

也许她以为来栖还和麻子在一起吧。现在，这趟安慰治疗总算告一段落了。

"回头见。"

来栖朝门口走去，杏子女士紧跟在他后面，他刚一回头，她马上伸出手来。

"先生，我最喜欢您了。"

说着握住了来栖的手，来栖也用力握了握她的手。

"我今天能睡个好觉了。"

276

就在来栖和杏子女士这次亲密接触的三天之后,大田庆子女士住院的大学医院给公寓发来了她病逝的讣告。

她自己早就知道是肝癌,做好了死的准备。死本身并没有什么可大惊小怪的,来栖只是觉得,时值岁末热闹之际去世让人甚为遗憾。至少活到过了新年也好啊。更令人无法接受的是,来栖两天前还刚刚在她的遗产捐赠仪式上见过她。那一天是十二月一个寒冷的日子,她特意打车从医院来到了"Et Alors",坐在轮椅上,亲手将遗产清单交给了来栖。

正如她所承诺的那样,捐献了一亿日元。这个庞大的数目,让所有人都为之震惊。她听了有关使用这笔捐款建立"大田阅览室"等设想之后,又去看了看自己曾经住过的房间,和过去熟识的入住者们见了面,和他们紧紧握了手。

从外表看,她显得十分憔悴,脸色也不好,但思路很清晰,还开玩笑说:"我要好好治病,争取再回到这儿来。"

可是只过了两天,她就走了。

难道说处理完了遗产,完全放了心,从而加快了死亡的速度吗?不然就是因为拖着病体到公寓来,加剧了病情的恶化? 不论是什么原因,她最后一次来到这儿,见到大家时那会心的微笑,给人们留下了深刻的印象。

看到她脸上的笑容,大家都相信她是对自己的一生感到满足,安详地死去的。

既有像杏子女士那样热烈地追求爱情的人,也有像庆子女士捐赠了大笔遗产后孤独死去的人。

她们的年纪相差无几,却生死有命,各不相同。她们的不同命运使来栖深有感悟,在心里暗暗为死者祈祷。

第十章　圣诞夜

越是接近岁末,"Et Alors"里也越是繁忙起来。

入住者都是已经退休的人,不用再去公司上班了,所以岁末他们要做的事情不外乎大扫除或在门口装饰门松之类,而这些只要请家政服务员来就都可以搞定。

在这个意义上,住在这里要比住在家里轻松惬意得多,当然也有人打算利用岁末年初的休假去海外旅游,或者去伊豆、北九州等温暖的地方过冬。

按说这些每天都在过星期日的人们,根本无须专门选在岁末年初这几天匆忙出行,不过他们要是想和儿孙一起出游的话,就只能利用这段时间了。

除了这些人以外,大多数老人都是在公寓里看看电视节目啦,和来探望他们的儿孙聚聚啦,享享天伦之乐。不过也有一些无儿无女的老人,没有人来看望。所以,当有家属来的房间里传出孙儿们叽叽喳喳的说笑声也就是合家团圆时,有些人似乎是介意看到这样的景象,所以干脆避开,夫妇二人或和朋友一起去泡温泉了。

尽管如此,外出的毕竟是少数,大多数人还是留在公寓里过新年,为了这些人,公寓提供了从过年荞麦面到元旦屠苏以及正月三天的年节菜等等。

除了这些过年的准备之外,几乎每个人都要亲自动手的是写贺年卡。

随着年纪增大,他们和以前的朋友、熟人以及亲属见面的机会越来越少,关系越来越疏远,所以,贺年卡就成了和昔日知己相互连接的唯一方式了。因此,大家都绞尽脑汁、别出心裁地来制作。原出版社职员谷口先生制作的贺年卡上写了下面这样的俳句:

"恭贺新年,所谓的,可喜可贺。"

新的一年来到了,在互相问候"新年快乐"的同时,自己也在逐年老去。虽然谓之"恭贺新年",但又有什么可喜可贺的呢?他此时此刻的心情,看了这首俳句,便一目了然。

"人上了年纪,变得越来越乖僻了。"

谷口先生半自嘲地说道。可正是这稍稍乖僻之处,才特别有趣。

"谁知道这贺年卡寄出去,能回来几张啊?"

据他说,退休之前,每年寄出二百张左右,多的时候曾经寄过二百五十张。退休后,一下子就减少了。以致后来凡是给他寄贺年卡的,他必定给予回复,可还是逐年减少,今年只写了五十张左右,以后还会继续减少的。

"和儿子住在一起时,我比儿子收到的贺年卡还少,觉得很没面子,就赶在他前头去邮箱取信。不过,住在这儿的话,就没有这个必要了,总算松了口气。"

随着年纪增加,父亲输给儿子也是自然趋势,但他这么在乎这一点,不甘落后,也很符合做父亲的自尊心。

"只有对先生您是例外,只要我活着,肯定会给您寄贺年卡的,请您也务必给我寄啊。"

"这还用说。"

不言而喻,来栖不仅要给所有的入住者发贺年卡,还敦促其他工作人员们也尽可能这样做。

"到了最后,我收到的新年贺卡就只剩下先生的和广告邮件了。"

"怎么会呢?"

鼓励归鼓励,贺年卡的事可不是来栖能够控制的。

"过年终归是喜忧参半哪。"

过年固然可喜可贺,但对于老年人来说,并非单纯的可喜之事,因为,随着新的一年到来也愈加体味到岁月无情。

目前,公寓里年龄最高的是清水智慧女士,今年九十六岁。男士最高龄者是刚于一个月前迎来九十二岁生日的松田宏行先生。此外还有两位九十岁的女性,而男性只有松田先生一人,这方面也体现出了女性的优势。

到了这样的高龄,受到众人的祝福,应该不会太在意年龄了吧。但是,松田先生却直言不讳地说:"新年到了,也没有什么可高兴的。"这句话充分体现了松田先生的硬骨头性格。他曾经在即将升任某大超市总经理的关头,因和几位董事意见不合断然辞去了总经理一职。

随着年关临近,人们忙乱起来乃人之常情,来栖这里也不例外。在公寓经营方面需要改进和考虑的问题自然不少,但来栖还面临着亟待解决的个人问题。

这就是和麻子的关系问题。近几个月来,一直让来栖感觉心里沉甸甸的。

实际上,夏天过后,和麻子见面的次数就一直在慢慢减少,十一月只见了两次面。而且,以往每次她都是在来栖的住处过夜的,可是最近,一起吃完晚饭后,她直接回家去的时候越来越多了。

男女之间似乎也存在着潮涨潮落或者说寿命这种东西吧。

春天终于萌芽的新绿,随着夏季的来临而繁茂起来,随后又逐渐变成红叶而衰败凋谢,与四季的变化一样,热烈燃烧的爱情曾几何时也失去了热度,逐渐冷却了下去。

来栖和麻子之间就是这样的感觉,其实两个人并没有发生过什么争吵,也没有互相感到厌倦,只能说是曾经熊熊燃烧的火焰慢慢失去了能量,等意识到时,已经快要熄灭了。

不过,仔细回想起来,也不是没有一点苗头。来栖和麻子虽然相爱,却都没有结婚的打算。他们一直抱着不必拘泥于形式的想法,可是,这说不定正是一个危险的陷阱。

这几个月来,麻子的心情似乎发生了微妙的变化,最具象征意义的就是两个月前,她说的"我是不是该生个孩子啊"那句话。

听起来像是一句无心的玩笑,但这句话确实成为使来栖开始反思两个人之间隔阂的一个契机。

看来男人和女人之间随着肉体关系的减少,就会微妙地疏远起来或产生距离。

若是夫妻的话即便没有性生活,由于有着婚姻这一形式的牢固约束,感情也不会轻易崩溃。但是,自由的男女关系一旦失去了性的纽带,就会迅速变得脆弱起来。

女性常说感情比肉体重要,而男性则认为感情和肉体都重要。对于精神上相通但肉体上拒绝男人的女人,男人也会渐渐失去爱情的。从某个时候开始,男人便不再爱她,不想再为她做什么了。总之,可以说男人就是这样一种性的生物。

麻子并没有明确地拒绝性关系,只是以前经常到来栖家里过夜,最近却借口太累了或者第二天要早起等开始回避一起过夜了,来栖对此也只好默认。

当然,他们之间也不是完全没有了性关系,一个月前,两人在来栖的住处聊着聊着,自然就发生了关系,但麻子不像以前那样富有激情了,给人感觉淡淡的,事后也没有享受余韵的兴趣,马上穿上了衣服。

这样不上不下的状态已经持续了快四个月了。现在,到了该决定是否修复两人关系的时候了。尤其是从今年年底到明年正月这段时间,这样不明不白地度过的话,恐怕是个问题。

尽管这么想,来栖却迟迟没有付诸行动,一方面是因为工作忙,另一方面也担心自己主动提出要谈谈清楚的话,说不定会弄巧成拙的。与其盲目地行动给麻子造成压力,不如暂时维持现状,等到明年开春再找她好好谈谈。

对于入住者,虽然自己能够直言不讳,可事情一旦落到自己头上,他就变得优柔寡断起来。

不能这样下去,他总是对自己这么说,可是时间一晃就过了二十日,到了圣诞夜这一天。

往年都是在四楼的前台前面摆放一棵圣诞树,今年因为想要搞得奢侈一些,就在八层的食堂里辟出一个空间摆上了一棵两米多高的圣诞树,让大伙儿围着圣诞树吃饭、喝酒,好好乐和乐和。

入住者中有几位基督教徒,他们要在圣诞夜去附近的教堂做弥撒,也有人带着儿子儿媳或夫妇二人去吃圣诞晚餐的。

除了他们之外,大多数人圣诞夜并没有特别要去的地方,但是,既然这是个热闹的日子,自己也不妨跟着高兴高兴,这是他们的真实想法。

来栖这几年已经习惯了圣诞夜和麻子一起吃饭了,但今年他没有特意邀请她,而麻子那边也没有什么动静,所以一个人觉得无所事事。

于是,下班后,傍晚六点多他去了食堂,只见食堂里已经座无虚席了。

"先生,请到我们这桌来。"

四处都向他发出了邀请,最后他选择了声音最大、最无法抗拒的雪枝女士和杏子女士所在的餐桌。

坐下来后,来栖端起给他斟满的一杯啤酒,刚要喝,有人喊道:"咱们和先生一起干杯吧!"

虽然觉得很突然,但来栖还是端着啤酒杯站起来,简短地发表了祝词:

"今年一年大家都过得很充实,祝愿各位明年过得更加愉快。干杯!"

大家也一起举杯。说是圣诞夜,但满座的气氛更像是"Et Alors"的忘年会。

接下来大家开始吃菜喝酒,非常热闹。来给来栖敬酒的人一拨接着一拨。

"先生,今年给您添了不少麻烦,明年还请多加关照。"

有的人郑重其事地表达感谢之意,也有的人宣称:"明年我要尽情地玩一把。"还有的说:"我要返老还童,谈上一场恋爱。"

另外还有像雪枝女士这样的,含沙射影地对来栖说:"先生,别老打年轻女人的主意了,以后,还是找我们这样的成熟女性比较划得来"。

来栖此时觉得跟这些开朗、和善的老人们在一起非常幸福。

如果自己仅是一名医生,也就是给病人治治病。但建立了这所公寓,却可以接触到各式各样的人,在了解他们的喜怒哀乐的同时,还能够学习老年人的生活方式。在这里获得的知识和智慧还有做人的学问是在大学课堂上学不到的,是真正的人生哲学。

他不断回答着"谢谢""加把劲""用不着不好意思"等等,忽然发现有几对情侣围着圣诞树跳起了舞。

最靠近来栖这边的一对,面朝他这个方向的是江波玲香女士,和她跳舞的男人只能看见背影,不用猜这个男人肯定是野村先生了。两人刚刚订了婚,正处于幸福顶点。

在他俩旁边搂在一起却几乎不见移动的一对是市泽先生和他的情人。还有一对紧挨着彩灯闪烁的圣诞树,只是把胳膊搭在对方肩头,远看就像在练习柔道似的,那是宍户先生和雪枝女士。

音乐是从最里面的酒吧传出来的,正在播放的舞曲是《任时光流逝》,是一首因老电影《卡萨布兰卡》而出名的歌曲。

大家都在跳着慢四步,这个年龄也只能跳这样节奏的了,这一类舞曲正适合他们跳。

来栖的目光从圣诞树那边收回来,回头一看,见松尾幸平先生正拿着啤酒瓶站在自己的背后。

他曾经是一名军人,虽然已过八十,在夏天的色情电影鉴赏会上看到士兵受到军官呵斥的镜头时,竟不由自主地起立敬礼。

他因患有轻度帕金森病导致记忆时而间断,只有军队里培养出来的习惯已根深蒂固。像那次反应之迅速,令来栖惊讶不已,同时也颇有些伤感。来给他敬酒的就是这位先生。

"哎呀,谢谢您。"

来栖赶紧伸出自己的杯子,松尾先生哆哆嗦嗦地往酒杯里倒酒,来栖托住他的手,才没有洒出来。

"倒得真准,真准……"

来栖一边赞扬着,一边和他干了杯。

看来他也想要加入群体里头来。正当来栖给他敬酒时,刚才和宍户先生跳舞的雪枝女士走了过来。

"真差劲,那家伙笨手笨脚的,没法跟他跳。"

对宍户先生一脸不满的雪枝女士立刻引起了松尾先生的兴趣,他把目光转向了雪枝女士,直勾勾地瞧着她。

"哟,幸平先生,来给先生敬酒啦,不简单哪。"

雪枝女士像哄小孩似的摩挲着他的后背,松尾先生眯起眼睛,说了句"好女人"。

虽说他患了老年痴呆,似乎也懂得欣赏雪枝女士的风情。见他目不转睛地看自己看得入了迷,雪枝女士就说:"好啦,该回你自己那儿去了。你坐在哪儿啊?"她这么一边问着,一边把松尾先生带走了。

不愧是善于和男人周旋的雪枝女士。不过,既然能够欣赏女人的风情,松尾先生的病情可能就不会发展得太严重吧。

来栖刚松了一口气,古贺先生和夫人一起来敬酒了。

"上次承蒙您多多关照。"

夫人先表示了感谢,古贺先生腼腆地跟着点头。看样子,他已经和假冒怀了他的孩子、敲诈他的年轻女子分了手,夫妇二人言归于好了。

"多亏了您,他也成熟了一些。"

无论夫人说什么,这位名誉教授都抬不起头来似的。

舞曲换成了《星尘》时,市泽先生和情人广惠女士手拉手过来了。

"上次给您添了很多麻烦……"

他指的是几个月前,市泽先生的夫人闯到公寓里来大闹一场的事。然后,他郑重宣告:"明年,我一定彻底解决。"

他的愿望能够顺利实现吗? 不过,在这件事的刺激下,二人倒是越来越相爱了。

这一对刚刚离开,野村先生和玲香女士紧跟着就过来了。两个人把来栖夹在中间,要跟他合个影。野村先生在妻子去世后,瘦得形容枯槁,现在得到了玲香女士这位开朗的美人,脸上有了肉,渐渐恢复了以往的派头。

"明年我们打算举办个简单的婚礼,请先生光临。"

看着二人脸上的笑容,来栖暗自感慨起来。相爱的人无论到了多大年纪都是美丽的。虽然他们的脸上和手上有很多皱纹,但这却证明了他们经历过的沧桑岁月,越发显得熠熠生辉。

一直以来,来栖都是积极支持和鼓励这些真心相爱的有情人终成眷属的。即便是婚外恋,也是能够相爱即是幸福。对于老年人最大的敌人是孤独和寂寞,这会让他们的身心随之迅速衰老下去。

因此,人一过六十就应该随心所欲地生活。越是这样生活的人,身体越是健康,越是显得年轻。

对于老年人来说,重要的不仅仅是活得长,而是"quality of life",即所谓提高生活质量,其实也可以说成是"quality of love",即提高爱的质量。

来栖正陷入沉思时,谷口和庄司先生等色情电影鉴赏会组织者醉醺醺地前来敬酒了。趁着酒劲,他们提出了新的建议:"下次举办一场脱衣秀怎么样啊?"

雪枝女士在旁边听见后,立刻插嘴道:"我以前看过一次,要说呢,我年轻时候可比她们好看多了。"

大家一齐哄笑起来。

"只要年轻,不管阿猫阿狗还是阿猪都可爱极了,所以说,年轻人当然好看了。年轻人要是难看的话,那就是丑到一定地步了。"

这可真是大实话。四周顿时响起了一片"就是,就是"的叫喊声,大家的情绪越来越高涨了。关于脱衣秀的提议,大家一致认为:"这里也不存在有未成年人的问题,所以,必须坚决举办。"

在"Et Alors"里举办脱衣舞鉴赏会,真可谓是一群老顽童。不像是有理性的人所为,但是,他们这样不服老,也正是他们不老的秘诀吧。

  来栖这么想着,扫视了四周一遍,只见圣诞树前聚集了十个人左右,唱起了圣诞歌。指挥者是青木先生,用筷子当指挥棒。他面前有玲香女士、雪枝女士以及明年年初要做乳腺癌手术的圣子女士等女子军团,还有立木、宍户、角川以及今原先生等人,他们都是脱去了伪装,将各自的真实一面渐渐展现出来的人。

  "平安夜,圣善夜!万暗中,星光烁……"

  其中几个人一边唱一边朝来栖招手,他正打算过去时,食堂主任大高走过来,说:"先生,有您的电话。"

  这个时候,谁会来电话呢?他觉得很奇怪。走到食堂门口,拿起话筒,"喂,喂……"

  过了一会儿,一个女人的声音传了过来:

  "那个……你现在方便吗?"

  一听声音,就知道是麻子。

  来栖不禁"啊……"了一声,然后说道:"没关系的。"

  于是,麻子接着说道:

  "在电话里说这件事,可能不大合适,明年开春,我打算结婚了。"

  "结婚?"

  "是啊……"

  "和谁?"

  "我告诉你你也不认识。是跟我一个公司的人……"

  这么说,那人是和麻子岁数差不多的三十多岁的男人吧。来栖陷入了沉思,麻子声音有些低沉地说道:

  "早就想跟您说,可是,一直拖到现在……"

  来栖不知道该怎么回答才好。"恭喜"这样的话,他说不出来,可是，又没有反对的理由。沉默了片刻，麻子说了句"很抱歉"后，说道：

"虽说是圣诞夜，却没能见面，我有点放心不下，给您打个电话。不过，我不会忘记先生的。"

"可是……"

就这么分手，来栖太不甘心了，最好能够再跟她见面谈一谈。

"现在，我正跟大家一起过圣诞，不过，只要你方便的话，我现在就过去找你。"

"不用了。你不用过来找我。"

"你现在和他在一起吗？"

"没有……我觉得还是在今年之内，把话说清楚比较好。"

麻子可能不觉得什么，可是来栖却无法接受。

"今天不管多晚，我也要跟你见个面。"

"回头我会给你写信的。请原谅我的任性，非常抱歉。"

"可是……"

来栖刚要说话，电话已经挂断了。来栖拿着话筒，愣愣地站着，老半天没动，直到杏子女士来叫他。

"先生一个人在这儿干什么呢？快来和我们一起唱歌吧。"

来栖这才放下话筒，回到会场中央去了。可是他觉得脚底下就像踩了棉花似的软绵绵的。

其实，他也知道麻子结婚是早晚的事，到了那个时候，也只好听之任之了，既然自己有这个精神准备，怎么会这么狼狈呢？

是因为喜欢麻子的关系吧？这还用说吗，当然喜欢她了。

可是，麻子再也不会回来了。这时，从会场最里面传出了一般作为毕业歌来唱的《友谊地久天长》的乐曲声。

不知什么时候，圣诞树周围已经聚集了近二十人，大家都手拉着手，大声唱着。

"怎能忘记旧日朋友……"

白色的头发、黑色的头发、茶色的头发、稀疏的头发、花白的头发、光秃秃的头。圆脸、长脸、瓜子脸、满是皱纹的脸。尖细的声音、浑厚的声音、沙哑的声音、走调的声音。各式各样的脑袋和长相各异的脸都在张大了嘴唱着。

被他们牵引着,来栖也加入了进去,和大家一起唱起来。

"旧日朋友岂能相忘……"

来栖右手拉着杏子女士,左手拉着雪枝女士。手和手不断重叠着,圆圈不断扩大着。

来栖五十四岁,雪枝女士六十五岁,杏子女士七十一岁,还有其他七十五、七十九、八十、八十五、九十岁的人,把大家的年龄加到一起的话,一共多少岁呢? 不管怎么样,反正现在大家正手拉着手,共同生活下去,这是毫无疑问的。

自己的任务就是要鼓动和激励这里所有的人更加振奋精神,度过令他们自己满意的余生。

来栖一边唱歌一边对自己这样说着,眼睛不由得湿润了。

自己为什么会流泪? 是在追悔没能留住麻子吧? 应该更紧地抓住她才是啊。

但是,已经太晚了。一切都结束了。

在走马灯般的回忆中,来栖眼睛发热,眼泪流了下来。他更加大声地唱起来,任凭眼泪流淌。

"友谊地久天长……"

一瞬间,全场响起了"噢——"的欢呼声,大家一齐笑着互相拍起手来。看着这些老年人无忧无虑的欢闹场景,来栖深深感受到,此刻,一个年头、一次际遇和一份热烈的爱情确确实实将要结束了。

译后记：人间夕阳美景——《复乐园》

《复乐园》(日语原名为《那又怎么了》)，发表于2003年。相对于描写了中年人婚外恋情的悲剧《失乐园》而言，《复乐园》是一出勾勒老年人情感生活的喜剧。这部作品以一所高档老年公寓为背景，描写住在那里的老年人的生老病死、情感纠葛，情节丰富多彩，语言风趣幽默。一个个鲜活的人物形象，信笔拈来，毫无虚饰做作之感。无论是性格各异的老男人，还是特立独行的老女人，无不将年老的悲哀掩藏于风趣与调侃之中，深刻揭示了人生的意义。读罢让人回味和思索。

主人公来栖创办了一所能够让老年人随心所欲生活的老年公寓，老年居民在这里享受到了人生的幸福和尊严。世俗将老年人排斥于性爱之外，但该公寓却鼓励他们大胆去爱，重新找回爱的激情。这所老年公寓犹如世外桃源，老年人不用顾忌世人的谴责目光，充分回归了他们的本真状态，自由自在地生活在老年人的乐园里。

小说中塑造了许多栩栩如生的人物。比如被老男人们尊为女菩萨的多情的原酒吧老板娘雪枝女士；爱慕院长来栖，狂热追求他的杏子女士；勇敢地再度走进婚姻殿堂的原空姐江波玲香女士；临死之前给公寓捐出巨款的庆子女士等女性形象。还有与按摩女玩乐时突发心脏病死去的堀内先生;毅然离开妻子的八十高龄的市泽先生和他的六十五岁情人广惠女士;鲁莽又爱吃醋的宍户先生;花花公子立木先生;风度翩翩的钢琴家青木先生;以及被酒吧女骗走钱财的古贺先生;提议看情色片的谷口、庄司先生等。这些性格各异的老年人在渡边先生的笔下都是那么可爱,那么无拘无束地享受着美好的夕阳时光。

《复乐园》印证了作者的一贯观点:"一个人无论到什么年龄段都可以进行恋爱,恋爱是一生当中发出的闪光点,年轻人当然也可以谈恋爱,但是中年人、老年人无论到哪个年龄段都可以恋爱的,而且这种恋爱也是非常美丽的。"

我想这也是作者在《复乐园》里选择了受社会约束最少的老年群体的原因吧。唯有如此才可以进行一次无忧无虑、想爱就爱的生活方式的大胆尝试。渡边先生孜孜以求的,或许正是这样一幅新时代老年人最理想的美好愿景。

众所周知,《失乐园》是渡边文学的巅峰之作,由此开启了渡边特色的一系列情爱作品。渡边的作品往往与他的年龄同步。他在32岁时(1965年)以小说《死亡化妆》登上日本文坛,前期作品紧扣生死主题,描写人物坎坷的命运,通常被称为"医学小说"。50岁前后开始涉足爱与性、婚外情方面的题材。经过十余年的积累,在他60多岁时,诞生了表现凄美的现代人爱情绝唱的《失乐园》(1997)这样的旷世佳作。进入21世纪后,逐渐转向了对老年人感情生活的探索之路。陆续发表了《孤舟》《天上红莲》《再爱一次》等描写老年人性与爱的优秀作品。《复乐园》可以说是第一本此类尝试。

那么,从《失乐园》到《复乐园》,作者的主题究竟发生了怎样的变化呢？二者之间有着怎样的关联呢？该如何去解读这部新作呢？

一听到《失乐园》和《复乐园》的书名，就会使人联想起英国诗人弥尔顿的同名史诗巨作，所不同的是，弥尔顿的《失乐园》强调的是要用理性控制情欲，意在表现人文主义对生活的肯定和清教徒式的道德观之间的相互协调；其《复乐园》同样是强调消除情欲，体现宗教思想的胜利。诗人写这两部诗的目的在于说明人类不幸的根源。他认为人类由于理性不强、意志薄弱，经不起外界的影响和引诱，感情冲动，走错道路，因而丧失了乐园。

而渡边淳一的同名小说，可以说是反其意而用之。因为渡边的《失乐园》是主张冲破理性、道德的牢笼，回归人类的自然天性，而渡边的《复乐园》则是通过描绘一幅老年人可以随心所欲生活的理想图景，呼吁重新找回被近代文明所吞噬的爱的本能，期盼人类能够早日挣脱一切束缚，回归生命的原点。就是说，其文学主题非但不是消除情欲，而是鼓励老年人要不囿于世俗偏见，敢想敢做，敢爱敢恨，享受无拘无束的愉快晚年。

尽管渡边和弥尔顿的创作主题有所不同，但殊途同归，二者都是对人类未来命运的思考，对人类美好乐园的憧憬。

渡边先生就《失乐园》的创作主题曾说过："之所以我在《失乐园》中做了那样的描绘，是因为我有一种危机感，我感到人类已经迷失了自己的原点，他们不知道在高度发达的文明社会的反向极上，我们人类充其量不过是动物，既然作为生命的物体来到了这个世界，我们就应该让自己的生命更加灿烂，重新唤回生物本应有的雌与雄的生命光辉。《失乐园》的出发点就是力图在包括性爱在内的情爱中表现这一生命主题……总而言之，我希望那种强迫人们顺从同一价值观的、令人窒息的时代能够在本世纪寿终正寝。"

这番话同样适用于渡边先生的《复乐园》以及作者的其他作品。

《失乐园》着力构筑爱与生非此即彼的矛盾冲突,为人们敲响警钟,主人公以生命为代价获得爱的乐园,却丧失了生的乐园;到了《复乐园》,作者所描绘的人人各得其所的幸福乐园,则力图消除爱与生的冲突,呼吁宽松的社会环境,希望所有的人,包括老年人在内,都能在获得生的乐园的同时,也获得爱的乐园。这一字之差,却有着天壤之别。生活在今天的时代,不应该像美人鱼那样,以丧失原有的一切为代价去获得爱情。

渡边文学的主旨,万变不离其宗,既是对生与死、爱与性终极意义的拷问,也是对当今时代的婚姻制度发出的挑战。他期待在21世纪,人们能够接受不同的价值观,制定各种新的法规,消除对于非婚性关系及其子女的偏见,真正使每一个人都能够获得最大限度的生存自由。此外,在医生出身的渡边看来,性爱在某种意义上,还是可以治愈医生及心理医生束手无策的疾患的灵丹妙药。

作者并非鼓吹性爱至上主义,而是强调个性的自由,是对人性的关怀。每个人都有获得自由和幸福的权利,人类社会应该允许多元价值的存在。说得通俗一点就是,你可以放弃追求爱,但是不应该也无权阻止别人去追求。如果人们都能认识到并且做到这一点,人类便真正回到了幸福的伊甸园。正如他所说:"我要写的是不愿意受压抑而愿意燃烧自己的,这样非常美丽的火焰般的主人公,这是我的主题。"

正如鲁迅评点《红楼梦》"单是命意,就因读者的眼光而有种种:经学家看见《易》,道学家看见淫,才子看见缠绵,革命家看见排满,流言家看见宫闱秘事"那样,如果浅薄地将小说中描写的老年人对性爱的追求一概斥之为"老不正经",则曲解了作者的创作意图。

日本唯美文学大家谷崎润一郎和川端康成等,都在他们的文学中对于中老年人的爱情以及性爱有过很多精彩描写。渡边文学与他们这些唯美文学作品所表现出来的日本美学传统一脉相承，所不同的是，谷崎和川端的文学着重于从美学角度以及性心理角度来探索，而渡边则侧重于从生理角度、社会伦理角度来探索，对人物性心理及性爱场景的描写入木三分，却毫无淫秽感觉。都是非常有价值的探索，而绝非庸俗意义上的爱情小说。渡边文学可称得上是当代日本最充分地体现了日本好色文学传统的文学作品。

爱无定义。作为作家，如何关注人生百态，张扬人性，是一个重要的课题。爱情这一古老又永恒的主题也需要作家们去赋予它们时代的新意。

渡边文学越来越受到中国读者的欢迎，也反映了中国读者的需求和欣赏水平。作为译者，我希望渡边的情爱小说，能够给中国读者带来美的享受和柔软的思维方式以及对于生活的激情。

竺家荣
2018.6.1

图书在版编目（CIP）数据

复乐园 /（日）渡边淳一著. 竺家荣译. — 青岛：青岛出版社，2018.6
ISBN 978-7-5552-7058-4

Ⅰ. ①复… Ⅱ. ①渡… ②竺… Ⅲ. ①长篇小说 – 日本 – 现代 Ⅳ. ① I313.45

中国版本图书馆 CIP 数据核字（2018）第 103305 号

エ・アロール それがどうしたの by 渡辺淳一
Copyright ©2003 by 渡辺淳一
Simplified Chinese edition copyright ©2018 by Qingdao Publishing House Co., Ltd.
This edition arranged through Chuzai International Co., Ltd.
All rights reserved.
简体中文版通过渡边淳一继承人经由中财国际株式会社授权出版

山东省版权局著作权合同登记号 图字：15-2017-237 号

书　　名	FU LEYUAN **复乐园**
著　　者	[日] 渡边淳一
译　　者	竺家荣
出版发行	青岛出版社
社　　址	青岛市崂山区海尔路 182 号（266061）
本社网址	http://www.qdpub.com
邮购电话	0532-68068091
策　　划	高继民　刘　咏
责任编辑	霍芳芳
封面设计	末末美书
封面插图	钢琴节奏
照　　排	青岛可视文化传媒有限公司
印　　刷	青岛国彩印刷股份有限公司
出版日期	2018 年 6 月第 1 版　2024 年 7 月第 9 次印刷
开　　本	大 32 开（890mm×1240mm）
印　　张	9.5
字　　数	230 千
书　　号	ISBN 978-7- 5552-7058-4
定　　价	39.00 元

编校印装质量、盗版监督服务电话：4006532017　0532-68068050
本书建议陈列类别：日本·畅销·小说